연적戀敵의
딸
살아 있다

연적戀敵의
딸
살아 있다

이원우 소설집

도화

연적戀敵의 딸 살아 있다

초판 1쇄인쇄 2017년 5월 26일
초판 1쇄발행 2017년 5월 30일

저 자 이원우
발행인 박지연
발행처 도서출판 도화
등 록 2013년 11월 19일 제2013－000124호

주 소 서울시 송파구 중대로34길 9-3
전 화 02) 3012－1030
팩 스 02) 3012－1031
전자우편 dohwa1030@daum.net
인 쇄 (주)현문

ISBN | 979－11－86644－30－0 *03810
정가 12,000원

도화道化, fool는
고정적인 질서에 대한 익살맞은 비판자,
고정화된 사고의 틀을 해체한다는 뜻입니다.

차례

서문 _ "님(임)은 먼 곳에"(김추자의 노래 제목)

"님(임)은 먼 곳에"(김추자의 노래 제목)

두어 주일에 한 번씩 들르는 데가 있다. 서울 변두리의 조그마한 케이블 TV 방송국이다. 노래 녹화를 위해서다. 2백곡을 목표로 삼았는데, 이제 반의반쯤 해치웠다. 때론 가끔 턱없이 실력이 부족하다는 걸 자인하고말고.

지난번에도 그랬다. '진짜 사나이(군가)'·'I Can't Stop Loving You(레이 찰스)'·'바닷가에서(안다성)'·'님(임)은 먼 곳에(김추자)' 등을 미리 신청했고 나름대로 연습을 했다. 한데 마지막 '님은 먼 곳에'에 가서 딱 목이 막히는 게 아닌가? 아니 멨다는 게맞는 말이지 모르겠다. 사랑한다고 말할 것 그랬지/ 님이 아니면 못산다 할 것을/ 사랑한다고…

아마도 이쯤이었으리라. 음정도 박자도 안 맞고 흐름이 갈팡질팡, 나는 그만 입을 닫고 무대에서 내려오고 말았다. 대신 화장실에 가서 오랜만에 '눈물다운 눈물'을 흘리고 말았다. 지금은 거의 틀리지 않고 부를 수 있다. 어느 누구 앞에서라도 "님(임)은 먼 곳에"가 튀어 나온다.

레도레미시/ 시시솔미… 계명창階名唱으로도 완전히 익혔고 숫제 외었기 때문이다. 한데 다시 그걸 들고 방송국에 올라갈까 말까를 망설인다. 차라리 가슴 속에만 담아 두어야 할 것 같기도 해서. 네 살짜리 막내가 내 연습하는 것을 듣고, 네 마디를 어느새 익힌 게 아닌가? 어린이집 버스가 닿는 정류장까지 세 발자전거에 태워 가는 도중, 녀석은 시종일관 '사랑한다고…' 타령이다. 어찌나 귀엽고 앙증맞은지 배꼽을 잡는다. 그러다 끝내 난 숙연함을 느낀다.

김추자의 '님'은 물론 틀린 거다. 사모하거나 사랑하는 대상은 '님'이 아니라 '임'이다. 임이여, 목메 부른다. 그래도 그에게 내 목소리 전해지지 않으니 대답이 없을밖에. 죽어 저승에 가면 그를 부둥켜안으리라 결심할 따름이다.

하루해를 넘기면 여생이 그만큼 짧아짐을 실감하면서도 두렵지는 않은 까닭이다. 물론 살아 있는 임들도 있다. 사랑하는 내 가족, 그리고 그 밖에…. '그 밖에' 누가 누구냐고? 어머니 母를 쓰는 모부대母部隊, 26사단 장병들이다. 양주시 백석읍 방성리에 가면 반세기 전 26사단 모습이 그대로 남아 있다. 앞을 잘 못 보시던 엄마가 그 옛날처럼 나를 거기서 기다리고 계신다고 믿는다.

남들은 이 어처구니없는 노병을 낭패라 할까? 하사 모자를 쓰고 지하철 안을 누비다가 26사단 병사를 만나면 서슴없이 '녀석'이라 부르는 유일한 노병은 기쁨에 겨워 혼절인들 왜 못하랴.

서울 근교에 산 지도 어느덧 7년이 가깝다. 그 세월 동안 많은 걸 겪었다. '가치 있는 체험'이라 우기면서 많은 사람도 만났다. 새로 어깨를 겯게 된 문인도 한 둘 아니다. 20년 전 나를 소설가로 만들어 준 구인환 교수를 자택에까지 찾아가 첫인사로 큰절을 했다.

41년이나 흐른 뒤지만 수필가의 꿈을 이루게 해 준 김사림 시인, 차주환 교수, 조경희 수필가 등을 유택에서 해후했다. 그 밖에 만난 문단의 거목들이 수두룩하다. 98세 되는 장경석 전 8사단장, 이근양 전 제3사관학교장(94세) 등 노장군老將軍을 비롯한 전우들과도 포옹했다. 현역 장군이며 수많은 장교들과도 수시로 연락이 오간다. 금사향·한명숙·오기택·박병호 등 원로 연예인들도 마찬가지. 현역 가수 김홍국·태진아·남진·최백호·쟈니리·인순이 등도 빼놓을 수 없지. 난 가수로도 데뷔했고 누구보다 노랠 많이 부른다. 〈실버넷뉴스〉라는 매체에서 한 작은 거인 김의배 국장을 알게 되어 언론인(?)으로 나서게 되었으니 더 말해 무엇 하랴.

그야말로 파란만장한 일생(엉터리였을까)을 열다섯 권의 수필집으로 엮어내었었다. 이제 유저遺著가 될지 모르는, 두 번째 소설집『연적戀敵의 딸 살아 있다』를 단편短篇과 중편 등 열 편으로 묶는다. 한데 아무리 보아도 그렇다. 허구虛構인 것 같으면서도 자전自傳에 가깝다는 느낌을 지울 수 없으니 어쩌랴. 하지만 어느 누구도 내 삶을 닮을 수 없다고 확신한다. 행간마다 '임'의 숨결을 불어 넣었다. 생사를 넘나들던 순간순간을 되돌아보니 섬뜩하다는 느낌조차 든다.

장경석 한국 최장수 장군(98세)·구인환 서울대 명예 교수·이유식 문학평론가·김천혜 교수·류영남 한글학회 전 지부장·남진(가수/ 長老)·김수진 오순절평화의 마을 원장 신부 등은 촌평을 써주었다. 콩트는 빼는 게 좋겠다는 등 김지연 한국소설가협회 이사장이 조언을 했다. 모두가 내 임 아니면 뭘까? 나를 이해해주는 제자들도, 교우敎友며 학교 동기들도 마찬가지. 아무튼 오늘 저녁에는 큰마음 먹고 '님(임)은 먼 곳에'를 불러 볼 참이다.

     ♬♪♬ …마음 주고 눈물 주고 꿈도 주고 멀어져 갔네…
        님은 먼 곳에

하지만 짚고 넘어가자. 그 '임'만은 혼자다.

연적戀敵의 딸 살아 있다

오순절이란 예수님이 부활하신 후 50일째 되는 날이다. 성령이 사도들에게 강림한 것을 기념하는 이동 축일이고, 이로써 교회가 설립되었으며, 선교의 시대가 시작된 것이라 한다. 〈민수기〉에 의하면 오순절은 추수감사절이었다.

그 오순절 평화의 마을이 삼랑진에 생긴 것은 지금부터 20년 전이다. 비록 중심가에서는 좀 벗어난 곳에 위치하고 있지만, 설립 당시 여러 가지로 시끄러웠다는 소문을 심상수 자신도 들어서 알고 있다. 삼랑진 사람들이 좀 별난가? 삼랑진 사람과 혼인하지 말라는 얘기도 옛날엔 떠돌았다.

심상수가 삼랑진에 거주하며 밀양 시내 중·고등학교에서 음악 선생 노릇을 한 것은 총 7년쯤이다. 그는 집에서 도보로 25분 거리에 있는 대신 부락, 그러니까 지금 오순절 평화의 마을이 있는 그 근처까지 부지런히 다녔다. 그의 손에는 색소폰이며 악보가 쥐어져 있었다. 대신을 통해 거족이라는 마을로 가는 길목, 야트막한 산허리에 그가 항상 찾는 바위 하나가 있었다. 그는 거기에서 색소폰으로 전주前奏를 하곤 다시 노래를 불렀다. 한 시간쯤 그래야만 그는 직성이 풀리곤 하여 귀가하였다. 그의 음악에는 한恨이 스며있었다. 그리고 그는 그 한을 안고 삼랑진을 떠났었다.

그가 평화의 마을을 다시 찾게 된 것은 거의 극적이었다는 게 좋겠다. 그보다 두 살 연장인 어느 선배가 그를 어느 날 근사한 식당으로 부른 것이다. 입이 무겁기로 이름난 선배는 한참이나 뜸을 들이고 나서 서두序頭를 꺼냈다.

"이것 보오. 오늘 부탁이 하나 있어서 왔어요."

"말씀하시지요."

"지금 심 선생이 천주교로 개종한 지 몇 년 됐더라?"

"이제 겨우 2년 조금 넘었습니다."

"삼랑진이 고향이지요?"

"아니 안태安胎 고향은 거기가 아니고…. 다만 거기서 잔뼈가 굵었으니 제2의 고향이라 할 수 있지요."

"오순절 평화의 마을을 압니까??"

"가 보진 않았습니다만, 경부선 열차를 타고 지나가면서 멀리 보이는 게 그 마을이라는 걸 아는 정도입니다."

선배는 진지한 표정을 짓더니 얘기를 이어나갔다.

"이번에 뜻을 같이하는 사람들 몇몇이 모여 자문위원회를 구성하기로 했어요. 말이 거창해서 자문위원회지 별다른 일을 하자는 게 아니고, 그저 두 달에 한 번씩 모여 얼굴이나 마주 대하자는 데에 목적이 있습니다. 그리고 거기 가족들의 어렵고 아쉬운 점을 파악하여 원장 신부를 그야말로 자문만 하면 됩니다."

솔직히 말해 처음에는 적이 망설여졌다. 30년 전에 떠난 심상수가 단 한 번도 발걸음하지 않았던 곳인데 싶어서였다.

그러나 심상수는 마음을 고쳐먹었다. 그렇지 않아도 2년 전에 불교에서 천주교로 개종하여 성당에 나가긴 하는데, 기도도 제대로 안 된다. 항상 분심으로 괴롭힘을 당하는 게 말만 이웃 사랑을 앞세웠지 실천에 옮기지 못하는 자괴심 탓이려니 싶은 생각이 온통 머리를 지배하던 무렵이었다. 그래 이참에 몸을 던지자! 그가 선배에게 말했다.

"좋습니다. 그렇지만 저 같은 부족한 사람이 무엇을 하겠습니까?"

"천만의 말씀이오. 거기 1년에 세 번씩 만드는 회보會報가 있어요. 그 편집도 돕고 고정 칼럼도 집필하고…. 다른 이들의 옥고玉稿들을 모아 주기도 하면 됩니다."

그래서 심상수는 그로부터 한 달쯤 지나 '평화의 마을' 자문위원으로서 업무를 보게 되었다. 회의가 있는 첫날, 그는 미사에 참례하면서 놀랐다.

오래전 그가 몇 번 방문한 바 있었던 산청의 어느 음성 한센병환자 가족들과 대비가 되었다. 두말할 필요조차 없이 외관外觀이야 평화의 가족들이 낫다. 한센병 가족들은 떨어져 나간 손가락들이 많은 데 비해 여기는 제대로 열 개를 다 갖추고 있다. 한센병 가족들은 소위 토안兎眼이라 해서 아래 눈꺼풀이 처져 토끼 눈처럼, 흰 눈자위에 핏발이 서 있는 경우가 더러 있는데, 여기 가족들은 그렇지 않다.

그런데 지적 장애인들이 더러 있다 보니, 몇몇은 미사 중에도 가만 앉아 있지 못하는 것이다. 여기저기 뛰어다니고, 봉사하러 온 사람들을 공연스레 껴안는가 하면 고함까지 지른다. 무조건 손을 잡고 생전 처음 보는 사람들의 등을 두드리기도 한다.

미사를 마치고 식당으로 자리를 옮기고 나서도 마찬가지였다. 얌전스레 줄을 서서 기다리는 가족이 있는가 하면, 공연스레 쏘다니는 친구도 눈에 뜨인다. 좀 전에 원장 신부가 강론 중에 하던 말이 기억에 났다.

"자신이 기도를 하도록 하세요. 그리고 서로를 위해서도 기도해 주고요. 제발 밥만은 흘리지 않고, 제대로 자기 손으로 떠먹을 수 있도록 해 달라고요. 일미칠근一米七斤란 말이 있습니다. 농부가 쌀 한 톨을 만들어내려면 일곱 근의 땀을 쏟아야 된다는 뜻입니다. 우린 항상 앞들에 있는 논에서 농부들이 일하는 모습을 보지 않아요? 잘 안 되지만 노력하여, 남의 손을 덜어 주는 것도 사랑이요 자비의 실천입니다."

그런데 식탁으로 옮겨 와서는, '식사 전 기도'를 끝내자마자 식탁에 앉아 숟가락을 들던 어느 자매가 모로 넘어지더니 큰 대 大자로 누워버리는 것이다. 이내 입에서 거품을 품고 의식불명, 직원들이 달려왔으나 속수무책이었다. 자문위원들 중 의사가 셋이나 되어도 그들조차 가만히 지켜볼 수밖에. 이윽고 자매는 부스스 털고 일어났지만, 원장 신부가 밥 한 톨도 흘리지 말라는 당부는 적어도 그 날 점심시간엔 허사가 되고 말았다.

심상수에게 부여된 임무는 앞서 말한 대로 〈평화의 마을〉이라는 28페이지짜리 소책자, 즉 회보 발행을 돕는 거였다. 권두시를 원로 문인에게서 받고, 초교初校와 재교再校, 오케이 교정을 보는 정도지만 여간 신경 쓰이는 일이 아니었다. 왜냐하면 발행부수가 자그마치 3만 부를 훌쩍 뛰어넘을 만큼 많고, 독자들 중에 특별한 신분을 가진 사람도 있어서이다. 꼿꼿장수를 아는가? 김정일에게 유일하게 고개를 숙이지 않았던 전 김장수 국방부 장관 말이다. 그도 그 속에 포함된다면 특별 신분 운운은 결코 틀린 표현이 아니다. 권두시卷頭詩에 모실 필자는 아주 비중이 높은 인

16

사를 삼고초려 하듯 해야 했다. 그런대로 일은 비교적 잘 풀려나 갔다.

거기서 끝내야 했다. 더 욕심을 낸다든지 업무의 외연을 넓히 면, 뭔가 부수적인 부작용 같은 게 도사리게 마련이랄까? 그런데 안분지족과 담쌓고 살던 심상수 선생의 엉뚱한 버릇이 또 꿈틀 거리기 시작한 것이다. 여섯 달이 지난 어느 날 그는 원장 신부를 만나 말씀을 건넸다.

"제 노래를 한번 부르고 싶습니다. 악단은 급조를 해도, 350명 가족에게 잠시나마 행복의 시간을 줄 수 있을지 모르겠군요."

"무슨 노래를 부를 생각입니까?"

"대중가요가 중심이 되고, 마지막은 복음성가 '살아 계신 주' 지요."

"좋습니다. 여기 가족들은 무슨 음악이든지 좋아하니까요."

이래서 심상수 선생이 지역 사회에서 같이 봉사 활동을 계속 해 오던 플루트(2)와 비올라·색소폰·키보드·드럼 등 주자奏者들 로 급조한 게 '달빛 고움 악단'이다. 그의 말을 빌면 일생을 통해 한 번 있을까 말까 한 '화려한 무대'에 그로 인해 서게 된다. 지나 간 얘기지만 전직 교사인 그가 콘서트를 연 것도 대여섯 번이다. 청중이 500명 남짓한 조그마한 규모지만 피를 토하는 심정으로 부르는 한恨과 이별의 노래였다.

그러나 이번에는 곡을 선정하는 데 있어서 방향이 달라야 했다. 말 그대로 가족들은 아무래도 정서가 처져 있으니 업그레이드를 시킬 만한, 신나는 노래들이라야 제격일 것 같아서였다. 한 시간 반을 잡았는데 스물다섯 곡, 2/4박자 춤곡인 폴카와 폭스트로트가 주종을 이룬다.

그렇지, 여기에다 미리 그 곡 제목들을 적어 보는 것도 의의가 있겠다. 참, 가족 중 상당수가 50대를 넘어섰으니 그들에겐 흘러간 옛 노래가 좋겠다는 생각이 들었다. '바다의 교향시', '청춘의 꿈', '꽃마차', '럭키 서울', '신라의 달밤', '왕서방 연서', '딸 칠 형제', '늴리리 맘보', '만리포 사랑', '봄바람 님바람', '신라의 북소리', '아리랑 목동', '아리조나 카우보이', '오부자의 노래', '오동동타령', '즐거운 목장', '청춘 브라보', '청포도 사랑', '하이킹의 노래', ' 향기 품은 군사 우편', '휘파람 불며' 등등이다.

웬만한 사람들이라면 신바람을 불러일으키게 할 수 있는 엄선(?)된 곡들이었다. 심상수 선생은 부민병원의 환우들을 앞에 두고 그런 체험을 한 적도 있었다. 그러나 평화의 마을에서는 그게 한갓 희망일 따름이라는 조짐이 여기저기서 나타났다. 중상이 심한 측은 각기 자기 방에서 모니터로 시청을 하고 여든 명 정도의 가족들이 성전에 모였다. 그들의 얼굴에서 기쁨이나 즐거움 기대 등의 표정을 읽을 수 없었다.

걱정했던 대로 처음엔 반응을 불러일으키지 못했다. 어떤 단체에서든지 노래 하나로써 구성원들을 흥분의 도가니로 몰아넣었다고 자타가 공인해 오던 그가 아니었던가? 어느 바이올리니스트는 하늘이 준 목소리라 했고 장사익을 닮았다는 평도 해 주었는데….

그 뜻밖의 결과에 심상수 선생은 일순 당황하였다. 비상수단을 동원하는 수밖에 없었다. 현란한 솜씨로 탭 댄스를 추어 보였다. 그의 두 발이 공중에 떠 있을 시간이 없었다. 타다닥 타다닥! 바닥에 불꽃이 튀었다. 그제야 가족들에게서 함성과 박수가 터져 나왔다. 기다렸다는 듯 그는 '바다의 교향시'를 뱃속 깊숙한 데서 뽑아 올렸다.

♬ ♪ ♬ 어서 가자가자 바다로 가자 출렁출렁 물결치는/ 푸른 바다 저 멀리 안타까운 젊은 날의/ 로맨스를 찾아서(헤이!) 어서 가자 어서 가자 어서 가/ 젊은 피가 출렁대는 저 바다는 부른다 저 바다는 부른다.

헤이! 마치 국악의 추임새처럼 내는 목청 터지는 소리에 코끼리가 낮잠에서 깨어나듯, 거대한 덩어리가 움찔거리는 걸 느낄 수 있었다.

달빛 고움 악단도 바야흐로 신명이 났다. 색소폰이며 플루트 등 관악기가 춤을 춘다. 키보드의 건반이 물결처럼 빠르게 흐른다. 비올라는 특유의 음색을 뽑아 올린다. 드럼이 폭풍처럼, 잠자는 가족들의 가슴을 흔들어댄다. 노래는 계속되었다. '청춘의

꿈'이다

♩ ♪ ♫ 청춘은 꿈이요 봄은 꿈나라/ 언제나 명랑한 노래를 부릅시다/ 진달래가 쌩긋 웃는 봄봄/ 청춘은 싱글벙글 윙크하는 봄봄봄 봄봄봄 봄/ 노래를 부릅시다 젊은이의 노래를/ 산들산들 봄바람이 춤을 추는 봄봄/ 시냇가의 버들피리는 비리비리비/ 라라랄라…

그렇게 한 시간 넘게 흐르자 상황은 바뀌었다. 여기저기서 일어나 춤을 추고 허리며 엉덩이를 흔들어 대는 모습이 눈에 들어왔다. 특히 음악의 성녀라는, 체칠리아라는 세례명을 가진 자매의 춤 솜씨가 만만찮다. 그제야 심상수 선생의 얼굴에서 그늘이 완전히 사라지고, 웃음꽃이 피었다. 5월 말이라 바깥 기온도 그렇지만 성전 안은 열기와 땀 냄새로 넘쳐 흘렀다.

심상수 선생이 마지막 노래 두 곡을 선정해 두고 있었다. 흘러간 옛 노래 '목포의 눈물'과 복음성가 '살아 계신 주'. '목포의 눈물'은 지역 감정 타파와 일제 강점기의 민족 노래임을 되새기자는 뜻에서 그가 어디에나 포함시키는 레퍼토리 중 하나다. 개인적인 정서로도 잊을 수 없고…. '목포의 눈물'이다. 그의 이야기를 들어 보자.

"옛날 목포에 목화가 참 많이 났답니다. 일제 시대였지요. 그런데 그 목화를 전부 빼앗아 간 사람들이 있었어요. 바로 일본인들이었지요. 곡식도 마찬가지였습니다. 그러다 보니 우린 빈털

터리였지요. 사람들은 어디로든지 돈 벌러 떠나야 했습니다. 목포 부두는 항상 그 시절 눈물바다였습니다. 지역감정이라니요? 이걸 부르면 지역 감정도 눈 녹듯 사라집니다. 애국가만큼 중요한 노래입니다.

노래는 그렇게 시작되었다.

♬♪♬ 사공의 뱃노래 가물거리며/ 삼학도 파도 깊이 스며드는데/ 부두의 새악시 아롱 젖은 옷자락/ 이별의 눈물이냐 목포의 설움

♬♪♬ 삼백년 원한 품은 노적봉 밑에/ 임 자취 완연하다 애달픈 정조情操/ 유달산 바람도 영산강을 안으니…

이걸 어쩌겠나? 방금 전 열광의 도가니였던 성전 안의 분위기가, 침울하다 못해 그만 착 가라앉고 말았다. 그도 그럴 것이 심상수 선생의 전매 특허라 할 수 있는, 흐느끼는 듯한 멜로디가 그 자신의 가슴까지 헤집을 만큼 허공을 가로지르고 있었기 때문이다. 그렇게 2절도 중간을 막 넘기고 있을 무렵이었다. 가운데 앉아 있던 키가 다섯 척이 될까 말까 한, 서른 살을 넘긴 듯 보이는 자매 하나가 스르르 넘어져 버리는 게 아닌가! 무척 예쁜 얼굴을 하고 있었다.

웅성거리고 야단이 났다. 의무실 의사가 부리나케 달려왔다. 그리고 악단을 향해 말했다.

"수옥이잖아? 여러분 걱정하지 마세요. 간질 아니 뇌전증입니다. 이 자매는 말문도 가끔 닫힙니다. 슬픈 음악은 절대 금물인데 '목포의 눈물'을 불렀다고요? 하나 걱정 마세요. 10분만 기다리면 진정될 겁니다."

뇌전증에 대한 별다른 아픈 기억을 안고 있는 심상수 선생에게는 그렇게 무서운 광경이 있을 수 없었다. 6년 전이었다. 그는 야외 학습 인솔을 나갔는데 노인학교 여학생 하나가 오늘 같은 모습을 보이는 바람에 당황한 나머지 119에 연락하였다가 된통 곤욕을 치른 적이 있다. 구급대가 달려온 것까지는 좋았다 치자, 당사자가 깨어나자 말자 할아버지가, 자기 손녀에게 창피를 안겼다며 험악한 표정으로 심상수 선생에게 삿대질을 한 것이다. 지금 또 그때의 무서운 기억이 되살아난다. 아니나 다르랴. 가슴이 쿵쾅거리고 숨이 막힐 지경이다. 황망 중에 10분이 흘러갔다.

인간은 누구나가 특정 위기에 대처하는 무기를 갖추고 있다? 만약 그런 가정이 성립된다면 심상수 선생에게는 아마 '살아 계신 주'일 것이다. 복음 성가 말이다. 자매가 바야흐로 침을 닦고 그런대로 본래 자세를 어느 정도 잡기 시작한 걸 확인하고 심상수 선생이 다시 마이크를 잡았다.

♬ ♪ ♬ 주 하느님 외아들 예수 날 위하여 오시었네/ 내 모든 죄 다 사하시고 무덤에서 부활하신 나의 구세주/살아 계신 주 나의 참된 소망/ 걱정 근심 전혀 없네/ 사랑의 주 내 갈길 인도하니/ 내 모든 삶의 기쁨

늘 충만하네

주 안에서 새로 난 생명 도우시는 주의 사랑/ 참 기쁨과 확신 가지고
예수님의 도우심을 믿으며 살리(후렴)

거기서 심상수 선생은 상상할 수 없는 장면이, 다시 눈앞에서
연출되는 것을 보고 하마터면 까무러칠 뻔했다. 방금 깨어난 수
옥이라는 자매가 후렴 부분에서 입을 벌리고는 들릴락 말락 가
만가만한 목소리로 노래를 따라 부르는 게 아닌가! 그리고 이번
에는 그의 아래위 입술 사이로 번져 나오는 게 있었으니 아, 핏
물! 그렇다. 분명 피가 섞인 침을 그가 흘리면서 '살아 예신 주'를
부르는 것이다. 물론 서투르지만 그는 분명히 세상을 향해 절규
를 내뱉고 있다. 아니 주님을 향해 그 절규마저 봉헌하고 있는지
모른다. 손수건을 건네기까지, 그 순간을 이 세상 어느 누구도 포
착하지 못했다는 건 아쉬움도 아니다. 주님의 현존은 그렇게라
도 증거하게 된다. 무엇이 두려워 말 못하랴. 다시 3절을 불렀다.

♪♪♪ 그 언젠가 주 뵐 때까지 주를 위해 싸우리라/ 승리의 길 멀고
험해도 주님께서 나의 앞길 지켜 주시리(후렴)

그러나 수옥이는 다시 입을 열지 않았다. 아주 평온한, 너무나
평온한 얼굴로 심상수 선생이며 악단의 면면을 조용히 바라다볼

따름이었다. 그 적요寂寥가 조금은 무섭지만, 그런대로 피날레는 그렇게 감동으로 장식할 수 있었다.

걱정이 아니 될 수가 없었다. 악단을 먼저 하부하게 한 뒤 심상수 선생은 기획부장의 양해를 얻어 수옥이를 면담하기로 했다. 그렇게 예쁘게 생긴 규수가 뇌전증은 몰라도 말까지 가끔 못 하다니…. 그리고 찰나에 지나지 않지만, 좀 전의 기적과 같은 그 현상의 언저리에라도 다가가 추정해 보고 싶어서였을까? 심상수 선생은 203호실로 찾아 들어갔다. 자매들 몇몇이 휠체어를 타고 복도를 왔다 갔다 하고 있었다. 수옥이는 좀 전의 일은 까마득히 잊은 듯 다소곳한 표정으로 창가에 앉아 선풍기 바람을 쐬고 있었다. 심상수 선생은 종이 한 장을 내밀었다. 부장이 하는 말이 필담이 수월하다고 했기 때문이다. 종이 위에 이렇게 사인펜으로 적었다.

"잠시 몇 마디 이야기를 나누고 싶은데 가능할까?"

— 긴 시간은 안 됩니다.

"좋아요. 약속하지요."

그래서 심상수 선생과 수옥이는 살롬의 집(가족들을 위해서 과자 따위를 원가로 파는 가게) 옆의 벤치에 앉았다. 가족들 여남은 명이 노천露天 노래방에서 동전을 넣고 '홍도야 울지 마라' 따위를 부르고 있었다. 필담은 다시 그렇게 시작되었다.

"수옥이라고 했지?"

— 예.

"아주 예쁜 이름인걸? 얼굴도 아주 예쁘고 말야."

— 감사합니다.

"어디 아픈 데가 있어?"

사실 이 말을 꺼내 놓고 후회를 했다. 당사자가 화라도 내면 그야말로 둘 다 수렁에 빠지는 것과 다름없기 때문이다. 그러나 수옥이는 거침없이 적어 나가고 있었다.

— 간질을 앓고 있어요. 그리고 듣기는 듣는데 말은 못합니다. 간질로 쓰러진 후유증이지요. 하지만 가끔 목소리를 낼 수도 있어요. '스트레스성 실성증'을 앓습니다.

"그래? 우리 용기를 내도록 해요. 아까 말이야, '살아 계신 주'를 부를 때 기억해요?"

"예, 저는 그 성가聖歌가 너무 좋습니다. 고백하지만 기적같이 몇 소절을 따라 부르는 흉내를 낸 데 대해 하느님께 감사드립니다. 제 부모님이 좋아하시던 성가입니다."

"피가 났어요. 기억하나요?"

— 예, 지난달 성전에서 비슷한 경험을 했습니다. 성체 조배를 마치고 그 노래를 부르고 싶어서 애를 썼는데, 역시 몇 초 동안 그런 일이 있었습니다.

"노래도 되던가?"

- 예, 약간은요.

노천 노래방에서 노래 잔치는 계속되고 있었다. 심상수 선생은 어쩐지 숨이 막힐 듯한 분위기에 질려 있었다. 잠시 여유를 찾을 겸 수옥이의 양해를 얻고 그들 속에 끼어들었다. 그리고 노래 한 곡을 청하고선 숨고르기를 한 뒤 목청을 돋우었다. '만리포 사랑'이었다.

♩♪♬ 똑딱선 기적 소리 젊은 꿈을 싣고서/ 갈매기 노래하는 만리포라 내 사랑/ 그립고 안타까운 젊은

다시 수옥이 가까이 다가왔을 때 수옥이는 얼굴에 웃음을 띠고 있었다. 이번에는 그가 질문을 했다.

- 선생님의 노래는 보통 노래가 아니에요. 한이 맺혀 있습니다.

"고맙네. 그런데 고향이 어디야?"

- 이곳 삼랑진요.

"아니 그게 무슨…. 나도 삼랑진일걸! 정말이야?"

- 송지리 386번지, 거기가 제 본적입니다. 초등학교는 여기 출신이구요. 중·고등학교는 목포….

심상수 선생은 하마터면 뒤로 나자빠질 뻔했다. 아, 그랬었구나. 목포가 그리운 뇌전증 환자에게 '목포의 눈물'을 그야말로 눈물로 불러 댔으니, 내친김에 이걸 묻지 않을 수 없었다.

"아버지가 누구셔?"

ㅡ 문, 성 자字 식자를 쓰시는 분입니다.

아, 문성식? 그는 이게 진짜가 아니길 바랐다. 사뭇 가슴이 떨리기까지 하였다. 그래도 억눌러 참고 다음 질문을 써 내려 갔다.

"그래 아버진 지금 어디에 계시는데?"

ㅡ 작고하셨어요.

그 이상 필답을 계속할 수가 없었다. 우연의 일치라는 개념의 선은 그렇게 허물어져 갔다. 수옥이 지목한 그의 아버지 문성식은 30년 전 헤어졌던 연적戀敵이었기 때문이었다. 그리고 보니 답을 써 내려가는 오른손이 뭔가 부자유스럽다. 혹만큼 작은 손가락이 엄지에 붙어 있었다.

그랬었지! 문성식도 다지증多指症으로 손가락 하나가 더 있었다. 나중 수술을 해서 감쪽같이 없애긴 했지만 분명히 그는 평소 거기에 대해 스트레스를 갖고 있었던 것으로 기억한다. 수옥은 손은 뭐래도 지금 진실을 이야기하고 있다. 그렇다면 그의 어머니도 혹시 변성혜? 심상수 선생은 떨리는 마음을 진정시키며 이번에는 대신 대화로 풀기로 했다.

"어머니 성함이 혹시 변 성 자 혜 자 쓰는 분이셔? 살아 계셔? 부모님은 둘 다 내가 아는 분이셨어."

수옥이 화들짝 놀라며 고개를 끄덕였다. 그런데 수옥이 양쪽

손바닥을 겹쳐 오른쪽 뺨에 대고 자는 시늉을 해 보인다. 아, 역시 이승 사람이 아니란 말이로구나. 참 묘한 기분이 들었다. 아니 기가 막혀 어떤 수단으로써도 그 기분을 표현하기가 힘들었다. 옛 연적의 딸을 그것도 천주교에서 운영하는 평화의 마을에서 만나다니…. 심상수 선생은 거의 반사적으로 수옥을 껴안고 말았다. 아니 수옥이가 먼저 심상수 선생 쪽으로 윗몸을 기대었는지도 모른다.

마을에서 내준 봉고에 편승해 오면서 30년 전을 되돌아보았다. 그래 주마등처럼 스친다는 말이 있었지. 그 표현을 빌려 쓰기로 하자.

심상수 선생은 1975년에 S중학교 교사로 음악을 가르치고 있었다. 나이 서른이었고 몇 군데 혼담이 오갔지만 어쩐지 성사가 되지 않았다. 그는 연애도 한 번 못 해 보고 서른을 눈앞에 두게 되었다. 비교적 가까이 지내던 친구가 있었으니 문성식. 그는 철도 공무원이었고. 역에서 근무했으며, 역시 총각 신세를 못 면하고 있었다. 좁은 바닥에서 둘은 동갑 특유의 우정으로 똘똘 뭉쳐 있어서 그들의 일거수일투족이 읍민들의 입방아에 자주 오르내리기도 하였다. 하기야 예를 들어 낚시를 같이 갔다는 둥, 낙동강 시장沙場에서 엉켜 붙어 세 시간 동안 레슬링 시합을 했는데 결판이 나지 않았다는 둥, 그런 시시한 이야기들이었다.

그 무렵 우체국에 아리따운 규수가 부임해 왔다. 가장 중요한 비중을 차지하는 우편물 취급이 그의 업무였다. 항상 창구에 단정한 옷차림으로 앉아서 고객들을 친절하게 맞고 있어서 그의 인기는 날로 더해 갔다. 반듯한 궁체로 직접 써서 만들었다는 변성혜라는 명패가 얹혀 있었다.

어느 날 심상수 선생이 등기 편지를 하나 부치려고 우체국 문을 열고 들어서는데, 문성식이 변성혜와 맞은편에 앉아 있었다. 변성혜는 미소만 짓고 있었다. 참 아름다웠다. 둘 다 볼일을 보고 나서 돌아 나오는 길 심상수가 물었다.

"야, 무슨 이야기를 그렇게 정답게 하노?"

"왜, 질투 나더나?"

"무슨 소리 하노? 묻는 말에 대답이나 해라."

"응, 목포가 고향이라 카더라. 우체국 국장님이 먼 친척이라 일도 배울 겸 도와 드리려고 와 있다카대."

그로부터 둘 사이엔 변성혜라는 우체국 임시 직원을 앞에 두고 라이벌 의식이 움트고 있었다.

그런데 인물이며 재력으로 따지자면 문성식 쪽이 훨씬 나았다. 그는 180센티미터의 장신에 인물이 출중하였다. 1천 평이 넘는 포도밭을 그의 부친이 가꾸고 있어서 알부자로 이름나 있었다. 결혼을 한다면 그 전 재산이 고스란히 아들 앞으로 넘겨 준다는 걸 공언하고 있었다. 그리고 그는 삼랑진 천주교 성당에 나가는 가톨릭 신자였다.

그에 비해 심상수는 다섯 척 다섯 푼밖에 안 되는 작달막한 키에 인물조차 문성식에 비해 형편없었다. 다만 그 특유의 성실한 생활 태도를 주위에서 높이 평가하고 있을 따름이었다. 당시만 해도 종교는 불교였고. 엄마를 따라 절에 다니는 정도였지만…. 그런데 변성혜는 결혼 이야기 따위엔 관심이 없었다. 어느 누가 결혼 이야기를 꺼내도 그는 전혀 대답을 않았다.

그러나 내색은 하지 않았지만 변성혜가 가진 이성으로서의 호감은 심상수 쪽에 기울어 있었다. 둘이서 가끔 데이트도 하다 보니 문성식도 그 눈치를 채게 되었다. 두어 번 심상수가 변성혜를 오토바이에 태우고 대신 부락 '음악 아지트'에 간 적도 있었다. 변성혜의 청에 따라 둘은 '목포의 눈물'을 시간 가는 줄 모르고 불렀다.

그러다가 변성혜가 일주일 동안 우체국에 얼굴을 보이지 않는 사건이 생겼다. 대신 창구에는 우체국 국장이 앉아 있었다. 엄한 얼굴인 우체국 국장에게 변성혜의 안부를 물을 수도 없어 총각 둘은 애만 태우고 있었다.

여드레째 되는 날 변성혜가 얼굴을 나타내었다. 그런데 이마에 큰 반창고를 붙이고 있는 게 아닌가? 일주일을 하루 넘겼는데 모습이 너무 초췌해 있었다. 그날도 오후 수업을 일찍 마친 심상수가 짬을 내어 우체국에 들렀다. 마침 손님이 아무도 없어 한산

하였다.

"어디가 아팠어요?"

"조금 다쳤어요. 목포에 갔다가 집 냉장고에 부딪혔어요. 내일 오후쯤 실밥을 뺍니다."

"그랬었군요. 보시다시피 제가 있으니 안심하십시오. 지켜 드리겠습니다."

변성혜는 오른손을 살며시 입가에 갖다 대고는 미소를 훔쳤다. 매력적이었다.

그런데 그 순간 변성혜가 모로 기우는가 싶더니 그만 꽈당하고 썩은 나무등걸처럼 온몸이 우체국 바닥에 내동댕이쳐지는 게 아닌가! 그러고는 사지를 쭉 뻗더니 입에 거품을 품고 의식을 잃고 말았다. 아, 뇌전증! 그때의 충격을 심상수 선생은 표현할 길이 없었다.

결국 심상수는 변성혜를 '짝사랑'하고만 꼴이었다. 변성혜 또한 자기 몸이 그런 걸 알고 있으니, 정말 사랑이라는 감정을 가진 심상수와의 결혼은 꿈에도 생각할 수가 없었다. 그래 그는 항상 종말이야 어떻든 순간순간의 행복한 마음만을 그대로 간직하고 싶었을 것이다. 그러니 언감생심, 어찌 결혼을 꿈에도 그릴 수 있었을까?

후문에 의하면 변성혜가 다친 뒤로 일주일 동안 간질약을 복용하지 못했던 게 화근이었다. 상처가 생각보다 깊어서 항생제

투여를 강하게 해야 했기 때문에 그 일주일은 한 사람의 운명을 송두리째 바꿔 놓기에 충분했다. 심상수의 충격은 실로 컸다. 그에게는 변성혜가 첫사랑이라 해도 과언이 아니었기 때문이다.

못 먹는 술로 시간을 보내다가 대신 부락을 혼자 찾아가 '목포의 눈물'을 색소폰으로 연주하고, 목에서 피가 나도록 부르기도 했다. 그러다가 밤이 이슥해서야 돌아오곤 하였다. 넋 나간 사람처럼 일상을 보내고 있는 자식을 보며 어머니는 이상한 생각이 들었다. 심상수 선생이 참한 규수를 만나 결혼을 하게 되리라는 기대를 가슴 가득히 안고 계시던 어머니였다.

"야야, 무슨 걱정거리가 있나? 그 아가씨 인자 우체국에 나오나?"

심상수는 대답 대신 엄마 손만 잡아 드렸다. 뭔가 심상치 않은 일이 일어나고 있음을 어머니도 눈치채신 모양이었다. 심상수는 우체국에 발길을 끊었다.

마침 새 학기를 앞두고 부산에서 고등학교를 졸업한 사람은 부산시교육청 관내로 전입을 허락한다는 지침이 내려왔다. 심상수 선생은 변성혜로부터 받은 충격의 도피처로 부산을 택했다. 이튿날 서둘러 서류를 접수시키고 다시 한 달 뒤 그는 부산 시내의 중학교에서 다시 음악을 가르치게 되었다.

그리고 30년, 그는 예순한 살이지만, 노총각 신분 그대로 평화의 마을에 걸음을 하게 되었는데, 오늘 뜻밖의 상황을 겪고 혼자

사는 아파트로 귀가하고 있는 것이다. 지난 30년, 삼랑진을 보고 오줌도 안 눌 정도로 깊은 생채기를 안고 있었는데 그 결말이 이렇게 나는구나. 물론 그 기나긴 세월 한번 발걸음도 ~~했었다.~~ 어머니도 여의었다. 주님 아니 계셨더라면 평화의 마을인들 어떻게 찾아들었을까? 그렇다! 여태 수백 번도 넘게 '살아 계신 주'를 불렀지만 오늘 낮과 같은 감동은 없었다.

저녁에 다시 기획부장과 30분 넘게 통화를 했다. 수옥이 말이 맞단다. 수용자 카드에 보니 아버지와 어머니 사이에 딸 하나가 있었는데 그게 수옥이란다. 들은 이야기라며 전해 준다. 아버지는 자원하여 목포 근처 역에 근무를 하다가 열차 사고로 순직하였고, 어머니는 뇌전증 병세가 악화되어 바다에서 실족사를 하였다고 했다. 아, 목포, 그 '목포의 눈물'을 어디에서나 그랬듯 심상수 선생은 지역 감정 타파 차원에서 불렀는데 수옥이에게 깊은 상처를 주었구나. 연적이라니, 얼토당토않다. 원수도 사랑한다는데, 하물며 30년 전 연적의 딸이랴. 그래 쓰다듬어 주자.

심상수 선생은 그제야 충격에서 벗어날 수 있었다. 수옥의 아버지와 어머니 아니 문성식과 변성혜가 어떻게 결혼을 하게 된 것인지는 미루어 짐작할 수도 있다. 그러나 다 부질없는 짓이다. 그 추억도 이제 하느님께 죄를 짓는 것이다. 30년 동안 지고 있

던 무거운 짐을 벗어 내려놓은 것 같아 참으로 오랜만에 숙면에
빠져들 수 있었다.

해운대 엘레지

용운은 마침내 두 손을 들고 만다. 지난 석 달 동안, 일요일마다 해운대를 찾던 일을 그만두기로 할 시점에 이른 것이다. 말이 쉬워 해운대지, 그의 집은 밀양 시내에서 한참이나 더 들어가야 하는 무안武安면에 있다. 왕복 다섯 시간은 좋이 걸리리라. 밀양역에서 기차를 타고 구포역에 내려 환승한다. 도중에 나는 사람이라도 만나면 차 한 잔이라도 나누기 마련, 지체하기도 예사이고말고. 그래 어떤 날은 여남은 시간은 잡아야 할밖에.

손 소령, 아니 예비역 손홍준 중령을 찾고 있었다. 그러니까 지난 5월 초순, 어느 일요일이었다. 용운은 밀양역에서 근무하다 정년퇴임한 친구와 바람 쐬러 해운대에 갔었다. 아니 친구의 카메라에 용운 자신의 모습을 몇 컷 담는 게 목적이었다. 초여름 기운을 느낄 날씨였다. 끼룩끼룩, 갈매기들이 떼 지어 날며 하늘을 수놓고 있었다. 애 어른 할 것 없이 한쪽 손의 엄지 사이에 새우깡을 끼고 있었는데, 갈매기들이 날쌔게 하강 곡선을 그리면서 그걸 낚아채 간다.

이윽고 비가 내렸다. 갈매기들도 비상飛翔을 멈추고, 무더기로 관목灌木 밑으로 모여들어 몸을 움츠리고 있었다. 가끔씩 찬란한 광선이 구름 사이를 뚫는가 싶더니 찬란한 수면에 곤두박질친다. 약간은 음산한 기분이지만, 바야흐로 역시 바다와 하늘, 생물체와 인파가 어우러졌다. 대자연의 오케스트라!

둘은 먼저 '해운대 엘레지' 노래비가 있는 곳부터 찾았다. 용운은 행인들의 시선은 아랑곳없이, 언제까지나 언제까지나… 하면서, '해운대 엘레지'를 불러 보았다. 그에 얽힌 추억들이 파도소리에 휩쓸려 창공을 가르고 있었다. 주마등 스쳐 가는 흔적이 겹치면서 잔영을 남겼다.

그러다 용운은 노래비 앞에서 혀를 끌끌 찼다. 본래 가사는 2절이 '안녕히 잘 있거라'로 끝나는데, 노래비에는 '잘 있게나'로 새겨 두었기 때문이다. 손인호는 역시 항상 후자後者를 택했었다. 구청에서 뭔가 잘못했다 싶었다.

베레모를 비스듬히 쓴 용운이, 노래비 앞에서 온갖 포즈를 취해 가면서 '부산 노래(부산의 지명이나 공간명이 들어가는 노래)를 메들리로 쏟아내는 데 상당한 시간이 걸렸다. 사람들이 구름처럼 모여들었다. 게다가 무거운 장비裝備를 든 카메라 가방을 멘, 비슷한 나이의 작가 – 한눈에 사진작가라는 느낌이 들 정도다 – 가 열심히 서터를 눌러 댄다. 친구가 주문하는 대로 용운은 한 시간 남짓 그렇게 요란을 떨었다. 어느덧 이마에서 흘러내린 땀방울이 타고 내려, 눈꺼풀을 파고들었다. 따가웠다.

목이 몹시 말랐던 터다. 주차장 옆에 자리 잡고 있는 노점상 아주머니한테 다가가 주스 한 잔씩을 주문해서 마셨다. 손수건을 꺼내 얼굴의 땀을 훔치는데, 아주머니가 말을 걸었다.

"두 분이 억수로 애쓰시던데, 뭐 할라꼬 그럽니꺼?"

친구 대답이다.

"이 친구 이번에 음반 아니 씨디를 하나 내는데, 이미 녹음은 다 끝났다 아닙니까? 그래 스냅 몇 장이 필요해서 내 카메라에 담으려고 왔습니다."

"그래예? 여기 자주 오시는 분은 아닌 것 같네예. 그리고 할아버지는 무슨 일 하십니까? 혹시 가수인가예?"

용운은 웃을 수밖에 없었다. 그래 이번엔 용운이 대답했다.

"옛날에 저기 AID 입구에 있었지요. 떠난 지가 20년도 넘었습니다. 김현옥 전 부산 시장도 이웃에 살았구요. 내가 가수는 맞습니다. 하지만 이름난 가수는 아닙니다. 회갑 기념으로 '부산 노래' 열아홉 곡을 취입하고 싶어서 몇 달 넘게 고생하고 있습니다. 오늘이 아마 마지막이 될 것 같습니다. 지난달에는 오륙도 가까이 배를 빌려서 갔다 왔습니다. 오륙도 돌아서면 태평양 항로…"

아주머니가 뜻밖의 제안을 했다.

"그라문 여기 오신 기념으로 저기 호텔 앞으로 한번 가보이소. 거기 칠순이 넘은 할아버지가 기타를 치고 있는 기라예. 해변 악사가 두서넛 되지만, 할아버지는 진짜 기똥차다 아닙니꺼? 일요일은 개근! 할아버지의 철칙이라예. 할아버지 반주에 맞춰 '해운대 엘레지'나 한번 불러 보이소. 기념이 되겠네예."

그건 뜻밖의 수확이었다. 마지막 장면을 무엇으로 장식할까 내내 고민하던 참이었으니까. 둘은 아주머니가 일러 주는 대로 발길을 돌렸다. 과연 할아버지는 거기에 있었다. 모자를 깊이 눌러 썼지만, 비어져 나온 짧은 머리가 은백색이었다. 나이가 들어 보였고말고. 게다가 색안경을 끼었다. 바닷가의 자외선에 그을려 얼굴이 온통 검붉은 색이었다. 노인들이 그의 기타 반주에 맞추어 목청을 돋우고 있었다.

♪ ♩ ♫ 갈매기 바다 위에 날지 말아요/ 연분홍 저고리에 눈물 젖는데/ 저 멀리 수평선에 흰 돛대 하나/ 오늘도 아아아아아 가신 임은 아니 오시나…!

이난영의 '해조곡海鳥曲'이었다. 언젠가 김상국 선배가 알토 색소폰으로 반주하고, 용운 자신이 이 해조곡을 부른 적이 있었다. PBC 임시 사옥 스튜디오에서.

낮술에 취해 몸도 가누지 못하는 노인들을 보니, 오히려 한가롭다는 느낌이 들었다. 용운의 본능이 꿈틀거리기 시작했다. 잠시 머뭇거리다가 그들의 틈을 비집고 들어섰다. 그리고 노인들과 어울렸다.

♪ ♭ ♫ 쌍고동 목이 메어 울지 말아요/ 굽도리 선창가에 안개 젖는데…!

용인은 잠시 뜸을 들이다가 기타를 연주하는 할아버지에게로 바짝 다가섰다. 그리고 허리를 굽혔다.

"저 노래 한 곡 불러 보면 안 될까요?"

노인이 모자를 쓴 채 인사를 듣는 둥 마는 둥 하고서는, 고개를 끄덕이고 하는 말이다.

"좋지요."

그러면서 노래집 파일을 펼쳐 보였다. 굉장히 두꺼웠는데, 거기서 고르라는 뜻인 모양이다. 둘의 시선이 딱 마주친 순간 용운은 감전이라도 된 것처럼 놀랄밖에. 어디서 많이 본 듯한 느낌이 들어서였다. 할아버지의 표정도 동시에 굳었다. 그러나 노인들의 채근에 할아버지의 손은 기타로 옮겨졌다. 용운은 '해운대 엘레지'를 열창했다. 용운의 노래 솜씨가 워낙 빼어나서였을까? 앙코르가 터졌다. '항구의 사랑'이며 '연락선은 떠난다'를 끝내고 나서 용운은 이 말 한마디를 건네지 않을 수 없었다.

"한데 선생님, 어디서 많이 뵙던 분 같습니다."

"워낙 세상은 넓지 않소. 닮은 사람도 많게 마련이오. 나는 그저 이름 없는 늙은이라오."

더 이상 지체할 수 없었다. 워낙 많은 노인들이 자천타천으로 한 곡씩 뽑아보고 싶어 줄을 섰기 때문이었다. 그러나 외국인도 많이 지나다니는 그곳에서 늙은 악사와 뜨내기 가수가 연출하는 '해운대 엘레지'라니 참 의미 있겠다 싶어,

"선생님, 제가 가끔 와서 뵙고 싶습니다."

하고서는 십만 원짜리 자기앞수표를 한 장 내밀었다. 할아버지는 고개만 약간 숙이고 가로젓는가 싶더니, 손가락을 다시 기타 줄에 얹는 게 아닌가? 세상에, 거절이었다.

식사 시간도 늦고 해서 용운은 친구와 함께, 옛날 살던 동네 밑에 가서 복매운탕을 한 그릇씩 시켜 먹고 귀로에 올랐다. 친구는 용운이 계속 고개를 갸웃거리고 있으니까 다시 묻는다.

"자네 오늘 왜 그러는가? 이상하이. 그 양반 아는 사람인가?"

"글쎄, 특별한 인연을 가진 사람 같은데 말일세. 도무지 생각이 떠오르지 않네. 우리 동洞에 살던 주민인지 모르겠고. 구청 아니면 시청 직원이었나?"

용운은 아무리 머리를 쥐어짜 봐도 그가 누구인지 역시 재생되지 않았다. 종내에는 심한 두통까지 왔다. 밀양역에서 내려 친구와 맥주 한 잔을 나누면서도 오직 그 노인 생각뿐이었다.

여덟 시가 넘어서 집에 돌아왔다. 아내는 용운의 오늘 고생이 이만저만 아니었다는 걸 눈치채고 있었다. 현인 선생의 동상 앞에서, 둘이 어깨동무를 한 한 컷을 찍기 위해 영도다리 끝까지 갔었다는 것도 아내는 알고 있었고말고. 휴대 전화로 연락을 했기 때문이다. 사십 계단 앞에서 아코디언 연주하는 악사의 동상 옆에도 앉았다. 용두산 계단에서 노인들과 어울리는 장면도 있다. 모두 친구의 카메라에 담겨 있으니 나중에는 알게 되겠지…. 용운은 몇 시간 만에 미소를 띠었다.

신발을 벗고 거실로 들어서는 찰나였다. 용운은 그 자리에서 석고가 된 양 굳어지고 말았다. 맞은편에 군대 복무 시절, 그러니까 상병 때 사단장 표창장을 받는 자신의 모습이 액자에 든 채 걸려 있었다. 1966년 10월 25일, ★사단장 육군 소장 김중창 공로 표창장 619호! 용운은 이윽고 자신도 모르게 소리를 질렀다.

"와, 정훈참모 손 소령少領, 아니 손 중령이었구나!"

옴 몸에서 한꺼번에 긴장감이 빠져나가는 느낌이었다. 그럴 수밖에. 그렇게 몇 시간씩이나 기억 아닌 기억과의 싸움을 벌였었는데, 집에 와서 겨우 찾았으니까. 거듭 말하지만 낮에 만난 노인은 손 중령이었다. 40여 년 만에 조우한….

1965년 3월 25일, 군 입대 시절로 되돌아간다. 참, 이 얘기부터 먼저 끄집어내야겠다. 용운은 고등학교 재학 중인 61년도에 보통고시에 합격한 바 있었다. 그래 고등학교 졸업 후 대학 진학을 않고 바로 공무원에 임용되었다. 하지만 기관지확장증氣管支擴張症을 앓았다. 그로 인해 군에 2년 늦게 입대를 해야만 했다. 훈련소를 거쳐, 영천 부관학교에서 다시 2차 교육을 받았다.

그리고 인사행정 특기병으로 배치된 곳이 경기도 파주에 있는 보병제★사단 부관참모부 상벌계였다. 주로 군 풍기 적발 확인서가 전군 헌병대에서 이첩 전달되면, 예하 연대와 직할 대대 혹은 사단 직할 중대에 내려보내고 통계를 내는 것 등이 주업무였다.

각종 소규모 비리에 연루된 장교들의 징계 서류를 상세히 검토하는 수도 있었다. 그걸 요약하여 사단장이 잘 알아보도록 정서, 기안문에다 첨부하기도 했다. 사실 헌병대나 감찰참모부에서 넘어오는 심문 서류를 보면 정말 황당하기 예사였다. 특히 맞춤법 따위는 우스갯거리였다고 하자. 그걸 아주 일목요연하게 정리한다는 것은 예사로운 작업이 아니었다. 가끔은 사단장의 인사말 같은 것도 초안을 잡았다. 물론 용운의 고유 업무가 될 수는 없었지만, 용운은 문장력이 뛰어났으니, 그런 일이 떨어질 때가 있을 수밖에.

어느 날 부관참모의 심부름(봉투 안에 든 서류를 전하는 것)으로 정훈참모부에 들렀는데, 용운과 동년배인 듯한 병장 하나가 용운을 아주 반갑게 맞았다. 그런데 정훈참모는 마침 자리에 없었다. 병장에게 봉투를 전하고 돌아서 나오려는 순간, 맞은편에 있는 큰 사진 한 장이 눈에 들어왔다. 걸음을 멈출 수밖에. 그리고 한참이나 그 자리에 서서 그걸 쳐다보았다.

'국민이 주는 희생의 상'이라는 제하題下에 머리를 아주 짧게 깎은 육군 소령 계급장을 단 젊은 장교가 허리를 90도로 꺾고 상을 받고 있었다. 입대하기 전, 그 상이 어떤 상이라는 걸 P 신문 보도를 통해 약간은 알고 있었지만, 수상자가 군인이라니 어리둥절할 수밖에. 수여하는 사람은 놀랍게도 박정희 대통령이었다. 영부인도 옆에 서 있었고. 군대에도 저런 잘생긴 장교가 있나 싶은 정도로 미남이었다. 수상자에게는 보통 사람으로서는 상상하기 힘들 정도의 거금이 부상으로 주어졌다.

키도 훨씬 커서 180센티미터는 되어 보였고, 늘씬했다. 그런데 대통령은 내외이고 수상자는 혼자! 용운은 의아심이 생겼다. 왜 대통령이 대신 수여를 할까? 김 병장은 용운의 눈치를 채고 그만큼 비중이 크다는 뜻이라고 설명을 했다. 그리고 손 소령은 미혼이란다. 그 상은 정말 이 국가와 사회를 위해 자기의 전부를 바친 사람에게 주는 대상大賞 중의 대상이라 덧붙였고.

용운은 선임하사에게 전화를 걸어 잠시 뒤에 가겠다고 보고했다. 다시 정훈참모부 사무실로 들어간 것이다. 이윽고 그의 공적이 김 병장에 의해 소개되었다. 부대에서 한참 떨어진 곳에, 음성이긴 하지만 한센병 환자 집단촌이 있는데, 손 소령은 그들을 오랫동안 돌보아 오고 숙식도 같이 해왔다는 것이다. 그게 특별히 참작이 되어 이 사단과 인근 부대에서만 10년 동안 근무해 왔다나? 참 잊을 뻔했다. 그는 독실한 불교 신자라서 항상 머리를 짧게 깎고 다닌다고 김 병장이 귀띔했다.

잠시 후에 정훈참모가 돌아왔다. 용운은 거수경례를 올려붙였다. 뭐 그럴 거 있느냐며 정훈참모는 아주 부드러운 표정으로 고개를 숙여 보였다. 세상에 일등병을 그렇게 대하는 소령도 있나 싶어 어리둥절해 있다가 돌아왔다. 김 병장이 따라 나오면서 하는 말이다.

"이 일병님, 저분이 점심 식사를 어떻게 하시는지 압니까?"

"무슨 뜻입니까?"

"아마 오늘도 생쌀이나 국수 삶은 걸 그대로 잡수셨을 겁니다."

"아니 국수를 그대로 잡수시다니, 멸칫국물도 없이 말입니까?"

"물론입니다. 현역 소령인데도 스님이시니까요."

그러면서 김 병장은 탁자 위에 수북이 쌓인 우편물을 가리켰다. 실로 엄청난 양이었다. 부관참모 김정호 중령과는 비교가 안 될 정도였다고나 하자. 워낙 좋은 일을 많이 하고, 군인의 신분으로 아주 특별한 삶을 살다 보니, 그의 팬이 전국에 엄청나다는 설명이었다.

용운은 미지의 세계에 들어왔다는 착각에 빠질 수밖에. 김 병장의 이야기는 계속된다. 제주도는 물론 외국에서도 사람들이 찾아온다는 것. 언론 기관에서도 엄청난 보도 경쟁을 하고 있고. 갖가지 물품이며 후원금이 답지한다고도 했다.

손 소령한테서 수시로 전화가 왔다. 업무가 끝나고 시간이 있을 때 선임에게 허락을 받고 자기에게 잠시 놀러 와도 좋다고. 용운은 어안이 벙벙했다.

며칠 뒤 손 소령이 아예 용운을 찾아왔다. 파격적인 예우, 그는 하대를 하지 않았다. 용운을 밖으로 불러냈다.

"이 일병 부산에서 공무원으로 있다 왔다지요? 난 해운대가 좋아요. 우리 어지간하면 어디서 '해운대 엘레지'나 한번 부릅시다."

"아니 제가 감히 어떻게…."

용운은 몸 둘 바를 몰라 했고말고. 군에 입대한 지 겨우 몇 달밖에 안 된 신참에게 소령은 장군만큼이나 높아 보이는 계급이다. 그런데 그 소령이, 더더구나 그렇게 큰 상을 받은 전국적인 저명인사가 그야말로 파격적인 후의를 베풀다니…. 용운이 잠시 머뭇거리고 입을 못 열자 손 소령은 눈치를 챘는지

"괜찮아요. 부관참모님하고는 얘기가 잘 되어 있어요. 어차피 부관참모부와 정훈참모부는 업무상 상당히 관련이 있어요. 가만있자, 부관참모님 말씀에 의하면 나와 열세 살 차인데, 우리 형

아우처럼 지내요.”

“……”

마침내 용운이 기어들어가는 목소리로 감사하다는 인사를 하고 수화기를 내렸다. 그런 뒤 실제 용운은 정훈참모부 옆에 있는 이발관에 가서 머리를 깎고 나서, 잠시 손 소령과 김 병장을 만나 환담을 나누곤 하였다. 누가 면회를 오느냐, 애인은 있느냐, 이런 질문을 걱정스레(?) 던지는 손 소령이 점점 형님으로 보이기도 하였다. 난생처음으로, 그가 직접 달여주는 녹차緣茶라는 것도 마셔 보았다.

한번은 돌아오는 일요일, 외출할 계획이 있느냐고 용운에게 손 소령이 물었다. 용운은 물론 없다고 대답할밖에. 대신 입고 있는 작업복을 손가락으로 가리키며 겸연쩍은 표정을 지어 보였다. 때가 많이 끼어 있었다.

“이걸 해결해야 합니다. 좋은 곳이 있습니다.”

“그래요? 그것참 잘 되었네. 나도 그새 게으름을 좀 피웠거든. 이 일병을 따라나서고 싶은데 괜찮겠어요?”

용운이 마다할 리가 어디 있겠는가? 이래서 육군 소령과 일등병이 냇가에서 빨래를 하는 기상천외의 일이 벌어지게 되는 것이다. 지금 생각하면 어찌 그리 허술했는지 모르지만, 병참참모부 옆 철조망에 겨우 사람 하나가 빠져나갈 구멍이 하나 있었다. 거길 지나다니는 민간인, 다시 말해 소수의 농부들이 있어서 아마도 그들을 위한 배려였으리라. 손 소령도 그걸 알고 있었다. 보초는 물론 없었다.

어쨌든 약속한 날 그들은 정훈참모실에서 만났다. 그리고 그 '개구멍'을 빠져나가, 한참이나 냇물을 따라 올라갔다. 군데군데 북한에서 날려 보낸 전단지가 흩뿌려져 있었다. 이윽고 둘은 실 오라기 하나 걸치지 않은 채, 속옷이며 작업복 따위를 물에 담그고선 돌멩이로 두들기는가 하면 손으로 비벼 땟물을 뺐다. 용운이 도맡으려 해도 손 소령은 손사래를 쳤다. 둘은 벌거벗고 서서 서로 마주보며 파안대소하기도 했다. 9월 중순이라 햇볕은 아직 따가웠고 주위는 온통 진초록이었다. 스님의 '고추'를 훔쳐본 것도 그때가 처음이었고말고! 손 소령이 한마디 했다.

"이 일병, 중위 시절이 말입니다. 강원도 어느 사단에서였지요. 오늘처럼 어느 계곡에서 목욕을 하고 있었어요. 머리를 짧게 깎고 있으니, 뒷모습을 보고 초등학생인 줄 알았던 모양이지요. 여대생인 듯한 처녀 둘이서 20미터 위에서 스타킹을 씻고 있다가 그만 짝을 놓친 모양입디다. 그중 하나가, '애야, 그 스타킹 좀 잡아 줄래?' 하기에 내가 벌떡 일어났더니 기절초풍을 하더라구요. 농담? 진짜입니다. 그 자지러지는 목소리 아직 기억하는 걸."

갖고 간 빵으로 둘은 점심을 때웠다. 복숭아 통조림도 있었는데, 아뿔싸 따개를 안 갖고 왔다. 그러자 손 소령은 이가 없으면

48

잇몸이라고 중얼거리더니, 통조림 밑바닥을 계속 바위에 문지르는 게 아닌가? 이윽고 튀어나온 가장자리는 거의 닳고, 뚜껑을 손가락으로 잡고 빼내니 내용물을 송두리째 먹을 수 있었다. 손 소령의 지혜 아니 경험에 용운은 탄복할 수밖에. 둘이서 흘러간 옛 노래를 큰 소리로 수도 없이 불렀음은 물어보나 마나. 노래를 절창하면서 벌거벗고 둘은 어깨동무를 하였다.

어쨌거나 그 뒤로도 여러 번 둘은 희한한 장교와 사병 노릇을 했다. 아 참, 손 소령은 가끔 기타를 들고 나왔다. 오기택의 '고향 무정', '영등포의 밤' 등을 원도 한도 없이 불렀다. 그리고 한 번도 빠뜨리지 않은 노래가 있었으니 '해운대 엘레지'! 빼어난 솜씨는 아니더라도 손 소령은 기타 줄에다 마치 혼이라도 싣는 듯한 표정으로 연주했다. 용운은 자기처럼 군대 생활을 멋지게 하는 사람은 드물다고 생각했다. 그러던 어느 날 용운은 충격적인 고백을 손 소령으로부터 듣는다.

"남구 용★동 있지요? 거기 음성 나환자촌이 내 고향입니다. 어머니 아버지가 환자이셨고, 그래서 나는 미감아未感兒란 소릴 들으면서 자랐지요. 미감아란 부모에게서 전염이 안 된 어린이라는 뜻으로 쓰이는 말입니다. 중학교에 진학했을 때 부모님이 돌아가셨어요. 그로부터 천애 고아가 되어 방황했지요. 고등학교를 졸업하고 부사관으로 입대했다가, 장교로 임관된 거예요. '해운대 엘레지' 왜 내가 거기 정신을 빼앗기는지 알 만해요?"

용운은 말없이 고개만 끄덕였다. 그리고 자신도 왜 '해운대 엘레지'에 미치는지 그 사연을 밝힘으로써 화답했다. 엄마가 그렇게 듣기 좋아하셨다는….

그러던 어느 날 용운은 사단장에게 올릴 징계 서류를 요약하다가 깜짝 놀랄 서류 하나를 발견하게 된다. 손 소령이 자기의 지프로 미제美製 다이얼 비누를 여러 상자 옮기다가 헌병대에 적발되었다는 것이 아닌가? 그건 용운에게도 너무나 큰 충격이었다. 다이얼 비누는 꽤 귀한 거였으니까. 어떻게 보면 그건 범죄일 수도 있었다. 한데 큰 상까지 받은 사람이 어떻게 그런 일을 저지를 수 있다는 말인가. 사람 좋은 선임하사(상사)는 용운을 위로했다.

"걱정 없을 거야. 무슨 사정이 있겠지."

아니나 다르랴. 그 사건은 견책까지도 않고 묻혀 버리고 말았다. 어떻게 물품을 입수했는지에 대한 기록은 없었다. 다만 자기가 부양하고 있는 나환자들에게 주려고 미군 장교한테서 얻었다는 정도는 알게 되었다. 그 서류 요약도 용운이 했고말고.

이 일을 계기로 해서 손 소령에 대한 용운의 관심은 더 깊어지게 되었다. 그러다가 그게 호기심으로 변하여, 어느 날 그는 손 소령을 조른다. 일요일 정착촌을 한번 방문하고 싶다고. 어느덧 그는 병장으로 진급해 있었다. 손 소령은 빙그레 웃더니 고개를 끄덕였다.

가을비가 추적추적 내리고 있었다. 손 소령이 운전하는 지프차에 오르는 순간부터 가슴이 두근거리기 시작했다. 공연한 짓을 했는가 싶어 후회스럽기도 했고. 부대에서 반 시간쯤 차를 이용했을까? 열대여섯 호쯤 되는 조그마한 동네가 하나 나타났다. 다시 20분쯤 더 들어가서 등성이를 넘어 공터에 차를 세우곤 둘이 내려 15분쯤 걸었다.

그러자 냇가에 10여 호쯤 되는 초가집들이 옹기종기 모여 있고, 입구에서 중년 남자가 마중을 나오는데, 아! 얼른 보아 열 손가락 모두가 없는 게 아닌가! 용운은 손 소령을 따라 얼떨결에 그의 손을 잡았다. 한센병이 그리 쉽사리 옮지 않고, 더구나 상대는 음성이라 손톱 끝만큼도 염려할 필요가 없는데, 용운은 멈칫거렸다. 여기저기서 사람들이 얼굴을 내미는데, 거의 다 60세를 넘은 것 같았다. 용운은 약간 불안하였다. 토안兎眼, 토끼 눈처럼 핏발이 선 눈 하며 뭉툭한 손으로 그들은 둘을 반겼다. 손 소령이 용운을 안심시켰다.

"괜찮아요. 약을 복용한 지 오래고, 다 나았기 때문에 전염 따윈 한갓 기우에 지나지 않아. 결핵환자도 일정 기간만 약 먹으면 음성으로 변한다고 하지 않아요? 그와 같이 생활한다고 누가 결핵환자가 되나, 원. 육영수 여사를 보아요. 그분은 서슴없이 그들을 껴안지 않던가?"

손 소령은 편안한 얼굴로 용운에게 말했다. 잘못된 선입견으로 혹시 양성 환자가 있을지 모른다고 판단할까, 그걸 염려하는 것이다. 그들은 거의 백 퍼센트 음성이라 완치의 개념으로 접근해야 한다고 강조했다. 다만 편견이 심해서 임시로 여기 거주할 뿐, 언젠가는 사회로 복귀하는 게 그들의 꿈이라 했다. 자신의 임무도 그거라 강조했고.

손 소령의 숙소도 똑같은 움막이었다. 거기서 그는 독신으로 살고 있었다. 그런데 전국 각지에서 답지해 온 선물들로 그의 집 안팎은 산더미가 되어 있었다. 주로 생필품이지만, 책이나 신문 등 읽을거리도 있었고. 그제서야 용운은, 출발 전 손 소령이 빵이나 과자 등을 좀 사 가는 걸 한사코 마다하는 이유를 알 것 같았다.

한 10분쯤 한 바퀴 동네를 둘러보았다. 냇가에서 머리를 감는 할머니도 있었다. 약간은 당황해하는 건 자신의 외관 때문이다. 물론 멀쩡한 사람도 있었다.

손 소령의 방에 앉아 있으려니, 삶은 달걀을 담은 그릇을 들고 누가 들어왔다. 서른 대여섯으로 보이는 여자였다. 깨끗하게 차려입었고, 얼굴도 상한 데가 없었다. 아니 여자는 굉장한 미인이었다. 보기 드물 정도였다고 하자. 그가 입을 열었다.

"맛 한번 보세요. 진짜 토종닭이 낳은 거예요. 녀석들은 산의 풀씨나 벌레를 잡아먹고 자라지요."

용운은 달걀 껍질을 까서 주면 어쩌나 싶었는데, 여자는 그러지 않았다. 손 소령은 씽긋 미소를 지어 보였다. 의미심장한 것 같아 오히려 묘한 느낌이 들었다. 이윽고 여자는 나갔다.

"다들 착한 사람들이지. 물론 정부에서 조금 지원해 주고 국민들의 관심도 많지만, 이들은 외로움을 달래기 힘들어해요. 나는 사정이 허락하는 한 여기 같이 있을 작정이오. 그들은 나를 '아버지'로 생각하고 있어요. 말하자면 젊은 아버지지."

다른 사람들은 비교적 갖은 반찬에다 기름진 쌀밥을 먹는데, 손 소령은 부대에서와 마찬가지로 국수 삶은 걸 그대로 찬물에 말아 삼켰다. 주민들은 대개 불교 신자지만, 영양이 부족하면 안 된다고 손 소령은 부연했다. 용운도 오기(?)가 생겨 손 소령이 권하는 대로, 맨 국수를 후루룩 삼켜 보니 별 거부감이 없었다.

이윽고 손 소령이 잠시 틈을 내자며 기타를 들고 문을 열었다. 어느새 마당에는 미리 약속이나 한 듯 서른 명 남짓한 주민들이 모여 있었다. 손 소령이 용운더러 그들이 좋아할 만한 노래를 불러 보라는 주문을 던졌다. 용운은 마이크만 잡으면 신이 나는 사람이다. 적어도 그 순간만은 한센병 환자에 대한 편견이 송두리째 사라지고 없었다. 트로트 곡들을 선보일 수밖에. '꿈에 본 내 고향', '타향살이', '해운대 엘레지' '영등포의 밤' 등이었는데, 주민들은 거의 열광하였다.

특히 '해운대 엘레지'에 그들은 아우성이었다. 이유는 분명히

있다. 그들의 '아버지' 애창곡인 것이다. 앙코르가 계속 터져 나
왔다. 3절은 더욱 가슴을 처연하게 만들었다.

🎼 ♭ 🎵 울던 물새도 어디로 가고 조각달도 기울고 바다마저도 잠이
들었나 밤이 깊은 해운대…!

누가 간이 무대로 뛰어 올라왔다. 역시 열 손가락이 죄다 없었
다. 마이크를 네 개의 손이 잡은 형국이 되어 버렸다. 섬뜩했지
만, 어떻게 내색을 한단 말인가? 아니 오히려 용운도 신이 나서
그의 손을 움켜쥐었다. 어느새 땀이 등을 타고 내렸다. 네 시쯤
에 그곳에서의 일과(?)가 끝났다. 부대로 돌아오려는데, 손 소령
이 차로 바래다 주겠다고 했다. 하지만, 비는 멎었으니 산천 구경
도 할 겸 기어코 사양했고, 두어 시간 걸어 부대에 도착했다. 외
출증을 끊었으니 위병소는 그대로 통과. 끗발 좋은 부관부 병장
에게 위병소 상병들이 경례를 올려붙였다.
　그 뒤로도 둘은 자주 만났다. 어떤 때는 버스를 타고 파주 시
내에까지 나갔다. 영화도 같이 보고 다방에 들러 차도 마셨다.
특히 복싱 경기는 손 소령도 너무나 좋아해서 거기서 텔레비전
으로 같이 시청했다. 김기수와 니노 벤베누티의 세계 타이틀 매
치를 보면서 얼마나 흥분했던가?
　어쨌든 손 소령은 군인이기 전에 스님이었음은 두말 하나 마
나. 지나가다 구걸하는 사람을 만나면 지폐 한두 장씩은 건네주

었다. 어쩌다 식당에 들어가서 라면을 먹는다 치자. 손 소령은 달걀도 넣지 않았으니 두말해 무엇하랴! 지갑은 너덜너덜했고, 그 안의 돈도 몇 푼 안 되었다. 야전 점퍼는 낡을 대로 낡았다. 소위 임관 때 입은 거란다.

손 소령과 그런 세월을 보내고 난 뒤 용운은 하사로 임용되었고, 다섯 달 동안 간부(?)로 지냈다. 드디어 입대 29개월 보름 만에 군복을 벗게 된다. 인사를 하러 갔더니 무척이나 섭섭해하면서, 손 소령은 봉투 하나를 내밀었다.

"이 하사와 나는 억겁의 인연이 있었지요. 지나가다 옷깃을 스쳐도 5백 생의 인연이라는데, 우리가 형제처럼 더불어 지낸 세월이 얼마요? 부디 성공하오."

"형님, 감사합니다. 이제 저도 형님을 조금은 닮아야지요."

처음으로 용운은 손 소령을 그렇게 형님으로 불렀다.

용운은 군대 생활을 그렇게 마치고 돌아와서 며칠 만에 공무원으로 복직하였다. 그 뒤로도 손 소령과 가끔 연락을 주고받았음은 물론이다. 다시 몇 달이 지났다. 손 소령으로부터 전화가 왔는데, 월남에 가게 되었다는 연락이었다. 물론 손 소령의 편지에도 자세한 내용이 있었지만 p 신문이나 다른 일간지에서도 이 거물(?)의 동태를 다투어 보도하였다. 손 소령의 처절한 몸부림을 보는 것 같은 그의 푸념을 들어 보자.

"세상 사람들이 자비를 베풀지 못해요. 정착촌이 철수를 하게 되었어요. 등성이에서 흐르는 물이 반대 방향인데도 밑 동네 사람들이 결사반대를 해요. 정착촌 주민들은 뿔뿔이 헤어지고…. 속수무책이오. 난들 갈 데가 어디 있겠어요? 월남 종군밖에."

세월은 모든 걸 삼킨다. 그렇게 한 해 두 해 흐르는 동안 용운도 자연히 손 소령을 잊게 된다. 월남까지 편지를 보내는 것도 무리였다. 손 소령이 돌보던 한센병 환자들은 이미 사라졌다는 소식도 면사무소를 통해 알게 되었을 정도였다. 용운은 눈을 감은 채 지난날을 되새겨 보았다. 눈물이 날 정도로 그리운 군대 생활, 그리고 손 소령!

다시 몇 년이 지났다. 용운은 손 소령에게 그렇게 큰 상을 안겨 준 p 신문을 읽다가 소스라치게 놀랐다. 아니 둔기로 머리를 한 대 세게 맞은 기분이었다 하자. 손 소령이 세상을 경악시킬 만한 일을 벌인 것이다. 그 내용을 요약해 본다.

월남전에 참전했다가 돌아온 손 소령은 중령으로 진급했으나, 원래의 ★사단에 복귀하지 못한 것은 뻔한 노릇. 자기가 돌보던 한센병 환자들조차 흔적 없이 사라진 뒤임에야. 그래 최전방 부대 정훈참모로 가게 되었다. 어느 날 그는 정훈 요원(병사 및 민간인)을 트럭에 태우고서 선임 탑승을 한 채, 모 예하부대 장병 및 주민 위문 공연을 가게 되었다. 그런데 운전병의 부주의로 차가 전복되고 만다. 손 중령이 가장 큰 부상을 입게 되었다. 척추

에 금이 가고 군 당국으로부터 현역 부적격 판정을 받고 만 것이
다.

여기까지는 흔히 있을 수 있는 일이다. 한 개인의 불행으로 치
부할 수 있는 일이니까. 그다음이 문제인 것이다. 그가 너무나
큰 범죄를 저질렀다는 것! 예비역 중령, 그는 군복을 벗었다뿐이
지 여전히 순진하였다. 평생을 부대 안에서, 그리고 상당한 삶을
한센병 환자와 살던 그가 아니었던가? 제대 후 그의 삶은 궁핍하
였다. 아무리 그래도 그렇지 그가 암자에 불을 지르고 금품을 강
탈하다니!

그것까지도 이해할 수 있다 치자. 그다음 내용은 용운으로 하
여금 천길만길 낭떠러지에 서게 하였다. 놀랍게도 그는 그동안
결혼을 하여 가장이 되어 있었다. 아이도 낳고. 어쨌든 그는 징
역형을 언도받고 영어圄圄의 몸이 되고 말았다. 순간 용운의 머
리에 떠오르는 그 옛날 한센병 정착촌에서의 아름다운 여자 얼
굴!

거듭 용운은 절망하였다. 한센병 환자들과 함께 기거하면서,
육식 따위는 입에 대지 않으면서 철저한 금욕 생활을 하던 그가
아니었던가? 같이 벌거숭이가 되어 목욕하고 빨래하고, 한센병
환자들에게 기타 반주와 노래를 선물하던…. ★사단 병참참모부
위 계곡의 진초록 수풀들도 오버랩 되었다. 떠벌이길 좋아하는
용운이다. 그동안 손 중령과의 인연을 자랑하며 얼마나 우쭐댔

던가?

용운은 스님 아니 예비역 중령인 그를 면회라도 한번 해야 하지 않겠느냐고 자문자답했다. 하지만 어느 교도소에 있는지 알수도 없다. 육군 본부 부관감실로 전화를 해 물어 봤더니, 대위라는 장교가 버럭 화를 냈다. 그런 양반 찾아서 뭐하겠느냐고. 그러던 용운도 장가를 가서 가정을 이루고 있었다. 공무원 생활에 젖어 들어 그 사회에서 알 만한 사람은 그를 알았다.

몇 달이 지났다. 가을비가 내리는 어느 날 오후 용운은, 그 악연(?)의 p 신문을 뒤적거리다가 다시 한번 놀라 자빠질 뻔했다. 분명히 어느 절의 대웅전 앞에 선, 손 중령을 본 것이다. 대자대비하신 부처님이 그의 자비를 받아 주셨는지 모르지만, 손 중령은 가사장삼袈裟長衫 차림으로 손에 염주를 쥐고 서 있었다. 표정은 온화했다. 참회한다고 했다.

그로부터 흐른 세월이 30년이다. 그런데 그와 조우遭遇한 것이다. 그것도 해운대에서. 그와 함께 군대에서 불렀던 '해운대 엘레지', 그 옛 추억을 가슴에 품고 해운대에서 다시 불꽃을 튀긴 인연을 어떻게 표현해야 하나? 꿈을 꾸는 것 같았다. 고물로 버려도 누가 주워 가지 않을 기타였지만, 그 위엔 '해운대 엘레지'의 무게가 실려 있었다. 다만 손 중령은 용운을 보고 단번에 알아보는데, 용운은 몇 시간씩이나 헤매었다. 그래도 뭐가 대수인가? 다음 주일에 해운대를 찾으면 될 거 아냐!

그런데 그다음 일요일부터 손 중령은 해운대에 모습을 드러내지 않은 것이다. 석 달 동안이나. 마침내 손 중령 찾기를 포기한 용운, 씁쓰레한 느낌을 내내 지울 수 없었다.

다시 긴 세월이 유속처럼 빨리 흘렀다. 서기관으로 구청 국장을 지내다가 정년퇴임한 그는 밀양 무안에 정착하기로 하고 거기로 흘러들어 갔다. 공교롭게도 마★리라는 마을은 한센병 정착촌이다. 거기서 얼마 안 떨어진 곳에 집을 짓고 살았던 것이다. 마★리 주민들과 친교를 맺으며 가끔 손 중령을 떠올렸다. 손자들도 미감아가 취학하고 있는 학교에 보냈다.

용운은 여전히 p 신문을 정기 구독하고 있었다. 어느 날, 손 중령 아니 빈처貧處 스님으로 추정되는 분의 입적 소식을 예의 그 p 신문이 보도하고 있었다. p 신문은 그를 끈질기게 추적하고 있었던 것이다. 『장발장』의 자베르 형사처럼! 차라리 기진한 맹수를 쫓는 하이에나에 비유하자.

부랴부랴 찾은 기장군 어느 산기슭의 조그마한 암자에서 가부좌 자세로 숨을 거둔 스님 앞에서 부처님이 웃고 계셨다. 전 재산 5백만 원이 입금된 통장에 메모를 하나 끼워 넣었는데, 가난한 음성 한센병 환자들을 위해 써 달라고 했더란다.

행자 비슷한, 말이 어눌한 청년 하나가 입을 열었다.

스님은 근검절약이 몸에 배어 있었더란다. 철저히 채식으로 일관했었고, 자비를 생활화하는 분이었다. 시주며 불전에 든 돈은 전부 가난한 이웃, 특히 음성 한센병 환자들을 위해 썼더라는 것. 경남 지방에 있는 정착촌은 훤히 꿰뚫고 있어서, 거기 가면 며칠씩 암자를 비우는 일이 있었단다. 스님은 오래전부터 일요일이면 평상복 차림으로 해운대로 나갔다고도 청년은 덧붙였다. 그리고 목돈(?)이라도 생겼다 치자. 가끔씩 경기도 어디에 다녀온다며 훌쩍 떠나더라는 것! 용운은 신음소리를 냈다.

"아, 스님은 파주에 다녀오셨구나!"

그분을 욕되게 해서는 안 된다는 생각에서 감추고 있었지만, 용운과 스님 사이엔 너무나 인간적인 또 다른 면모가 하나 있다. 영등포까지 나와 들어간 '정육점 불빛'이 환한 그 거리, 일(?)이 끝나고 나서 스님이 보여 주던 미소…. 용운은 그날 육욕에 불탔었고, 스님은 끝내 윗도리조차 벗지 않았었다. 오직 자비만 베풀었을 따름이라 하자.

한 싸움개의 불임기 不姙記

– 어느 애견의 장렬한 최후

오늘은 말복이다. 대학에 몸담고 있는 친구 K형을 찾아가서 점심이나 한 그릇 대접할까 해서 집을 나섰다. 정말 무덥다. 아내가 정성 들여 세탁해서 풀 먹이고 다려 준 모시 남방이, 땀에 젖어 이내 후줄근하다. 물에 빠진 생쥐가 따로 없다.

한 시 정각에 그는 약속한 전통 찻집에 나와 있었다. 그동안의 안부를 서로 묻고 녹차를 주문했다.

"그래 요즈음도 애견 장례식장 일을 보고 있는가?"

"그럼, 내가 할 일은 그것밖에 더 없으이."

"어때? 가족들 밥 굶기지는 않겠지."

"예끼 이 사람아, 내가 어디 돈 벌려고 그 일을 시작했는가? 연금만으로도, 우리 두 식구 문화생활까지 남에게 꿀리지 않네."

이윽고 둘은 인근 식당으로 자릴 옮겼다. 물금 할매 삼계탕,

그러나 말이 삼계탕이지, 보신탕과 삼계탕을 겸해서 하는 식당이다. 아니 메뉴가 그렇지만, 보신탕 찾는 쪽이 거의 80퍼센트 이상이고 삼계탕 손님은 가물에 콩 나듯 적은 숫자다. 내가 먼저 말을 꺼냈다.

"삼계탕 어때?"

"아니 나는 보신탕으로 하겠네. 요즈음 체력이 워낙 떨어져서 말일세."

나는 더 이상 그에게 삼계탕을 강권할 수 없었다. 그는 대학 강단에 서 있는 철든(?) 교수다. 더구나 오늘 손님 아닌가 말이다. 삼십 분쯤 지나서 음식이 나왔다.

그는 수육을 별도로 더 시켜 갖은 양념을 버무려서, 도무지 교수답지 않은 표정으로 게걸스럽게 먹었다. 마늘이며 부추 냄새가 코를 찌르는데도, 그런 것쯤 아랑곳없다. 이마에 흐르는 땀이 비 오듯 한다.

"그렇게 맛있는가?"

"그럼, 그렇지 않고."

나는 그만 입맛을 잃고 말았다. 몇 숟가락 뜨는 둥 마는 둥 하고선 물수건으로 입가를 훔쳤다. 그러나 내친김에 그에게 한마디 해야 했다.

"저기 보게, 저게 현주소일세."

나는 건너편에 앉아서 개 다리를 뜯고 있는 2학년쯤 되어 보이는 딸애를 가리켰다. 젊은 부모와 오빠인 듯한 남자애 등 네 가족이 외식을 즐기고 있는 참이었다. 순간 그의 얼굴에서도 고뇌의 표정이 스쳐 지나갔다. 나는 말을 이었다. 초등학교 어린이의 70퍼센트 이상이 보신탕을 먹어 본 경험이 있다는, 내가 조사한 통계를 그에게 내밀었다. 다음 말은 덧붙이려다 자존심을 너무 건드리는 것 같아 그만두었다. 입안에서 몇 번이나 맴돌았지만….

"초등학교 어린이들이, 아니 영아든 유아든 소년이든 청년이든 가장 좋아하는 동물은 당연히 견공犬公이네. 그다음이 아나 고양이던가? 그런데 고양이나 금붕어를 혹은 이구아나를 먹는 사람은 아무도 없으이. 노인네들도 지금은 고양이를 먹는 대신 관절염엔 글루코사민을 섭취하는 것쯤 안다네. 그런데 남녀노소를 불문하고 개를 먹는 게 현실일세. 하느님은 이런 모순을 우리에게 주어 고통을 맛보게 했다고 생각해. 심지어는 성직자도 즐긴다는 소문도 들리더군. 동물 사랑? 생명 존중? 그런 사람들은 '개발에 편자'라는 말이 딱 어울릴걸세."

적잖이 충격을 그는 받은 모양이다. 겸연쩍은 표정을 지어 보였다.

"그만하게나. 너무 심하지 않나. 나는 아직 보신탕 예찬론자일세."

음식값이 3만 원이 넘었다. 우리 본당 테레사 자매는 아침 아홉 시부터 밤 열한 시까지 부업을 해서 버는 돈이 한 달에 13만 원에도 못 미친다던데…. 오늘 내가 너무 허세를 부렸다.

우린 다시 좀 전의 전통 찻집으로 자리를 옮겼다. 녹차를 시켜 놓고 나는 보신탕을 폄훼하는 발언을 계속했다.

"개는 말일세. 아니 자네가 방금 먹은 그 개고기 출처 말일세. 실험실에서 폐사한 개의 주검이 상당수 식용으로 유통된다는 거야. 게다가 백신 제작용 실험 쥐 있지? 그것들이 제 임무를 다하면 개 사육장으로 팔려 나간다는군. 말하자면 사료飼料로 둔갑하는 찰나일세."

"그게 정말인가?"

"그렇다니까. 자칫하면 우리가 실험용의 실험용이 될 수도 있어."

"….."

"어때? 이만하면 내가 명예 개 박사쯤 하나 받아야 하지 않겠는가? 요즈음 학력學歷 때문에 전국이 시끌벅적한데, 이럴 때 고등학교 졸업으로 초등학교 교장에다 한국 애견가 협회장까지 지낸 내가, 보신탕 문화에 대한 국민들의 의식을 바꾸는 계기를 마련할지 누가 아나? 하하. 명예 박사 운운은 농담일세."

"그러나저러나 정말 자네 대단하이. 세상에 개 장례식장을 퇴임 후의 직장으로 삼다니."

"고맙네. 그러나저러나 나는 개 장례를 치르면서 항상 죄책감에 사로잡히네. 선고께서 입적(그때까지는 나는 불자였다)하셨을 때 나는 병원에 있었네. 모든 걸 아내에게 맡긴 만고의 불효자가 개 장례 치르는 일에 여생을 맡기다니 부끄럽네."

두서너 시간이 후딱 지나갔다.

누가 먼저랄 것도 없이 일어설 준비를 했다. 나는 그에게 오래전(그러니까 한 30년 지났나?)엔 나 자신 개고기 마니아였다는 사실을 고백해야만 했다. 그 이상 말로써 설명하려면 종일이라도 모자랄 게 뻔한 노릇, 나는 그 이유를 글로써 써서 그게 전하기로 하고 그와 악수를 나누었다. 모시 남방 꼴이 더더욱 말이 아니게 되었다. 그러나 오늘 참 좋은 일을 하였다고 나는 호기를 부리면서 다시 2킬로미터를 걷기 시작했다. 내가 보신탕을 멀리하게 된 진짜 동기를 글로써 나타내 보이려니 사뭇 떨리기도 하지만, 한편으로는 후련하다.

제목은 '한 싸움개의 불임기'로 잡는다.

세월은 거슬러 올라간다. 30여 년 전이다.

나는 S읍의 스무 학급쯤 되는 초등학교에서 교편을 잡고 있었다. 그런데 혼자가 아니다. 아내와 함께였다. 그 당시만 해도 간혹 허용되었던, 말하자면 동일교 근무 부부교사였던 것이다.

워낙 가난한 신접살림을 학교의 간이 사택에 차렸다. 그건 집도 아니었다. 헌 교실을 고쳐 구들장만 얹고 연탄 아궁이를 만든 거였으니, 겨울에는 방안 수은주가 영하로 곤두박질치기 예사였다. 그러던 어느 날 내가 입을 열었다.

"여보 우리 개나 한 마리 사다 기릅시다. 그걸 부   히 삼으면 혹시 보름 동안 국수 먹는 이 지긋지긋한 생활을 벗어날 수 있을지 모르겠구려."

아내는 귀가 솔깃한 모양이었다. 아내와 나는 그 무렵 두 달에 한 번도 쇠고깃국을 먹을 수 없을 정도로 허기로 세월을 채우고 있었으니까.

한참 개 싸움이 유행이어서 웬만한 사람은 도사견을 키우던 시절이었다. 뭐 다쯔나미인가 뭔가 하는 종견種犬은, 무견대회에서 백전백승한 경력으로, 한 번 교배시키는 데 5만 원인가를 받는다 했다. 그 다쯔나미와의 사이에 난 강아지면 5만 원쯤 받을 수 있으니(난 6만 원이 결혼 비용이었다), 내 결혼 비용 다섯 배를 너끈히 벌 수 있다는 계산이다. 순진한 아내의 대답이 나오는 데는 그리 긴 시간이 필요 없었다.

"돈 번다면 회 한 접시와 냉면 한 그릇 사 주어야 하겠어요. 그게 소원이에요."

그 다음 주 일요일 우리는 부산행 기차를 탔다. 『도사견 총서叢書』라는 책을 한 권 사서 몇 번이고 훑어본 참이었다. 그리고 수소문 끝에, 하단에 있는 어느 도사견 사육장에 가서 튼실한 암 캉아지를 한 마리 구입했다. 다쯔나미 2세다. 가슴이 부풀어 올랐다. 제법 까다로운 절차를 거쳐 족보도 발급받았다.

그길로 아내와 나는 기차를 타고 귀갓길에 올랐다. 다 크고 나면 침을 질질 흘리는 도사견이다. 하지만 강아지 때는 한없이 귀여운 법, 사람들은 탄성을 지르고 있었다. 그 날 밤엔 엄마 품이 그리워 간간이 울었다. 그러나 워낙 우리가 잘해 줘서 그런지 녀석은 얼마 안 가서 적응해 나갔다. 생후 두 달이니 쌀싸라기를 구해다 우리도 못 먹는 명태를 고아서 섞은 게 녀석의 주식이었다. 출장 가는 날 아침, 라면에 달걀을 넣으려다 보니 딱 한 개뿐이다. 나는 두말없이 그걸 녀석의 밥그릇에 던져 넣었다.

참, 이름을 '바라'라고 지었다. 족보 있는 개는 원래 원산지, 엄밀하게 말하면 그 견종이 어느 나라 것이냐를 따져 작명作名하는 게 관례다. 사람도 아닌 한갓 미물인 개, 독일산 셰퍼드로 사람조차 받기 어려운 소파 상을 받은 개는, 그래서 이름이 라츠였다. 어쨌든 '바라'는 일본말로 장미薔薇라는 뜻이다.

바라는 정말 무럭무럭 자랐다.

집에 와서 넉 달쯤 되었을까? 아내와 나는 녀석을 사택의 간이 대문 옆에 묶어 두고 출근하였다가 점심 먹으러 돌아와 보니 아뿔싸, 녀석이 뒷다리를 심하게 저는 게 아닌가! 깜짝 놀라서 아내와 내가 동시에 달려가 녀석을 안았다. 골절骨折이었다. 그것도 아주 심한…. 마침 지나가다 우릴 본 동장洞長이 안됐다는 표정으로 한마디 했다.

"열 시쯤 삥순이가 와서 싸우는 것 같았습니다. 바라에게 오히려 삥순이가 물리는 것 같았는데요."

아닌 게 아니라 근처에 핏자국이 여기저기 보인다. 아무튼 그때까지만 해도 우린 별걱정을 않았다. 동물 병원에 가서 깁스를 하면 되겠지. 아 참, 삥순이란, 십 리쯤 되는 동네에 움막을 짓고 사는 부랑아가 기르는 개다. 잡종견 암놈으로 밤낮없이 떠돌아다니는 녀석이다. 삥 돌아다닌다고 붙인 별명이다. 따라서 녀석은 아무거나 닥치는 대로 잡아먹고, 암캐라면 상대를 가리지 않고 싸운다. 말하자면 녀석에겐 '남녀'는 있지 '노소'는 따로 없는 것이다. 그 녀석이 우연히 사택 앞을 지나는 길에 바라의 밥그릇을 탐하다가 싸움이 붙은 모양이다. 바라는 침입자를 그냥 놓아두지 않았다. 겨우 8개월 된 어린 강아지가 목줄에 묶인 채로지만, 거구의 여섯 살배기를 쓰러뜨린 것이다. 우리는 골절 걱정 따위는 뒤로하고 오히려 바라 칭찬에 침이 마르지 않았다.

그런데 일과를 마치고 녀석을 실은 채 십 리 길을 걸어서 동물 병원에 갔더니 수의사가 근심스런 표정을 짓는다.

"너무 심하게 뼈가 부러졌는데요. 삥순이인가 하는 녀석에게 물려도 대단히 세게 물렸습니다. 그러나저러나 이 녀석 정말 대단한데요."

"어떻게 되겠습니까?"

"불행히도 완전히 치료는 되기 힘듭니다. 깁스를 한다 해도 다리 발육이 제대로 되지 않고 평생 쩔뚝거리며 살게 되겠지요."

"강아지 낳는 데는 지장이 없겠습니까?"

"그야 물론이지요. 좋은 후손後孫을 기대하며, 사랑이나 듬뿍 쏟으며 기르십시오."

하는 수 없었다. 아내와 나는 다시 눈물을 뿌리며 발길을 돌려야만 했다. 침통한 아내의 얼굴을 보니 말문이 아예 열리지 않는다. 아내도 마찬가지, 다만 이심전심 불구인 내 자식 – 정말 애견가는 자기 개를 자식이라 부른다 – 에게 더욱 애정을 쏟자는 교감이 이뤄지고 있었다.

그 일이 있고 난 뒤에 정말 우리는 녀석을 친자식처럼 길렀다. 몸무게가 이미 5관이 넘은 녀석을 나는 업어 보기도 하였다. 도사견 표준에 정통하지도 않은 처지에서 내가 내린 판단은 녀석이야말로 표준이다 싶었다. 그때도 우리는 빚에 쪼들려 이틀에 한 끼는 국수로 끼니를 때웠다. 대신 녀석은 항상 생선 대가리 등과 싸라기로 쑨 죽으로 호식好食하였으니 그야말로 늘어진 개 팔자였다.

열한 달인가 되었을 때 첫 발정이 왔다. 우린 기뻤지만 괘념치 않았다. 중형中型 이상인 개는 18개월이 넘지 않고서는 교배를 시키지 않기 때문이다. 가끔 사람이 개보다 못하다는 것은 이래서 나오는 모양이다. 열일고여덟 살 처녀 총각이, 아니 소녀 소년

70

이 불장난을 쳐서 어린애를 낳는 경우가 가끔씩은 있는 게 옛날이나 지금이나 마찬가지 아닌가 말이다.

그리고 일곱 달, 아내와 나는 거의 동시에 환성을 질렀다. 이제나저제나 하고 기다리던 두 번째 생리가 터진 것이다. 선혈鮮血이 그렇게 아름다울 수가 없었다. 김천시의 '개 사돈' 김상구 씨에게 전화를 걸었다. 그도 참 반가워했다. 전국에 수소문해서 미리 점찍은 사윗감은 체중 13관이 조금 넘는 다쭈, 그러니까 용龍이란 뜻을 가진 녀석이었다. 석 달 전에 전화로 연락을 주고받기 무섭게 김천시까지 가서 녀석을 만나 본 적이 있었다. 녀석은 바야흐로 종견으로 전국에 이름을 떨치고 있었다.

"언제 시작되었습니까?"

"바로 오늘 아침입니다."

"그럼 날짜를 잡아 봅시다. 열흘쯤 지나서 피 색깔이 좀 옅어지거든 꼬리 근처에 자극을 주어 보세요. 꼬리를 치켜들면 적기입니다."

그 정도야 나도 안다. 나는 수많은 서적을 뒤지고 해서 상식을 쌓아가고 있었다. 동물 병원에 가 보려다 너무 극성인 것 같아 그만두고 '진인명대천사'를 마음속으로 외치고 있었다.

그런데 걱정이 생겼다. 일주일쯤 지나니 바라의 눈에 눈곱이 끼기 시작하는 게 아닌가! 우선 우리가 쓰는 안약을 대신 눈에 넣어 주었더니 약간은 차도가 있었지만, 쉬 가라앉지 않았다.

드디어 열하루가 지나 4월 5일 금요일, 마침 그 날이 식목일이어서 나는 녀석에게 목줄을 걸었다. 밖엔 비가 추적추적 내리고 있었다. 체중이 10관이 넘고 한쪽 다리를 절며 눈병을 앓는 개를 누가 버스에 실어 주겠는가? 나는 녀석을 끌고 십 리를 걸어나가야 했다.

그러나 막상 역에서도 문제였다. 보통 개라 치자. 개장에 넣고 '활견活犬'이란 표를 목에 걸면, 대한민국 어디까지든지 화물칸에 실어서 이송이 가능하단다. 그러니까 바라는 외관상 혐오감을 줄뿐더러 마침 개장도 없단다. 나는 참으로 난감해서 그의 바짓가랑이를 붙잡았다.

"한 번만 봐 주세요. 제가 이렇게 사정합니다. 저 십 리 밖에서 교편 잡는 사람입니다. 이 녀석에게서 후손後孫을 급히 봐야 할 사정이 있습니다."

그때까지 물끄러미 나를 바라보던 그가 뜻밖의 제안을 한다.

"대신 개 주인도 화물칸에 동승해야 합니다. 그리고 목줄 단단히 잡고 사고에 대비할 수 있겠습니까?"

어느 안전이라고 내가 거역하겠는가? 나는 오히려 길길이 뛰며 좋아했다. 녀석도 내 말을 알아들었는지 꼬리를 살래살래 흔들었다. 이렇게 해서 그야말로 기상천외의 '신행新行길'이 시작된 것이다.

비는 그칠 줄 몰랐다. 내가 마치 개나 된 것처럼 온몸에서 냄새가 진동을 했다. 짐짝 틈바구니에서 둘은 우두커니 섰다. 역마다 문이 열릴 때 외는 공기가 통하지 않아 숨쉬기조차 힘들었다. 세 시간 가까이 곤욕을 치르고 드디어 김천역에 도착했다. 저 멀리서 사돈 내외가 손을 흔들었다. 아, 지금 생각해도 아찔하다! 지금 밝히는 게 순서가 아니지만 그들은 얼굴이 문드러지고 손가락이 떨어져 나간 음성 한센병자들이었던 것이다. 세상을 등지고 깊은 산중에 도사견 수십 마리를 키워 제법 쏠쏠한 재미를 보고 부富를 축적하여 시내에 빌딩을 두 채나 소유한 부부다. 하지만 천형이라 일컫는 한센 씨 병의 후유증은 그들의 삶을 송두리째 앗아가 버린 뒤였다.

아홉 시쯤 사돈집에 도착했다. 이미 날이 저물었는데도 발정 냄새를 맡고 그 많은 개들은 야단이 났다. 산 전체를 뒤흔드는 소리에 정신을 잃을 정도였다. 수캐만 여덟 마리이고 암캐는 서른 마리가 넘는단다. 바깥사돈은 녀석의 상태를 보더니 고개를 끄덕였다.

"오늘 교배시키고 나서 모레 또 한 번 더 시키면 거의 백 퍼센트 맞아 떨어집니다."

나는 동의했다. 늦은 저녁을 사돈 내외가 제공했다. 냄새가 기가 막힌다.

"영양탕입니다. 내가 시내에다 영양탕집을 따로 내놓고 있지요."

섬뜩한 느낌이 들었지만 워낙 시장하던 터라 마파람에 게눈 감추듯, 탕에다 밥을 말아 후딱 먹어치웠다. 굉장히 맛이 있었다. 한센 씨 병을 앓는 사람에 대한 편견은 갖지 않고 있던 터라 그게 가능했을 것이다. 승진하기 위한 논문을 쓰면서 알았는데 그 병도 여러 가지 종류가 있다 했다. 그런데 '나종형'인가 하는 것은 한쪽이 양성이라도 성생활에서조차 옮지 않는다더라. 게다가 둘은 음성 환자니까 나는 영양탕 한 그릇쯤 마음이 놓였다.

식후 한 시간쯤이나 지났을까? 바깥사돈이 방 안에 있는 나를 불렀다. 교배를 시킬 테니 와서 보라는 얘기였다. 바라는 어찌 된 셈인지 더욱 기운이 처져 있었다. 나는 고개를 갸웃거렸다. 내 지나친 욕심으로 저러다 녀석을 죽이는 거나 아닌가 싶었다. 다쭈가 길길이 뛰며 주인 내외를 따라 나왔다. 신방은 비교적 커서 사람 셋과 개 두 마리가 들어가고도 공간이 많이 남았다. 녀석은 마치 옛 애인이라도 만난 듯 코를 마주대고 씩씩거리다가 거침없이 짝짓기 자세를 취했다. 그러나 바라는 뒷다리가 성하지 못하니 자연 교배가 힘들었다. 게다가 적기인데도 한사코 거절하는 표정을 지어 보여, 나로 하여금 안절부절못하게 하였다. 하는 수 없이 바깥사돈 시키는 대로 내가 녀석의 아랫배 밑으로 팔을 집어넣어 꼬리를 잡아 옆으로 젖힌 뒤 녀석의 하체를 받쳐주는 등 한참이나 고생을 하였다. 그렇게 한 시간쯤 씨름한 끝에 겨우 성사成事가 되었다. 다섯 모두가 땀으로 범벅이 되었다.

마침 별채가 하나 있어 거기서 잠을 자기로 하였다. 시내까지 가기에는 너무 늦었고 폭우 속을 뚫고 나가기도 모험이었다. 또 바라 곁을 떠나 있으면 녀석이 얼마나 불안해할까 봐서도 어쩔 수가 없었다. 그런데 뜻밖에 방이 너무 깨끗했다. 이부자리도 우리 집 것보다 나았으면 나았지 못하지 않았다. 후두둑후두둑 빗방울 소리가 계속 귓전을 때렸다. 숙면을 취할 수 없었다. 수시로 밖을 내다보며 바라의 동정을 살폈다. 내 발소리만 듣고도 녀석은 그 불편한 몸으로 일어나 꼬리를 흔들었다.

밤 한 시나 되었을까? 1년 반의 고생 흔적이 주마등처럼 스쳐 지나갔다. 녀석이 강아지 열 마리만 낳아 주면 빚 청산도 할 수 있으리라 여겨졌다. 뜬금없이 '어버이날 낳으시고 어머니 날 기르시니…' 정철의 시조가 생각나는 게 아닌가! 나는 전국 시조 경창 대회에 나가 입상한 적이 있는 터였다. 그러다가 가만 있자, 우리 바라를 위해 오늘 내가 시조 한 편을 창작하는 거다. 나는 메모지를 꺼내어 순식간에 휘갈겼다.

> ♪⌒ゞ 아비의 잘못으로 불구로 지냈으나
> 바라야 네가 오늘 신방을 차렸구나
> 내 가슴 벅차오르고 눈시울도 젖는다

두말할 것도 없이 녀석에게 다산多産의 축복이 있어야 하겠다는 아내와 나의 간절한 소원을 막무가내로 표현한 것이다. 유치하다는 자괴지심을 가질 겨를도 없었다. 나는 몇 번이고 "아비에 (의)…." 하고 목청을 돋우어 녀석을 위하여 시조창을 읊었다. 종내에는 처연한 느낌이 들어 시간 가는 줄을 모르고 있었다. 그러다가 모로 쓰러져 잠시 잠이 들었다. 세 시쯤이었을까? 나는 소피가 마려워 방문을 열고 바라 쪽을 보았는데 정말 세상에 이런 일이 있을까 싶은 광경이 펼쳐져 있는게 아닌가. 차라리 외면을 했으면 하는, 바라의 '간통' 현장을 목격한 것이다. 바라가 다쭈가 아닌 다른 도사견 수컷과 함께 바람을 피우고 있는….

나는 사돈 내외를 깨웠다.

"도대체 저게 뭐요? 개를 어떻게 관리했기에 저런 모습을 내가 봐야 한단 말이오."

사돈 내외도 경악했다. 아니 부들부들 떨고 있었다. 개 사육 수십 년에 처음 있는 일이라 했다. 빗줄기 속에서 그들은 꿇어앉다시피 하며 손가락이 없는 두 손으로 빌었다.

"병원에서 치료를 받던 놈이어서 퇴원한 지 며칠 안 되어 창고에 별도로 가둬 두었었는데…. 정말 죄송합니다. 용서하십시오."

나는 내 꿈이 한꺼번에 무너져 내리는 소릴 들었다. 가슴이 쿵쾅거리며 지축이 뒤흔들리는 것 같았다.

성한 사람들 같았으면 주먹이며 발길질을 했으리라. 그러나 상대는 모진 병의 후유증으로 남들이 접근조차 꺼리는 불쌍한 사람들이다. 그들의 설명을 들으면 이렇다. 몹쓸 놈의 저 녀석은

다쭈 다음으로 알아 주는 종견이다. 워낙 발정 난 암캐를 잘 다루
는지라, 사람의 손을 빌리지 않아도 저희들끼리 교배를 잘 해왔
단다. 교배 실에 밀어 넣기만 해 놓고 기다리기만 하면 이윽고 엉
덩이를 맞대고 사랑 나누는 모습을 보여 주곤 했다는 것이다. 하
기야 보기에도 녀석은 모델 뺨치는 미남(?)이다.

"혈통도 괜찮습니다. 암캐들도 이 녀석에게는 사족을 못 씁니
다. 어느 녀석의 정자를 받았을지 모르지만 수태해도 명견의 후
예는 틀림없이 생산할 겁니다."

그러면서 부연한다. 자기들이 부주의하여 신방 문을 허술하게
잠갔단다. 병원에서 며칠 있다 보니 성욕을 참지 못한 놈이 창고
문을 교묘하게 열고 뛰어나와선 허술한 바라의 신방 문을 입으
로 열고 들어가 저들끼리 '눈이 맞았다'는…. 기가 막혔다. 그렇
다면 바라도 녀석을 좋아했기 때문에 자연 교배가 이루어졌다는
결론이다? 암수 서로 간의 선택, 신의 선물인가?

어느덧 새벽이 되어 나는 무거운 발걸음으로 귀가해야만 했
다. 거기서 고통을 감내하기가 오히려 힘들 것 같아서이다. 비는
여전히 억수로 쏟아졌다. 저 하늘에 구멍이라도 났나? 나는 하늘
을 향해 원망의 소리를 내뱉었다. 천신만고 끝에 집에 도착했더
니 아내는 고생했다면서 간이음식점에서 - 동네에 그런 데가 딱
한군데 있었다 - 사 왔다는 탕수육을 내놓았다. 몇 젓가락 집어
먹는 둥 마는 둥 했다. 그러나 아내에게 '그 일'을 말할 수 없었

다. 절망이 집안을 휩쌀 것 같아서이다.

하루를 쉬고 다시 녀석을 데리러 연가를 내고 김천시로 향했다. 비는 그치지 않았다. 바람까지 몰아쳤다. 기차 안에서 내내 한숨이 나왔다. 다른 녀석과의 정사 장면이 마치 유령처럼 내내 머리를 혼란시켰다. 바라는 정말 지쳐 있었지만, 이번엔 자포자기인지 우리가 시키는 대로 다쭈와의 교배에 순순히 응했다.

내려오는 길의 고생은 올라갈 때와 비교할 수 없을 만큼 차라리 처참했다는 게 옳을 정도였다. 김천역 역무원의 한 마디 거절로 시외버스 짐칸에 녀석을 우격다짐으로 처넣고 보니 내가 죄인이라는 느낌이 들었다. 거기서 들리는 울부짖는 녀석의 두려움에 찬 울음소리는 아직도 나를 공포로 몰아넣는다. 한 시간 이상 그랬다. 그리고 다시 대구역에서 사정사정하여 화물칸에 탔고.

그 이상은 여기 적지 못하겠다. 가슴이 터질 것 같아서이다. 다만 하나 밀양역에서 집에까지 오는 도중, 철교 위에서 기차와 맞닥뜨릴 찰나, 둘이서 강물로 뛰어들던 아찔했던 4월 7일 20시 55분의 '구사일생' 이야기는 내 후손들을 위해서 적는다. 내 세상에 태어나서 진정한 죽음의 고비를 그때 처음 넘겼다. 그 전의 여타 자질구레한 생과 사의 이야기는 한갓 에피소드에 지나지 않을 것이다.

초조하게 기다리던 아내와 나는 부둥켜안았다. 이제 두 달만

지나면 손자들을 여럿 볼 테고, 그 녀석들이 젖 뗄 무렵 애견 센터에 내다 팔아 목돈을 쥐자. 그때엔 사흘이 멀다 하고 오토바이를 타고 찾아오는 빚쟁이 이하우 씨의 손으로부터 벗어날 수 있겠지. 아 그 탈탈거리는 엔진 소리가 얼마나 무서워 몸서리쳤던가 말이다.

그런데 녀석의 몸에서 이상한 증상이 나타난 것이다. 집에 돌아온 지 일주일 만에 고약한 냄새가 나서 온몸을 자세히 살펴봤다. 이를 어쩌나 음부가 엄청나게 부어오르고 거기에서 여느 때와 다른 분비물이 비치는 게 아닌가! 선생님들도 뭔가 좀 이상하다는 듯 수군거렸다.

나는 부랴부랴 『애견의 모든 것』이라는 책을 펼쳐 들었다. 폴립polyp! 성병의 일종인데 상대가 이 병을 가졌으면 교접에 의해 어김없이 생기는 혹이라는 게 아닌가. 더 자세히 다른 책까지 뒤졌다. 수술을 하는 도리밖에 없단다. 눈앞이 캄캄했다. 그날 밤 일이 다시 생각났다. 놈과 바라가 엉덩이를 맞대고 있던…. 이윽고 바깥사돈이 하던 말이 기억났다.

"병원에서 퇴원한 지 며칠 안 됩니다."

그렇다면 놈이 범인? 나는 당장에 수화기를 집어 들었다. 그러나 아내가 말렸다. 연전 어느 한센병 집단촌에 들렀다가 손가락 없는 손에다 화투장을 펼쳐 들고 화투 치던 할머니들을 보았지 않느냐고 하면서. 말하자면 사돈 내외의 고의가 아닌 이상 항

의해서 뭐하겠느냐는 뜻이었다. 아내는 그만큼 나보다는 불쌍한 이웃을 아는 사람이었던 셈이다.

이튿날 아는 동물 병원에 연락을 해 봤더니 일단 데리고 와 보란다. 그러나 나는 다시 아픈 녀석을 끌고 나설 용기가 나지 않았다. 아니 그보다 뱃속에 든 강아지들만은 어떻게 하든지 내 정성으로 살려야 하지 않겠느냐는 무모한 생각이 앞섰다는 게 낫겠다.

그러나 녀석의 증상은 더 심해질 뿐이었다. 10미터 떨어진 교실에서도 어린이들이 코를 막는 시늉을 낸단다. 우리 둘 아니 셋은 완전히 미운털이 박히고 말았다. 하는 수 없었다. 마침 학교 울타리 뒤에 빈집이 하나 있었다. 마치 흉가처럼 허물어져 가는…. 거기 기둥에다가 녀석을 비끄러매어 두었다. 대신 사료를 세 끼 제공하는 것은 잊지 않았다. 가끔 들여다보기도 했다. 녀석은 밤낮으로 몸부림쳤다. 집에 데려다 달라는. 애간장을 태우는 울부짖음은 아내와 나의 가슴을 찢어 놓았다. 특히 비가 와서 그 빈집 마당에까지 물이 차오르면 녀석 생각에 잠을 이룰 수 없었다.

설상가상, 두 달이 가까워져 오는데도 녀석은 배가 불러오지 않았다. 45일만 되면 보게 되는 태동胎動도 녀석에게는 없었다. 동물 병원 의사에게 연락을 해 보았더니, 쯧쯧 혀를 차고선 한 마디 던진다.

"진작 얘기했으면 폴립 수술을 했을 텐데요. 이번 강아지는 단념해야 했습니다."

우리 둘은 대꾸할 엄두조차 나지 않았다. 다만 수술 후엔 다시 생산이 가능하다는 그의 말대로 며칠 회복 시일을 거쳐 동물 병원에 데리고 가야지 그렇게 의논이 되었다. 일주일쯤 영양식을 시키고 강물에 나가 깨끗이 목욕이나 시키기로 하고, 캄캄한 밤 녀석을 찾아가서 쓰다듬었다. 그러다 셋은 눈물을 뿌리기 예사였다.

그러고서 6일째, 새벽 다섯 시가 되었는데도 녀석의 울음소리가 들리지 않는 게 아닌가! 처음엔 오랜만에 장맛비도 그쳤으니 기분이 좋아 깊은 잠에 빠진 줄 알았다. 그러나 어쩐지 불길하다. 밤새 한 번도 우릴 찾지 않다니? 가슴이 덜컥 내려앉았다. 나는 아내를 깨울 생각도 않고, 부리나케 녀석에게로 뛰어갔다. 그리고 나는 소스라쳐 그 자리에서 장승처럼 우뚝 서고 말았다. 바라가 숨을 거둔 것이다.

한참을 그렇게 있다가 나는 정신을 차려 바라를 내려다보았다. 다른 덴 전혀 외상外傷이 없는데, 아픈 다리만 거의 완전히 너덜너덜한 채다. 그런데 어찌 된 셈인지 핏자국이 보인다. 마침 냇물이 마당까지 샅샅이 훑어 씻어간 뒤라, 바라의 주위는 비교적 깨끗하였던 터다. 그래 그 흔적은 더욱 선명하였다. 핏자국은 섬돌 앞을 지나 뒤란까지 이어져 있었다. 마치 전설의 고향의 한

가운데 선 것 같은 느낌이 나를 사로잡았다. 그리고 나는 보았다! 거기 목줄이 끊어진 채로 나뒹그러져 있는 뻥순이의 주검을.

허탈감으로 집에 돌아와 아내에게 입을 열기까지는 한참씩이나 시간이 흘렀다.

그 침묵을 이용하여 나는 추정해 봤다. 뻥순이는 오래 전 자기에게 모욕을 준 바라를 절대 잊지 못하고 있었다. 복수, 그 복수의 칼을 갈았던 것이다. 여덟 개 동을 휘젓고 다니는 뻥순이가 바라의 현재 처지를 모를 리 없었다. 그러던 어느 날 오랜만에 날씨가 개어 싸움하기 좋은 밤, 그 지칠 대로 지친 바라를 겨냥하여 덤벼든 것이다. 그러나 바라는 싸움개다. 아무리 체력이 바닥이 나도 까짓 똥개 한 마리는 잽도 안 될 게 뻔한 노릇, 뻥순이는 목 전체가 바라의 입안에 들어가고 끽소리조차 못 낸 채 저승길로 간 것이다. 그리고 혼신의 힘을 다해 기어간 게 고작 10여 미터, 놈은 그렇게 일생을 마감했다.

대신 바라도 먼저 뒷다리를 물렸다. 대신 젖 먹던 힘조차 없는 바라도 다리에서 뿜어져 나오는 선혈을 스스로 막을 수가 없었다. 나를 향해 아버지! 라고 부르려 했지만 목소리는 입안에서만 맴돈다. 아니 토사견은 싸우다가는 소릴 내지 않는 천성을 지녔다.

아내는 아니 우리는 대성통곡을 했다. 아버지 어머니가 돌아가셨을 때만큼이나 꺼이꺼이 울었다. 선생님들이 달려오고 야단이 났다. 등을 토닥거려 줘도 위로가 되지 않았다. 깡패 같은 뼹순이의 주인도 그 상황을 설명 듣고, 오히려 우리에게 미안해했다.

여름이라 빨리 어디 묻어야만 했다. 그러나 이번만큼은 내 손으로 그럴 힘이 없었다. 너무나 지쳐 있었던 것이다. 하는 수 없이 조금 떨어진 곳에 사는 학부모 한 사람에게 부탁했다. 그는 쾌히 승낙을 했고, 바지게에 가마니 한 짝을 얹어 달려왔다. 그리곤 바라의 주검을 그렇게 지고 횡하니 뒷산으로 갔다. 이윽고 그는 만면에 웃음을 띠고 돌아와서는 손을 툭툭 털었다. 그가 참 고마웠다.

그런데 말이다. 다음 날 아침이 일요일이라 학부모 집에 고맙다는 인사를 하려고 들렀다가 나는 기절초풍을 했다. 보리죽도 못 먹는 그 집에서 고기 냄새가 나는 것이다. 마침 기가 막히게도 우연히 내 옆을 지나가던 그 동장洞長이 하던 소리는 지금도 나를 떨리게 한다.

"어제저녁에 저 친구가 개를 도로 파 왔다 카대예. 마 선생님이 이해를 하이소."

아직도 바라의 가슴 아픈 충격은 내게 남아 있다. 그래서 나는 교직에서 정년퇴임한 이후 부산에서 유일하다시피 한 애견 장례식장을 꾸려 나간다. 돈은 절대 안 된다. 연금 수입의 일부를 밀어 넣어야만 한다. 물론 몸이 약한 데 좋다고 해서 입에 대던 보신탕은 개사돈 집에서 먹었던 게 마지막이다.

어제도 자식만큼 애지중지하던 열두 살 먹은 요크셔테리어가 노병老病으로 죽었는데 그 주검 앞에서 성호경을 긋는 노부부老夫婦가 있었다. 염을 하던 젊은이의 숙연한 모습이 다시 떠오른다. 삼베 수의壽衣를 곱게 차려입은 애견 앞에서 부군은 눈물을 흘리는 데 반해 부인은 오히려 미소를 지었다. 그리고 부인은 말했다.

"넌 하느님 틀림없이 하느님 나라로 갈 거야."

우리 둘의 자화상을 보는 것 같아 흠칫 놀랐다. 그리고 대구의 화장장까지 그들과 동행했다 돌아왔다.

참 잊을 뻔했다. 그 뒤 봉급을 차압당하면서까지 하여 빚은 다 갚았고 지금 아내와 나는 비교적 건강하다. 가끔 이 성경 내용을 생각하면서 웃는다.

거지 라자로가 주인의 개가 먹다 남은 빵 부스러기라도 좀 달라고 애원하던 모습 말이다.

이승 그리고 저승 사이

범천凡川 선생이 노인들을 모시고, 두 달에 한 번씩 노래잔치
를 벌이기 시작한 지 다섯 번째 되던 해, 5월 어느 날이었다. 범
천 선생은 자기가 근무하는 학교에서, 이 노래잔치를 월례행사로
치러 오고 있었다.

마침 목감기를 앓고 있던 터라, 그는 서둘러서 이웃에 있는 한
지限地 의원에서 치료를 받기로 했다. 그가 교문을 나선 것은 괘
종시계가 12시를 울릴 때였다. 연신 기침이 나오고 있었다.

병원까지는 15분 거리였다. 길목에 있는 양로원 앞에서 할머
니 몇몇이 서성이고 있었다. 일찌감치 앞자리에 앉을 요량으로
한껏 성장盛裝을 하고. 범천 선생이 양로원을 막 벗어난 참이다.

얼른 목례를 하고 지나려는데 누가 등을 툭 친다. 돌아보니 일
찍이 여자 전투 경찰을 했었다가 공비 토벌 전투에서 한쪽 다리

를 다쳐 심하게 저는 푹술 할머니다. 자기 말마따나 귀천貴賤이 없어 치마가 땅에 질질 끌린다. 그 한 자락을 밟은 채 할머니가 건네는 말이다.

"보소 선상님요, 오늘은 우리 '오동동 타령'이나 실컷 부릅시데이!"

그러면서 주위의 시선 따윈 아랑곳없이 덩실덩실 어깨춤을 추며 '오동동 타령'을 부른다.

♪⌒ゞ 오동추야 달이 밝아 오동동이냐/ 동동주 술타령이 오동동이냐

그러자 할머니들 모두가 마치 약속이나 한 듯이 일어서서, 덩달아 '오동동 타령'을 쏟아내는 것이다. 길바닥에서 말이다. 순식간에 거리가 오동동 타령으로 가득 찼다.

불현듯 생각나는 게 있다.

사범학교를 나와 대도시에서 초임 교사 시절을 보내면서, 별난 짓도 많이 했었다. 교사로서의 자질이 부족해도 한참이나 부족하다는 자탄自歎을 했다. 그 시절 인기가 하늘을 치솟았던 쇼단이 들어올 때가 많았다. 그가 만사 제쳐두고 극장을 찾았던 것도 추억이라면 추억이겠다.

말하자면 유행가 가수가 그의 꿈이었던 셈이다. 실제로 그는 매혹의 저음 가수 남일해가 불러 공전의 히트를 기록하고 있던

'이정표'를 시도 때도 없이 흉내 내고 있었다.

특히 수업이 끝난 뒤의 별관別館에는 항상 그의 독무대가 마련되어 있었다. 여남은 명씩 모인 동료들이 박수를 보내는 가운데, 그는 내내 노래를 불렀다. 그야말로 줄기차다는 형용사가 어울릴 정도였다. 때로는 트위스트까지 곁들여가면서….

한번은 어느 쇼단 단장을 다짜고짜 만나서 가수로 데뷔시켜달라고 졸랐다. 그때 만약 그 둘의 뜻이 만났다면, 범천 선생은 지금쯤 허연 머리카락을 날리며 야간 업소에서 '신라의 달밤'이나 '번지 없는 주막' 따위를 부르고 있을 것이다.

범천 선생은 걸으면서 결심하였다. 그래 오동추야도 좋지만, 남일해의 '이정표'를 노인들과 함께 열창하는 거야. 특히 양로원 노인들은 나의 열성 팬이기도 하거든!

범천 선생은 발걸음을 재촉하였다. 목이 갑자기 따갑고 숨이 가빴지만 그는 서둘렀다. 지금은 이래도 내일 일요일 아닌가. 푹 쉬기라도 하고 나면 풀리겠지.

병원 안은 한산하였다. 치료 이틀째라 그런지, 예순이 넘은 여의사가 의자에서 일어나 무척이나 반기며 맞았다.

"어때요?"

"많이 좋아지긴 했어도 오늘은 두어 시간 내내 노래를 불러야 할 형편이라, 조금은 염려가 됩니다."

여의사는 진료 카드를 정리하고 있던 간호사를 불렀다.

"어제 반응 검사를 했지?"

"예."

여의사는 간호사에게 범천 선생에게 페니실린을 주사하라고 지시했다. 범천 선생은 몇십 분 뒤에 열광하는 수백 명의 노인들 앞에서 노래 부를 생각을 했다. 편안하게 엎드렸다. 이윽고 간호사는 범천 선생의 엉덩이에 주삿바늘을 깊게 찔렀다.

순간 그는 뇌腦를 빠개는 듯한 충격을 느꼈다. 이어 엄청난 굉음轟音이 귓속 저 밑에서 솟아오르는가 싶었는데, 그만 정신을 잃고 쓰러지고 말았다. 말로만 듣던 주사 쇼크에 빠진 것이다.

범천 선생은 바로 저승의 문턱에 들어선다. 보름달이 떴던가? 사방이 훤한데, 잘 다듬어진 잔디가 끝없이 펼쳐져 있다.

그 위를 그는 새처럼 날았다. 몇 개의 판자 울타리를 휙휙 스쳐 지나가는가 싶었는데, 눈을 떠 보니 솟을대문이다. 이윽고 대문이 열리고 범천 선생은 그들 중 어느 누구한테 끌려, 마당 한가운데로 들어섰다. 그리고 꿇어앉혀졌다.

"고개를 들라. 내가 염라대왕이니라. 네가 범천이냐?"

"예, 그렇습니다."

"어쩌다가 이리로 오게 되었는지 기억하겠느냐?"

"노인들과 노래를 부르려고 목감기 치료를 받다가, 주사 쇼크로 숨이 끊어진 줄로 알고 있습니다."

"그 죄를 네게 묻고자 함이니라."

"예? 죄라니요? 소인은 그저 노인들 앞에서 노래를 부르고 그들을 즐겁게 해 드린 것밖에는…."

"어디 기록 한번 보자. 너는 1만 명에 한 명 있을까 말까 한 목소리를 갖고 있긴 하다만, 노인들과 밤낮없이 유행가를 불렀구나. 저승에까지 네가 네 나라 위신을 실추시켰느니라."

범천 선생은 당황하였다. 도대체 이 양반이 내 목소리가 튼튼한 것은 두고라도, 노인들과 유행가를 많이 부른 건 어떻게 안다는 말인가? 게다가 이 갑남을녀에게 국위 실추 운운이라니. 정말 귀신이 곡할 노릇이다. 염라대왕이 다시 목소리를 높인다.

"그건 그렇다 치고, 넌 '불효자는 웁니다' 한 곡으로 태국 방콕인가 어디에서, 김 모라는 할머니를 죽음 직전까지 몰고 갔다고 하던데, 어디 그 얘기 한번 들어보자꾸나. 내 오랫동안 우스갯소릴 듣지 못해서 그런다."

범천 선생은 3년 전 일을 얼른 머리에 떠올렸다.

그는 그해 겨울 4박 5일 동안의 일정으로, 노인 30명을 인솔하여 태국 방콕으로 여행하고 있었다. 나이 많은 노인들이 해외여행을 기억하려면, 그 나라 명승고적 따위가 별 쓸모가 없다는 걸 그는 잘 알았다. 어느 박물관 같은 데 간 것 따위는 돌아서면 잊어버리는 것이다.

그래서 나흘 동안 그는 버스 안에서 내내 노래만 불렀다. 우리 나라 관광객이나 외국인들이 욕하지 않았느냐고? 그럴 때의 대답으로는 '걱정도 팔자'라는 게 알맞겠다. 범천 선생이 자기가 아는 3백 곡의 흘러간 옛 노래를 부르는 동안, 나머지 노인들은 절대 자리에 일어서지 못하게 했던 것이다. 대신 손뼉만 부지런히 쳤다!

그 광경을 본 사람들은 누구나 예외 없이 감탄했으리라.

"아, 서서 뒤로 본 채 노래를 부르는 사람은 목사牧師이고, 나머지 노인들은 기독교 신자쯤 되겠지, 찬송가 하나 열심히 부르는군!"

그런데 노래가 마침, '불효자는 웁니다'로 이어지자, 뒤쪽에 앉아 있던 김복순 할머니가 갑자기 얼굴이 새파랗게 질리고 만다. 이내 할머니는 숨이 넘어갈 듯한 모습이다.

범천 선생은 그 광경을 보자 이내 차를 세웠다. 바로 길가에 있는, 에어컨이 잘 들어오는 식당에 들어갔다. 할머니를 눕히고 우황청심환이다, 우황해독제다 하여 한꺼번에 입안에 털어 넣고 물을 마시게 했다. 30분쯤 지나서였을까? 겨우 할머니가 정신이 들어오는 것이었다. 휴우 긴 한숨을 쉬고 나서 눈물이 범벅이 된 채, 할머니가 하는 말이다.

"월남전에서 큰아들이 전사했다 아닝교? 그런 데다 재작년 둘째 자슥이 우물가에서 세수를 하다가 그만 쓰러져 숨을 거두데요. 그놈들을 항상 가슴에 묻고 살아왔는데, 남의 속도 모르고 선 상님이 '불효자는 웁니다'를 불렀다 아닙니꺼?"

비로소 염라대왕이 근엄한 표정을 풀었다.

"네가 보기보다 맹랑하구나. 노래 하나로 사람을 죽일 뻔했다 는 얘긴 그리 흔하지 않다. 그것도 외국에서라?"

범천 선생은 머리를 조아렸다. 염라대왕이 다시 말을 잇는다.

"그건 그렇고. 네가 또 평소 허풍을 떤 게 있으렷다?"

범천 선생은 여기가 저승이라는 생각이 머리에 퍼뜩 떠올랐 다.

"예, 죄송합니다만, 노인들 앞에서 '무릉도원武陵桃源'이라는 고사성어를 들먹이면서 얘기했습니다. 저승 가거든 우리 모두 한데 모여, 낮에는 논밭에서 일하고 밤에는 한데 모여 노래나 부 르자고 하였습니다."

"함부로 저승을 들먹이다니 경망스럽구나. 그러나저러나 네 가 가르치던 노인들은 제 나라 문화와 전통을 모르고 맨날 '오동 동 타령'이니, 다른 나라 사람들로부터 손가락질을 받는다. 내가 네게 당장 노래 한 곡을 청한다면 무슨 노래를 부르겠느냐?"

"'오동동 타령'을 그렇게 폄훼하시니, '대지의 항구'이지요. 제 18번입니다."

"저런 무식한 자 봤나? '18번'이란 자체가 너희 나라를 짓밟은 일본말의 찌꺼기라는 걸 모르는 모양이로구나. 그러니 답답하다는 거다. '애창곡'이란 말이 따로 있느니라. 그리고 말이다. '대지의 항구'는 일제의 말엽, 너희 나라 백성들을 만주로 강제 이주시키기 위한 사탕발림으로 보급한 노랜데…. 차원이 높은 노래가 있었어야지"

염라대왕의 이어지는 말이다.

"내가 알고 있다. 헛말이라도 노인들과 더불어 지내겠다는 너의 열정만은 가상하다는 것을. 그러나 그것 때문에 네가 이웃 노인들까지 다 버려 놓았다. 여기 온 그들은 맨날 '오동동 타령' 아니면 '대지의 항구' 혹은 '복지 만리'다 '복지 만리'도 '대지의 항구'와 같은 성격을 가졌다는 걸 알아야지."

염라대왕 뜸을 들이더니,

"여담이다. 개가 들어도 웃을 일인데, 너희 나라에 대해 또 하나 말할 게 있다. 어느 정당 간부가 이런 말을 했다면서? 지구당 위원장의 부인은 경로당이든 버스 안이든 노인들과 더불어 노래를 부르라고 말이다. 거기에 대한 네 생각은 어떠냐?"

"그 정당 간부의 말이 맞는 것 같습니다. 저도 가끔 경로당에 가서 노인들과 '오동동 타령'을 부르긴 했습니다만, 노인들은 까짓 라면 몇 상자나 술 몇 병보다 '오동동 타령'을 좋아하거든요. 이거야말로 돈 안 드는 합법적인 깨끗한 운동 아닙니까?"

그러자 염라대왕은 딱하다는 표정을 짓는다. 물 한 모금을 들이키고 난 그의 말에 이번엔 노기가 섞인다.

"네 이놈! 입은 살아 가지고. 내가 돈 이야기를 하는 게 아니다. 다시 한번 말한다만 네 나라에서 이 시대에 정당 지구당 간부까지 노인들과 더불어 부른 노래가 겨우 그거더냐? '오동동 타령', 동동주 술타령이 오동동 어쩌고저쩌고…. 그러니 여기 와서도 천박하다는 소릴 듣는다."

"?"

"언젠가 아일랜드 망자亡者 몇몇에게 노래 한 곡을 청했더니, 한결같이 '오대니 보이'를 부르더라. 그 노래 네가 아느냐."

"네, 전장戰場에 나가는 아들의 무운장구武運長久를 비는 노래로 압니다마는…."

"그래 느낌이 어떻던?"

"예, 깨끗하기 그지없었습니다."

"아는구나. 그들은 그래도 제 나라 문화며 전통을 안다는 긍지심을 갖고 있다. 그런데 너희는 무어냐?"

염라대왕은 심호흡을 하고 큰 결심이라도 한 듯한 표정이 된다. 기침을 한 번 하고 나서,

"아무래도 너는 너무 일찍 여기로 온 것 같다. 내 너를 다시 저세상에 돌려보내마. 그래도 네 동네 아니 너희 지역사회에 너만큼 노래에 미쳐 있고 목이 튼튼한 사람이 드물다는 판단에서이다. 다시 말한다. 너야말로 만 명에 하나 날까 말까 한 목을 가지

고 태어나지 않았느냐? 내 네게 책임을 묻자는 뜻으로 약간의 여명餘命을 주마."

다시 물 한 모금을 들이키고선 이어나간다.

"아니 성취동기로 여겨도 좋다. 게으름을 피우면 즉시 소환당한다는 걸 명심하여라. 역지사지易地思之란 덕목도 잊지 마라. 알았으면 가 보아!"

그 시간 범천 선생의 엉덩이에는 해독제 주삿바늘이 꽂혀 있었다. 그의 콧구멍에는 용접용 산소통 튜브에서 이어진 비닐관이 꽂혀져 있었고. 워낙 변두리다 보니, 자전거 타이어 펑크를 때울 때나 쓰는 산소통을 호흡기 대신 등장시킨 것이다. 코 전체에 약간의 통증이 느껴지는가 싶더니, 이내 또 범천 선생은 다시 죽음의 나락으로 떨어졌다.

반복이었다. 그 순간적으로 의식을 찾았다가, 이내 또 잃어버리기 수십 차였다. 마침내 눈을 떴을 때, 그이 머리맡에는 그의 아내가 울고 서 있었다. 같은 시간 공교롭게도 맹장 수술을 받은 친정 질녀를 간호하기 위해 집을 비웠었기 때문에, 몇십 분 연락이 닿지 않았던 것이다. 꾀죄죄한 옷차림의 노인들도 스물대여섯 명이 모여 근심스런 표정을 짓고 있었다.

범천 선생이 그렇게 저승과 이승을 오가는 데 걸린 것은 두 시간 안팎이었다. 그러나 범천 선생에게는 몇 년 이상의 세월로 느껴졌다.

어쨌든 비로소 여의사와 간호사의 얼굴에 핏기가 돌았다. 그리고 입에서 안도의 숨이 흘러나왔다. 앰뷸런스가 오고 그길로 바로 큰 병원의 응급실에 후송되어 치료를 받은 끝에, 범천 선생은 겨우 자리에서 일어설 수 있었다.

그러나 그로부터 몇 달 동안 범천 선생은 사경을 헤매야만 했다. 의사들은 소위 페니실린 쇼크 따윈 느낌일 따름이고, 당사자의 신경과민 때문에 그렇다고 했다. 그러나 서 있으려면 끝도 없이 어지럽고 가슴이 두근거리는 걸 어쩌랴. 그런가 하면 전신을 식은땀이 적셨다. 또 밤낮없이 비몽사몽에 헤매야만 했다.

온 천장에 봉황이 날아다니고 이무기가 어울려서 아우성을 쳐 댔다. 뜬눈으로 스물네 시간을 보내기 예사였다. 그럴 때마다 그는 까마득한 옛날, 앞산과 뒷산을 간짓대로 걸칠 정도의 두메산골에서 서당을 운영해 오면서 동네 청년들의 까막눈을 뜨게 하셨던 선고先考 생각을 했다. 범천 선생은 그때에 익혔었던『명심보감』한 구절을 외면서 스스로의 마음을 다잡기도 하였다. 신체발부身體髮膚는 수지부모受之父母라, 불감훼상不敢毁傷이 효지시야孝之始也요. 아버지 저를 살려 주십시오.

그러나 병마는 쉬 가시지 않고 그를 괴롭혔다. 다리가 후들거려 출근 도중 쓰러지기가 예사였다. 마침내 범천 선생은 교단에서 있기조차 힘들어, 아예 지시봉을 잡고 칠판 밑에 드러누워 이것저것 가리키면서 수업을 진행하기에까지 이르렀다. 체중이 무려 10킬로그램이 빠져 있었다. 남들은 그를 보고 모두 고개를 갸웃거렸다. 저러다가 다시 황천으로 가는 게 아닌가ᆞ

그런 범천 선생을 어느 날 오후 늦게 찾아온 사람이 있었다, 보건실로. 그는 변두리 경로당의 송촌松村 할머니라고 자신을 소개했다. 일사 후퇴 때 내려와서는 스물여덟에 결혼을 했으나, 슬하에 자식이 없단다. 할아버지는 일찍 돌아가셨고. 모두 묻지도 않은 말들이었다. 너무 피곤해서 양해를 얻고 돌아누우려는데 그는 이야기를 이어나갔다.

"소문은 들었습니다. 선생님과 내가 초등학교 교실 한 칸을 빌립시다. 토요일 오후마다 노인학교를 운영해 보면 어떨까요? 저는 이래 봬도 남의 노인학교에 나가 강사 노릇을 제법 했습니다."

"…."

"목소리가 빼어나다면서요?"

"그렇지도 않습니다. 게다가 몸이 이렇게 아픈걸요."

"제게는 선생님이 필요합니다."

"무슨 뜻인지?"

"노래는 심신을 치유합니다. 같이 힘을 합해 노인학교에 서십시다."

"저 같은 게 무얼 하겠습니까?"

"노래를 부르셔야 한다니까요. 노래 중에서도 여태와는 달리 민요를 말입니다."

그 순간 범천 선생의 머리에 노래라는 단어가 섬광처럼 떠올랐다. 아니 이 할머니가 방금 민요라 했잖아? 민요라, 여섯 달 전 염라대왕의 질책이 생각났다. 나더러 자기 나라 민요며 전통도 모른다고 했다.

"방금 민요라 하셨습니까?"

"그럼요."

범천 선생은 그 말을 듣고 자리에서 벌떡 일어났다. 자세를 고쳐 잡고 앉자, 할머니가 이야기하는 것이었다.

"선생님과 더불어 정말 노인학교다운 노인학교를 만드는 게 제 소원입니다. 요즈음 워낙 우후죽순처럼 많은 노인학교가 생기다 보니, 희한한 노인학교가 간판을 거는 겁니다. 심지어는 술과 안주를 팔고 사교춤을 가르치는 곳도 노인학교라 합니다. 우리 차별화를 시도해 보는 겁니다."

"그런데 하필이면 왜 접니까?"

"그야 당연하지요. 고기도 먹어 본 사람이 먹는다는 속담이 있지요. 선생님은 가르치시는 교사이십니다. 교사 자격증? 그거 아무나 가진 게 아니지요. 선생님이 지도 기술과 새로 익힐 민요를 갖고 노인학교에 서 보세요. 삽시간에 문화 풍토를 바꿀 겁니다."

"…"

할머니는 다시 이야기를 원래대로 되돌렸다.

"생각해 보십시오. 벌건 대낮에 머리가 허옇게 센 할아버지 할머니가 얼굴이 불콰해 가지고, 서로 얼굴을 맞대고 몸을 비비는 꼴이라니! 입장료 몇천 원만 내면 누구든 들어가서 식사도 하고 술에 취할 수도 있고, 때로는 성性까지 해결한답니다. 그런 쾌락에 빠지는 데를 노인학교라 이름 붙이는 세상에 우리는 살고 있습니다."

"그런 곳이 많습니까?"

"그렇다고 보아야지요. 신문지상에서도 오르내리니까 하는 말입니다."

"음악도 있을 것 아닙니까?"

"글쎄, '오동동 타령'이나 '대지의 항구' 뭐 그런 거겠지요."

범천 선생은 소스라쳐 놀랐다. 염라대왕한테서 들었었던 '오동동 타령'과 '대지의 항구'를 이 할머니가 들먹이다니! 할머니가 말을 이었다.

"다시 말씀드립니다. 우리가 힘을 합해 민요를 부른다면, 이 나라 노인학교 문화에 새로운 이정표를 세우게 될 것입니다."

그는 눈을 감았다. 아, 이건 선택이 아니라, 필수다! 이 일련의 사건은 내게 뭔가 숙명으로 다가와 있다, 뭐 그런 생각이 머리에 번개처럼 와 꽂힌 것이다.

"할머니께서 도와 주시겠습니까?"

"물론이지요. 아니 선생님께서 도와주셔야지요. 적어도 인생의 의미를 거기다가 둔다고 생각하면 병마는 물러갑니다."

범천 선생의 이승에서의 삶은 그렇게 새롭게 시작되었다. 비로소 미망迷妄에서 깨어난 느낌이었다.

송촌 할머니의 말이 옳았다. 이웃 학교 교장 선생님을 찾아가 설명을 했더니 예상외로 반응이 좋았다. 교장 선생님은 토요일 오후면 얼마든지 쓰라며 교실 한 칸을 내주었다. 게다가 이동 앰프며 마이크 등도 지원해 주는 것이었다.

민요를 부른 노인학교라는 소문이 삽시간에 퍼져 나가는 모양이었다. 노인들은 여기저기서 꾸역꾸역 모여들었다. 멀리서 아주 멀리서, 예를 들어 양산이나 김해에서 오는 노인들도 있었다.

그러나 범천 선생에게는 애로가 더러 있었다. 목소리 하나만 믿고 고래고함을 질러 봤자, 송촌 할머니의 얼굴에 어두운 그림자만 짙게 할 뿐이었다. 그래 범천 선생을 그저 할머니로부터 민요를 새로 배우는 날에 신경을 쏟기로 했다.

할머니는 슬하에 자녀도 없이 서른다섯에 청상과부가 되어 제대로 공부도 못했다는, 말하자면 자신의 말로 '일자무식꾼'이라고 거듭 강조했다. 하지만 실제는 산전수전 다 겪은 노인으로서의, 감히 범접하지 못할 위엄과 관록이 여기저기서 묻어났다.

두어 달이 지났을 무렵이다.

할머니가 범천 선생에게 '신고산 타령'을 아느냐고 물었다. 범천 선생이 약간 흉내를 낼 정도라고 했더니, 한번 불러 보라고 한다. 범천 선생이 목소리를 높였다.

♪⌒♪ 신고산이 우르르 화물차 떠나는 소리에/ 고무 공장 큰 애기
단봇짐만 싸누나

그러나 어랑어랑 하는 후렴이 시작되기도 전에 할머니는 범천 선생을 제지했다. 그리고 하는 말이다.

"아하, 선생님이 그래선 안 되지요. 내 이야기 한번 들어 보실래요?"

할머니는 뜸을 들이더니,

"선생님은 가사부터 완전히 엉망입니다. 내 까마득한 옛날엔 신혼 초지만, 남편보다 노래가 더 좋다고 할 정도로 노래에 미쳐 있었지요. 집 옆에 가설극장이 잠시 있었습니다. 물동이를 이고 물 길어 가다가 멈춰 서서 노래를 듣고, 또 집에 돌아오면 부엌에서 불 지피다가 들었지요. 내 비록 귀동냥으로 배운 민요지만 선생님처럼 가사가 틀리지 않아요. 들어 보세요."

♪⌒♪ 신고산이 우르르 함흥차 떠나는 소리에/ 구고산 큰 아기 반봇
짐만 싸누나

'함흥차'는 '함흥으로 떠나는 기차'란 말이고, '신고산新高山'은 산 이름이 아니고, '구고산'과 맞서는 새로운 지명이란다. '큰아기'지 '큰애기'가 뭐냐고 하면서 웃었다. '단봇짐'보다는 '반봇짐'이 격에 어울린다는 말도 했고.

그러면서 할머니가 덧붙이는 말이 약간은 충격적이다. 언젠가 대학에 있는 교수가 논문을 쓴다며 할머니에게 문의를 하러 왔더라는 것이다. 갖가지 민요가 총 55곡이었는데, 마침내 말썽 많은 '신고산 타령'에서 할머니가 브레이크를 건다. 교수가

♪ ⌒ ♪ 산수갑산 머루 다래 얼크러설크러졌는데/나는 언제 임을 만
나 얼크러설크러질거나

어쩌고저쩌고하길래, 할머니가 말했다는 것이다.

"산수갑산은 틀렸어요. '삼수갑산三水甲山'이 맞습니다."

교수가 혀를 내두른 것은 두말할 나위가 없다.

할머니가 가끔 이런 농담 아닌 농담도 했다. 공부 많이 하고 나서도 실속 없는 사람을 꼬집는 말이다.

"글 많이 아는 사람은 그걸 믿고 게으름을 피우지, 책을 봐야 노래가 나올 것 아닙니까? 우리 같은 글 짧은 사람은 그런 게 필요 없는 겁니다. 머릿속에서 바로 가사가 술술 나오지요."

어쨌거나 이렇게 범천 선생의 민요 수업修業은 본격적으로 시

작되었다. 그는 틈만 나면 송촌 할머니가 있는 경로당을 찾았다. 할머니가 때로는 좀 과하다 싶을 정도로 면박을 주기도 하였다.

예를 한번 들어 보자.

어느 날 할머니가 범천 선생더러 '노랫가락'을 한번 불러 보라고 일렀다. 어느 영이라고 거역할 것인가. 꾸지람을 들을 각오로 충신忠臣은 만조정滿朝廷이요/ 효자열녀孝子烈女는 가가재家家在…… 아니나 다를까, 이쯤에서 할머니가 쯧쯧 딱하다는 표정을 지어 보였다.

"선생님은 지금 유행가를 부르고 있습니까? 그렇게 힘이 없어서야 어디 쓰겠습니까? 들어 보세요."

♪⌒♪ 충신으흔 만조호저헝이요호, 효자하열녀는 가가하재에라하

"어때요? 'ㅎ' 발음이 군데군데에 들어가야 제격이고 힘이 있게 들립니다."

범천 선생이 할머니가 시키는 대로 해 보니 과연 그럴싸하다.

♪⌒♪ 달아하 뚜렷하안 달아하 임에헤 사창에헤 비치힌 다알아하하하

할머니는 범천 선생에게 민요의 화신化身처럼 여겨질 때가 있었다. 적어도 민요에 대해서만은 할머니가 모르는 게 없다 싶을 정도로. 어느 날 할머니가 범천 선생을 붙잡고 또 뜬금없이 묻는

것이었다.

"<서편제>를 보면, 주인공을 비롯한 세 사람이 북 장단에 맞춰 '문겨형 새재해는 웬 고호개인고호오 굽이야하 굽이야하 눈물이히 난다하' 하며 덩실덩실 춤추는 장면이 나와요. 그걸 왜 이 시대에 열심히 우리가 불러야 되겠습니까?"

"우리 민요니까 그러는 거 아닙니까?"

"쯧쯧 그렇게밖에 대답 못 하니까 답답하다는 거지요. 선생님이라면 적어도 손바닥만한 나라에서 남북이 갈라졌는데, 지역 감정이다 뭐다 해서 또 동서로 갈라졌다! 이거야말로 망국병亡國病 아닌가 하는 정신은 가져야지요. 그러니까 경상도 사람이 전라도 민요 '진도 아리랑'을 부르고, 전라도 사람이 '밀양 아리랑'을 부른다면 지 감정이 어느 정도 줄어들겠지요."

범천 선생은 할머니의 논리에 그저 감탄하고 있었다. 이윽고 할머니는 또 거의 파격적인 말을 한마디 던진다.

"내가 죽기 전에 꼭 이루어야 하는 게 남북통일입니다. 지금은 장강도인가 뭔가로 바뀌었지만, 내가 떠나올 때의 몽금포는 황해도 장연군長淵郡에 있는 조그마한 포구였지요. '몽금포 타령'을 한번 불러 볼게요."

♪⌒♪ 장산곶 마루후에헤에헤에 북소리히 나더허니히이히/ 오늘도 사항봉에헤에헤에에 임 만나 보호게 했는헤에헤
몽금포 백사하자하아항 해당화 붉고오호오호오/ 푸른 소홀 가지에헤

에엔 두루미 앉았아핬네헤에헤

할머니는 이야기를 계속하였다.

"내 나이 올해 여든에 가까워 앞으로 얼마나 더 살지 모르지만, 죽기 전에 고향 장연에 가서 그곳 친구들과 '몽금포 타령'이나 실컷 불렀으면 좋겠어요. 민요부르기, 이게 바로 통일에 대한 염원을 확인하는 길입니다. 아니 그 전에, 분단 민족의 동질성을 회복하는 첩경이라 해야 되겠군요."

범천 선생은 할머니의 어휘 구사력 하며, 억양 표준말 등에 새삼 놀랐다.

한가한 어느 날 오후 느긋한 마음으로 경로당에 들렀더니, 여느 때와는 달리 선 채로 할머니는 친구들과 함께 장구 장단에 맞춰 '경복궁 타령'을 부르고 있었다.

♪ ⌒ ♪ 에헤 에헤야하 에헤야하 어널널거허리고 방에헤 흥에로다에헤
을추욱乙丑 사워월四月 갑자하일甲子에헤 경보혹궁으흘 이혹핬네에

범천 선생이 들어선 것을 눈치챈 할머니는 2절에 들어가기 전에, 예의 그 가존심이 묻어나는 투의 말로 '경복궁 타령'이 어찌해서 생긴 민요인지 아느냐고 물었다. 범천 선생은 함구할 수밖에. 머뭇거리고 있자 할머니가 설명했다. 고종 2년, 그러니까 1865년 대원군大院君이, 오랫동안 황폐한 채 내려오던 경복궁을

중수重修할 무렵부터 불리기 시작했다고 한다. 그런데 이 '경복궁 타령'은 반드시 서서 불러야 하기 때문에 입창立唱이라는 것이다. 가사 내용 또한 대원군의 경복궁 중수에 불만을 표시하는 것으로 되어 있단다. 특히 '갑자甲子을축'이라고 할 것을 을축갑자라고 뒤바꾼 것에도 의의가 있단다. 당시의 실정으로 보아서는 정치의 본말을 어겼음을 풍자하는 노래라고도 했다.

그러는 송촌 할머니를 범천 선생은 물끄러미 쳐다보았다. 저 박식博識, 그리고 기량! 과연 저분이 보통 사람이 맞는가? 아니면 하다못해 기생의 경력을 잠시라도 쌓은 분이란 말인가?

할머니와 의기투합하여 문을 연 노인학교는 날이 갈수록 성황을 이루었다. 교실 한 칸에 120명이 모여 마침내 비집을 틈을 찾지 못할 지경에까지 되고 말았으니! 할머니의 솜씨에 범천 선생의 유머, 입심이 보태지다 보니, 그야말로 상상 밖의 일이 여기저기서 터지는 것이었다. 희한하게도 말이다. 범천 선생의 주사 쇼크 후유증도 여덟 달이 안 되어서 완전히 가시고 말았다.

꽃샘추위가 기승을 부리던 3월 하순, 범천 선생이 노인 학생들 앞에서 '쾌지나 칭칭 나네'를 불러 봤다. 옛날 김상국 가수가 익살스럽게 가사를 바꾸어 전국을 누비던 그 유행가 식 '쾌지나 칭칭 나네'말이다. 그런데 딱 할머니한테 걸려든 것이다. 할머니의 설명이다.

"임진왜란이 1992년 선조대왕 때 일어났잖아요? 그 이듬해 전쟁을 일으킨 도요토미 히데요시豊臣秀吉 휘하에 있는 가토 기요마사加藤淸正가 주로 영남 지방에서 악명을 떨쳤다고 해요. 그래 그자가 나타나면, '가등청정 오네'하고 경계했다는데, 그게 변하여 '쾌지나 칭칭 나네'가 되었다고 합니다."

덕분에 범천 선생은 할머니와 함께, 새로 옮긴 가락초등학교의 바로 이웃에 있는 왜성倭城인 죽도성에, 전교생 3백 명과 마을 사람 1백 명을 인솔하여 올라가서 쾌거를 한 번 벌었다. 꽹과리와 북, 장구, 징 등을 두드리며 '쾌지나 칭칭 나네'를 부르는 행사를 거교적擧校的으로 펼친 것이다.

죽도성은 임진왜란이 일어난 이듬해인 1593년 일본 사람들이 우리 조상들을 동원하여 축조한 곳이다. 지금도 일본 NHK에서 가끔 죽도성을 촬영해 갖고 가서, 자기 나라에서 방영한다는 얘기를 듣던 참이었다.

죽도성에서의 행사를 구경한 송촌 할머니는 그 장엄한 광경 앞에서 넋을 잃고 말했다.

"그것 봐요, 우리 민족의 기氣가 그래서 살아나는 것 아니겠어요? 저네들은 우리나라 곳곳에 쇠말뚝을 박았었지만, 우리는 기氣 말뚝을 박자는 거예요."

할머니는 이 이야기를 하는 것도 잊지 않았다.

"언젠가 일본 사람들이 죽도성을 찾아왔을 때, 학교로 안내하고서는 그들에게 범천 선생이 말없이 '쾌지나 칭칭 나네'를 가르쳐 주는 겁니다! 퍽 의미가 있지 않겠어요?"

그런 우여곡절 끝에 '쾌지나 칭칭 나네'의 일인자 김상국 가수까지 학교를 방문한 때가 있었다. 가덕도 숭어 축제 녹화를 마치고 귀가하는 길이었다. 마침 학구 내 3백 명 노인들을 모셔 놓고 경로잔치를 벌이던 참이라. '쾌지나 칭칭 나네'를 그에게서 들었다. 그 감격을 어찌 세 치 혀로 나타낼 수가 있을까?

워낙 튼튼한 목을 지닌 데다 열성을 부린 까닭으로, 범천 선생의 민요 실력은 눈부신 발전이 있었다. 그러면서 토요일 오후엔 어김없이 송촌 할머니와 함께 노인학교에 나갔다. 항상 저런 혜안을 가진 노인이 있을까 싶어 고개를 갸웃거리기도 하였다. 할머니의 예언은 너무나 정확하게 맞아떨어진 셈이 되었다. 몇 번이나 둘이서 여는 노인학교가 신문이며 방송에 보도되기도 하였으니 말이다.

같은 노래이지만, 민요라는 게 유행가와는 달리 비교적 길게 빼서 부른다. 자연히 복식腹式 호흡으로 이어져서 그런지 그의 건강은 날로 좋아졌다. 손뼉치기며 노래가 기억력을 되살린다는 이야기가 있다. 그렇게 두 시간을 보내다 보면, 거짓말 같지만 다섯 살 때 어느 누구네 집 밭 언덕에서 오줌 누던 기억까지 되살아

나는 것이었다.

그러던 어느 날 밤 범천 선생은 청천벽력과 같은 부음을 듣게 된다. 송촌 할머니가 돌아가신 것이다. 정확하게 말하자. 범천 선생이 할머니를 만나 의기투합하여, 가장 이상적인 노인학교를 만들자고 팔을 걷어붙인 지 6년째 접어드는 가을이었다.

할머니의 운명殞命은 거의 극적이었다. 며칠 동안 경로당에도 안 나오고, 전화도 받지 않아서 친구들이 달려가 보았더란다. 할머니가 근래 마련한 일곱 평짜리 임대 아파트 문이 굳게 잠겨진 채다. 하는 수 없이 열쇠점에 연락해서 사람을 오게 해서 열었다.

그런데 할머니가 북쪽으로 향한 채 엎디어 있는 것이었다. 처음에는 자는 줄 알았다. 할머니, 하면서 흔들었는데 썩은 나무토막처럼 모로 쓰러지는 게 아닌가! 텔레비전도 켜진 채였다.

그런데 할머니 앞에 또박또박 볼펜으로 정성 들여 뭘 써 내려간 대학 노트가 펼쳐져 있는 게 아닌가. 자세히 보니 앞뒷면 모두가 민요 가사와 아울러, 거기에 얽히고설킨 여러 가지 이야기를 육필로 깨알처럼 박아 놓았다. 피란 와서부터 일흔아홉 살을 일기로 이승을 마감하기까지, 오직 민요 부르는 일에만 매달렸었던 할머니의 일생이 거기 송두리째 녹아 있는 것이다.

범천 선생의 입에서 신음呻吟 소리가 절로 나왔다. 벽장 속에서 또 다른 아홉 권의 대학 노트가 발견되었다. 학교 근처에도 가보지 못했다는 할머니의 이야기가 도무지 믿기지 않을 정도로 맞춤법도 대강 맞고 글씨도 반듯했다.

그것들은 그야말로 손때가 묻은, 수십 년 동안 할머니 곁을 지켜온 분신과 다름없는, 아니 할머니 바로 그 자신이었다. 이 세상에서 어느 누구도 일찍이 듣지도 보지도 못한 일들을 일화逸話 형식으로 적은 것으로, 실로 기상천외한 것들이 수두룩했다.

두서너 장에 적혀 있는 글이다. (이하는 범천 선생의 재구성이다)

7년 전 전라도 불일암이라는 조그마한 암자에서 어떤 노인을 만났다. 노인은 한마디로 말해서 목이 굉장히 카랑카랑한 사람이었다. 얼른 보아 노인은 한쪽 다리를 심하게 절고 있었다. 노인의 말이다.

"사업을 하다가 실패를 하고 집에서 쉬고 있었지요. 어느 날 저녁 2층에서 발을 헛디뎌 그만 땅바닥으로 떨어지고 말았어요. 팔이며 다리 등 일곱 군데가 부러졌습니다. 허리까지 심하게 다쳤으니 다들 불구가 되는 줄 알 수밖에요. 물론 성性을 포함해서 말이지요. 당시 나는 지방의 민속 보존회에서 '지신밟기' 노래를 전수傳授 받는 게 유일한 낙이었는데, 너무 무리해서 목에 결절結絶까지 생긴 상태였어요. 물론 많이 부었지요. 그런데 내자內子

가 절에 들렀다가 어떤 사람한테서, 뼈 부러진 데는 개똥이 영약
靈藥이라는 소릴 듣고 왔지 뭡니까? 하는 수 없이 애견 센터에서
개똥을 사다가 술로 빚어 먹었다는 말입니다. 덕분에 내 집 옥상
은 그 기간 내내 개똥이 널브러져 있었어요. 6개월 만에 뼈가 제
대로 붙었는가 하면, 목의 부기가 완전히 가라앉았다는 말입니
다. 결절? 흔적 없이 사라졌어요. 내가 인간문화재가 된 것은 개
똥 덕분입니다. 성불구요? 천만의 말씀, 그 뒤에 재혼한 아내와
의 사이에 낳은 아이가 셋입니다."

또 할머니 자신이 겪은 이런 괴기怪奇스런 이야기도 적혀 있었
다.

백양산 기슭에 토막 같은 집을 짓고 살던 어느 해 겨울밤 혼자
서, 경상도 문경새재로 까투리 사냥을 나간다, 문경새재에 올라
청량산淸涼山을 보고 보현산에 당도하니(후략) '까투리 사냥'을
연습하다가 그만 깜빡 잠이 들었다. 일어나 보니 밖이 환하다.
할머니는 날이 새기 시작한다 싶어 얼른 물통을 챙겨 들고 약수
터로 향하였다. 그러면서도 뭔가 좀 이상하다는 생각이 들었다.
여느 때와는 달리 주위에 아무 인기척이 없는 것이다. 내가 너무
늦었나? 그런데 부지런히 약수터에 도착해서 중천中天을 보고 할
머니는 깜짝 놀랐다. 보름달이 거기 박혀 있는 것이다. 아하, 내
가 잘못 짐작했군. 이제 겨우 자정을 지나고 있는 거야. 덜컥 겁

이 나서 서둘러 내려오는데 저만치서 화등잔만 한 두 개의 불빛
이 쫙 비치는 게 아닌가. 순간 할머니의 입에서 신음 소리가 새어
나왔다. 산신령이다! 할머니는 그 자리에서 엎드려 빌었다. 자갈
밭을 밟는 소리는 계속 들리고 할머니는 그만 속곳에 오줌을 싸
고 말았다. 사시나무 떨듯 하고 있는 할머니 곁에서 산신령은 깊
은 숨으로 냄새를 맡는 듯하더니, 맞은편 계곡 쪽으로 사라지더
라는 것이다. 그로부터 '까투리 사냥'을 연습할 때마다 전신에 이
상한 기운이 감돌더라는 것도 할머니는 덧붙여 적어 놓았다. 그
리고 마지막 줄을 이렇게 매듭짓고 있었다. 그 육필 글을 그대로
옮겨 보자.

아아, 이라다가 내가 노망이 드는 거 앙인가 모르겠다. 초저녁과 밤중
을 모르다니 그리고 오줌은 또 왜 오줌은 와 쌌노? 이상하다. '까투리
사냥'을 연습할 때마다 이렇게 이상한 기운이 덮친데이, 산신령한테
씨인기라.

할머니의 장례는 노인학교장老人學校葬으로 치러졌다. 평소 그
렇게 좋아하던 그 노인학교에서 친구 100여 명이 모인 가운데서
다. 범천 선생은 목이 메서 울었다. 얼른 보아 퇴기退妓인 듯싶은
옥비녀를 꽂은 할머니들이 서넛 몰려들어, 영구차가 떠나기 전
'이별가'를 불렀다.

♪⌒♪ 이별이야 이별이야 임과 날과 이별이야/인제 가면 언제 오나
오만 한을 일러 주소

범천 선생에게는 그 낯선 할머니들이 아주 특별한 존재같이 보였다. 할머니 곁에 우리가 못 봤지만 저런 친구들이 있었구나 싶었다. 할머니의 유품 특히 열 권의 대학 노트에서 그 흔적을 찾을 수야 있겠지만, 꼭 그래야만 할까 싶기도 하였고.

할머니의 죽음은 범천 선생에게 하늘이 무너지는 이상의 충격이었다. 아니 그 자신 저승에서 이승으로 다시 돌아온 뒤에 그런 슬픔은 처음이었다고 표현하는 게 낫겠다.

그러나 그 뒤에도 그는 토요일 오후엔 단 한 번도 거르는 법 없이, 외로이 노인학교 문을 열어왔다. 다른 노인학교가 혹한기 혹서기를 틈타 방학을 해도 범천 선생의 노인학교는 쉬는 법이 없었다. 할머니에 대한 그리움이 사무치면 사무칠수록 노인학교에 혼신의 힘을 쏟아 민요를 불렀다. 아니 가르쳤다.

그건 염라대왕과의 약속이기도 했다. 이미 그에게서 유행가가 사라진 지 오래였다. 한번은 '비 내리는 호남선'을 열창했더니 했더니, 노인 학생들 모두가 웃는 것이었다. 그도 그럴 것이, 목이 메이힌 이히벼헐가하아를 부홀러야하 오호으르혼가하아하… 했으니, 그게 어디 민요지 유행가라 하겠는가 하고 여기저기서 꼬집기도 했다.

그건 그렇고. 범천 선생은 양로원이며 경로당에도 찾아다니며 민요를 토해 내었다. 심지어는 말이다. 노인들 앞에서, 교사인 주제에 거지 차림을 하고서는, 얼씨구나 잘한다, 작년에 왔던 각설이 죽지도 않고 또 왔네/ 어화 이놈이 이래도 정승 판서 자제로 팔도감사 마다하고/ 돈 한 푼에 팔려서 각설이로 나섰네 하고 '품파 타령'까지 해댔다. 그러면 더러는 손뼉을 보내지만, 범천 선생을 잘 아는 노인들은 연민의 눈초리로 그를 쳐다보기도 하였다. 어쩌다가 재롱 잔치를 벌이러 온 어린이들이 킥킥대며 웃고….

송촌 할머니의 일기장에 적혀 있는 '징거미 타령'을 부르면서 묘한 정서에 빠지기도 하였다. 에이 요놈의 징거마 니 돈 석 냥은 내 갚는다/ 내 이빨을 빼어서 박씨전(바가지 씨를 파는 가게)에다 팔아도 니 돈 석 냥은 내 갚는다. 급기야는 가사가 이렇게 흘렀다. 내 이놈의 징거마 니 돈 석 냥은 내 갚는다/ 내 '요것(치모恥毛)'을 뜯어다 정구지(부추)전에다 팔아도 니 돈 석 냥은 내 갚는다. 끝내 놓고 보니 겸연쩍은 웃음밖에 안 나오는 건 당연하다.

어떤 때는 도와 주는 사람 하나 없이 할머니의 책에서 본대로 '충신은 만조정이요 효자 열녀는 가가재라…'에서 '국화 송이 비에 젖어 후줄근하게 되었구나/ 오동잎 병이 들고 모든 풍경 시들어가니/ 꿈속에 놀던 강호 새삼스러 그립구나'를 끝으로 '노랫가락' 백 마디를 완창完唱했더니, 여기저기서 터져 나온 말이다.

"우리 선생님, 신기神氣 있는 거 아니가?"

"처자 죽은 귀신이데이."

"아니 송추 할마시의 환생인갑다."

새벽이면 산에 올라가, 새로 알게 된 한무선 할아버지를 만났다. 약수를 개발하고 거기다가 파이프를 박아, 간이 상수도를 만들어 놓고 변두리 주민들에게 공급해 오고 있는 할아버지다. 새벽달이 지기도 전에, 할아버지는 산에 올라간다. 바위에 걸터앉아 있다가 범천 선생이오? 하면서 던지는 인사말에 정감이 넘쳐흐른다. 서걱서걱 억쇠를 밟으며 범천 선생은 할아버지에게로 다가간다. 할아버지는 공직에서 은퇴한 후 시조 회관에 나가 시조창을 배운다. 할아버지가, 녹양綠楊이 천만사千萬絲들 가는 춘풍 매어 두며… 하고 '평시조'를 부르고 나면, 범천 선생은 이걸 '노랫가락'으로 옮기는 것이다. 이는 문헌에도 나와 있듯이, '노랫가락'은 '시조곡'에서 파생하였다는 설에 근거하기 때문에 상당히 맥이 통하는 얘기다. 혹자가 시조창은 정악正樂이요 민요는 속악俗樂이라 물과 기름과 같다지만, 모르는 소리다. 텔레비전을 보라. 요즈음의 '열린 음악회'가 무엇을 뜻하는가 말이다. 아무튼 여명을 맞으며 두 사람이 어울리는 소리는 남들에게 처연한 느낌을 준다. 그리고 이 세상 어느 곳에서도 볼 수 없는 '열린 음악회'다!

범천 선생이 마침내 필생의 사업을 하나 벌인다. 자기가 아는
모든 노인들 특히 저승을 피안에 둔 할아버지 할머니들에게, 염
라대왕 앞에서 부를 '민요 35곡'을 가르치는 일이다. 이미 책으로
도 만들었다. 분명 그의 기억이 맞을진대, 주사 쇼크로 사경을 헤
맬 때 염라대왕이 하던 말이 떠올라서이다. 죽어 저승에 와서라
도 제발 우리나라 노인들이 '오동추야' 따위를 부르지 말라는 당
부가 있었잖은가?

그는 개별 지도도 한다. 핸드폰엔 노인들의 전화번호가 300여
개나 입력되어 있다. 그는 그걸 들고 아무 데서나 노인들에게 전
화를 건다.

"여보세요."

"거 누고?"

아차, 노인들의 대답은 대개 이렇다. 안녕하십니까? 금곡동입
니다, 라고 하라며 아무리 가르쳐도 헛일이다. 그만큼 잊음이 헐
해서라고 해 두자.

"저 범천입니다."

"누구라고예? 우째 이상하다. 우리 선생님 목소리가 아닌데?"

"할머니, 그럼 제가 '사발가'를 한번 불러 보지요."

그러면서 범천 선생은 석타한 백타한 타느으혼데에헤 연기만

풀썩 나지히마한 하고, 상대방의 애창 민요를 선창하는 것이다 (수첩에 애창 민요가 다 적혀 있다). 그제야 할머니의 말문이 열린다. 아이고 우리 선상님 고맙십니데이. 전화 아니 노래는 한참이나 계속된다. 그러다가 다시 할머니에가 '사발가'를 한번 불러 보게 한다. 어느 소절에 박자가 틀렸고 음정이 불안하다는 지적도 한다.

장소가 문제다. 어쩌다가 핸드폰을 집에 두고 시내에 볼일을 보러 나가 시간이 있어, 공중전화 부스에 들어가 그 짓을 할라치면? 뒤에 있는 손님들한테서 실성한 사람으로 비쳐지기 십상이다. 집게손가락을 시계 방향으로 몇 바퀴 돌리는 것을 범천 선생 자신도 여러 번 보았다. 돈 사람이라는 뜻 아니고 뭔가?

그렇게 지난 세월이 어느덧 19년이다. 범천 선생을 거쳐 저승으로 떠난 노인도 줄잡아 천 명이 훨씬 넘는다. 그들은 아마 박자며 음정 가사가 정확한 우리 민요 한 곡에 염라대왕은 빙그레 웃으며 고개를 끄덕이고 있겠지. 아니 거기서 염라대왕은, 송촌 할머니가 장구 장단을 직접 치며 남북을 아우르는 민요를 부르게 하고 그걸 들으며 파안대소를 할지도 모를 일. 염라대왕이 말하리라. 오호라, 범천이란 자가 제 몫을 해내고 있군그래!

그래 범천 선생은 오늘도 노인학교며 경로당 양로원 등을 찾아다닌다. 제대로 된 '새타령'을 가르치기 위해서. 모두들 그를 가리켜 무리라며 걱정한다. 저러다가 자기가 개똥 술을 먹어야 할지 모른다고 걱정한다. 그러나 아직은 그의 목이 튼튼하다.

어쨌든 그는 민요 부르기를 게을리할 수 없다. 그러다가는 염라대왕이 얼씨구나 싶어 그를 다시 저승으로 불러들일 게 뻔하기 때문이다. 서당 개 삼 년이면 풍월을 읊는다고 했다. 이제 그의 아내가 어지간한 장구 반주는 가능하게 되었다. 아들딸 또한 수시로 도와 주고 있으니 그야말로 금상첨화다.

이승과 저승에서 동시에 굿거리 장단이 묘하게 어우러지는 환청이 그의 귓가에 맴돈다. 그는 항상 행복하다. 그리고 죽음이 별로 두렵지 않다.

참 나쁜 교장

어느 해 5월 8일, 어버이날 아침 9시.

부산시 북구 덕천동에 있는 ㄷ초등학교 운동장에 조회가 열리고 있다. 아니 정확하게 말하자면, 며칠 전 학교에서 실시한 어버이날 기념 백일장에서 입상한 어린이에 대해 학교장 상을 수여하고 있는 것이다. 이윽고 쉰두 살의 젊은 나이에 파격적으로 교장에 임용된 ㅇ 교장이 단상에 올라가 근엄한 표정을 지어 보였다. 그는 헛기침을 한 번 하고서는 입상 어린이들을 앞에 세워 놓고 상장을 낭독하기 시작한다. 정년을 한 해 앞둔 노 교무 선생님이 무척이나 초라해 보인다.

"이 어린이는 부모님께 효도를 하였으므로…."

그때였다. 일부러 초청한 수십 명의 학부모 사이에서 얼른 보아 아흔이 넘어 보이는 할머니가, 연세에 비해 무척이나 카랑카랑한 목소리로 부르짖는 것이었다.

"교장 선생님, 그만 두이소."

순간 ㅇ 교장의 얼굴엔 핏기가 싹 가시었다. 그러나 그는 다시 표정을 고쳐 잡고 할머니를 쳐다보며 한마디 건네었다.

"할머니, 도대체 누구세요? 그리고 무슨 말씀하시는 겁니까?"

"나도 학생입니다. 아니 쫓겨난 학생 아닝교. 11년 동안 이 학교 뒷 건물에서 민요며 한글을 공부해 오다가, 열흘 전 교장 선생님이 문을 닫는 바람에 갈 곳이 없어져 버린 불쌍한 노인 학생이란 말입니더. 왜 내가 말을 잘못했습니꺼?"

"……."

학부모 석에서 웅성대기 시작하는 데는 그리 오랜 시간이 걸리지 않았다.

개중에는 이미 자리에서 일어난 학부모도 있었다. 할머니의 이야기가 계속된다.

"『효경』에 이르기를 경로와 효친은 결국 같은 덕목이라고 했는데 우리 노인들을 쫓아낸 교장 선생님이 어린이들에게 효친 표창을 줄 자격이 있능기요?"

그제야 분위기가 심상치 않다고 여긴 선생님들이 할머니를 제지하려 했으나, 워낙 할머니의 연세가 많은 데다 서슬이 시퍼런 터라, 감히 가까이 가지도 못하고 있었다. 이윽고 할머니는 치마를 들치더니, 속곳 호주머니에서 뭔가 하얀 천을 하나 끄집어내었다. 그러고는 그걸 힘차게 펼쳐 드는데, 아! 거기에는 서툰 글씨로 쓴 구호가 적혀 있는 게 아닌가?

'아리랑'을 부르게 해 달라.

그 순간이었다. 그게 마치 신호이기라고 한 듯 학교에서 빤히 마주 보이는 여섯 군데의 골목에서 하얀 한복으로 곱게 차려입은 노인 학생들 – 할아버지와 할머니 – 이 꾸역꾸역 몰려나오기 시작한 것이다. 하나둘 셋 넷… 이건 끝도 없다. 얼른 보아 400명은 됨직하다. 그러더니 그들은 삽시간에 운동장을 가득 메우곤, 마침내 스탠드까지 차지하고 만다. 그분들은 모두 손에 글씨를 쓴 하얀 천을 펼쳐 들고 있다.

노인들을 내모는 게 경로사상 실천인가
우리 민요 많이 불러 지역 감정 타파하자
'극락'이란 글자 알아 우리 발로 극락 찾자.

사태는 여기서 끝나지 않았다. 앞서의 할머니가 구호를 선창하자, 나머지 모두가 복창을 하기 시작한 것이다. 놀랍게도 청려장 지팡이 – 명아주 줄기로 만든 장수 지팡이 – 를 짚은 중풍 환

자도 대여섯이나 된다. 얼른 보아 실어증까지 심하게 앓는 노인
도 있다.

　　우리의 보금자리를 앗지 마라
　　전통 윤리 말만 말고 행동으로 가르치자.

　이쯤에서 운동장은 완전히 난장판이 되고 말았다. ㅇ교장은
곤혹스런 표정인가 싶더니 교장실로 피해 버렸다. 어린이들은
처음엔 약간 호기심으로 보는가 싶었는데 어느새, 약속이나 한
듯이 하나둘 울음을 터뜨리기 시작한다. 그러다가 급기야 운동
장은 울음바다로 변해 버렸다.

　ㄷ초등학교의 교실 한 칸을 빌려서 11년 동안 거의 하루도 거
르지 않고 토요일 오후마다 노인 학교를 무료로 운영하고 있는
구상모 선생, 세상 사람들은 그를 두고 이 시대의 기인이라고 부
른다. 따라서 그에게는 적어도 노인들과 일화가 엄청나게 많다.
그것도 그야말로 배꼽을 잡을 정도로 기상천외의 이야기들이다.
우선 몇 가지 소개해 보자.
　엑스포가 막바지에 이를 무렵이었는데, 노인 학생들이 어찌나
졸라대는지, 하는 수 없이 관광 희망자를 조사해 보았더니, 120
명에 이른다. 버스 한 대당 40명씩 탄다고 해도 자그마치 석 대
가 필요하다. 초등학교의 교감이 본업인 그에게는 인솔 자체가

여간 부담스러운 것이 아니었음은 두말할 나위가 없다. 그렇다고 해서 없었던 일로 하기에는 이미 늦었다. 이미 자기네들끼리 경비를 거두기 시작했기 때문이었다. 마침내 그는 결심하였다. 그래, 가는 데까지 가보자!

학교에는 병가를 내기로 했다. 공교롭게도 그 무렵 구상모 선생은 심한 긴장성 두통을 앓고 있었다. 동료들로 걱정하고 있었기 때문에 말이 2박 3일이지 일요일이 끼인 터라, 이틀만 어떻게 요령을 피우면, 노인 학생들을 인솔해 갔다 와도 탄로나지(?) 않을지 모르는 게 아닌가.

아무튼 그의 두통은 출발 순간부터 거짓말처럼 사라지고 말았다. 하기야 달리는 버스 안에서 제일 먼저 구상모 선생이 시시껄렁한 농담을 던지기 시작했으니, 그깟 긴장이니 두통이니 하는 말 따위가 분위기에 어울리지 않는다.

"오늘 사진을 몇 장 박을랍니꺼?"

"선생님요, 안 아프도록 박으이시소."

게다가 일찌감치 흘러간 옛 노래, 예를 들어 '오동동 타령'이니 '항구의 사랑' 따위를 불러 댄다. 단박에 차 안에 웃음꽃이 피었다.

♫♪♫ 오동추야 달이 밝아 오동동이냐 동동주 술타령이 오동동이냐/ 아니요 아니요 궂은 비 오는 밤 낙숫물 소리/ 오동동 오동동 그침이 없이 독수공방 타는 간장 오동동이냐

둘이서 걸어가던 남포동의 밤거리/ 지금은 떠나야 할 슬픔의 이 한밤/ 울어 봐도 소용없고 붙잡아도 살지 못할 항구의 사랑 영희야 잘 있거라 영희야 잘 있거라♪ ♩ ♫♫

순간 어느 할머니가 구상모 선생이 귀여워 죽겠다는 듯 뺨에다 느닷없이 뽀뽀를 해 버리고 모른 척 시치미를 뗀다. 어느새 구상모 선생의 온몸은 땀으로 젖는다. 반 시간도 안 지나서 실장은 마이크를, 총무는 비닐봉지를 들고 맨 앞자리부터 훑어나가기 시작한다. 소위 오늘 필요한 최소한도의 공동 경비 – 기사 팁 따위 –를 마련하려는 것이다. 어떻게 하느냐고? 그거야 뻔하지. 노래 한 곡씩 부르고 대신 천 원짜리나 오천 원짜리 지폐를 비닐봉지에 넣는 것이다.

이윽고 실장과 총무가 구상모 선생한테 다가오더니 하는 말이다.

"오늘 25만 원 모았네예."

그로부터 버스 안에서는 내내 노래 잔치다. 학교를 벗어났으니 가슴에 맺힌 한을 그렇게라도 풀어야 하는 건 어쩌면 당연하다는 게 구상모 선생의 지론(?)이다. 다만 술이라도 한 잔씩 하고 나면, 아예 벨트를 걸고 복도에까지 나와서 줄기차게 춤추는 모습! 아닌 게 아니라 애간장을 다 녹일 만큼 불안하다.

속리산에서 일박을 하고 엑스포에 들르게 되었다. 그제야 구상모 선생은 아찔한 느낌이 들었다. 이건 도무지 자신이 없다.

저 많은 사람들 속에서 어쩌다가 노인 학생들 한둘을 잃기라도 하면? 비록 120명 전원이 고무줄로 단단히 끈을 한 밀짚모자를 썼다지만, 어쩌다가 바람에라도 날려가 버렸을 땐 아마도 곤욕을 치러야 할 것이다. 구상모 선생은 겁이 덜컥 났다. 그래 입장하는 노인 학생들을 앞에 세워 두고 연설을 한다.

"절대 혼자 다녀서는 안 됩니다. 일행을 잃어버리면 찾을 수가 없어요. 여러분 세 사람 중 두 사람은 글을 모르신다 아닙니꺼. 무조건 앞사람의 꽁무니를 잡으이소. 혼자서 화장실은 절대 가지 마이소. 알라(어린애)도 아니고 까짓 오줌 하나 못 참습니꺼. 알겠지예?"

지금 생각해도 아찔할 만큼, 구상모 선생은 정신없는 가운데 그 넓은 데를 헤매고 다녔다. 도중 도중의 정확한 인원 점검 따윈 아예 엄두도 못 낼 지경이었다. 오직 노인 학생들을 따라다니며 밀짚모자 세기에만 정신을 쏟다 보니 하루해가 넘어가고 있었다.

파김치가 되어 버스로 돌아오는 길이었다. 그래도 그 많은 단체, 특히 노인 팀 중에 그들이 가장 질서가 있어 보이는지, 방송국 기자가 느닷없이 카메라를 들이대는 게 아닌가. 구상모 선생은 짐짓 모르는 척하려 했다. 그런데 은근히 신경이 쓰이는 거였다. 구상모 선생은 무심결에 노인 학생들과 기자들이 나누는 대화를 곁에서 듣고 있었다. 그런데 기자란 친구가 이러는 게 아닌가!

"내일 아침 7시에 전국에 방영됩니다."

그 소릴 듣고 구상모 선생은 얼른 자리를 피하지 않을 수 없었다. 이거 예사로운 일이 아니다. 만약 그자의 말이 사실이라면, 교감이라는 사람이 학교에 병가를 내놓고 엑스포에 모습을 드러내 놓은 게 탄로 난다! 직원들이 경악할 것을 빤한 노릇. 재수 없으려면 자빠져도 코를 깬다는데, 이건 방송국 때문에 신세 망쳤다는 생각이 떠나질 않았다.

아니 자칫하면 징계감이 될지도 모르는 일 아닌가 말이다. 상사가 이런 불호령을 내린다 치자. 아프면 병원에서 치료를 받든지 조리를 해야지, 아무리 노인들이 조른다고 해서 관광 인솔을 해? 당신 정신 있어 없어? 거기선 입이 열 개라도 할 말이 없을 것이다. 도무지 흥이 나지 않았다. 그래 터덜터덜 걸어 입구 밖으로 나오는데, 버스 기사가 한 사람 달려 나오더니, 구상모 선생의 옷소매를 잡고 구석으로 이끈다.

"구 선생님, 기사 생활 30년 만에 오늘 정말 희한한 걸 구경했습니더."

"?"

"정말 기발한 아이디어를 가진 할머니를 한 분 봤다 아닙니꺼?"

"도대체 밑도 끝도 없이 무슨 이야기인데요?"

그가 하는 이야기가 이렇다. 기사 세 사람이 자기들끼리 점심을 먹고 이리저리 시간을 보내다가 조금 전에 돌아왔는데, 버스 구석에 피로 회복제 박스가 하나 있기에 열어 보았더니, 글쎄 그 안에 뜨뜻한 액체가 든 비닐봉지가 담겼더란다. 거 참 희한한 일이다 싶어 헤쳐 본 즉, 아뿔싸 어느 할머니가 기지(?)를 발휘해서 비닐봉지에 쉬 − 실례를 하고선, 시치미를 뗐다는 것이다. 구상모 선생도 그제야 파안대소를 했다. 구상모 선생인들 그러면서 고개를 갸웃거리지 않을 수 있으랴. 과연 정조준(?)이 가능할까?

여담이다. 구상모 선생이 그토록 단단히 일렀으니, 그 할머니인들 얼마나 주눅이 들었겠는가. 말이 나왔으니 말이지만, 그 할머니가 그런 위기 대처 능력(?)이 없이 치마라도 버렸다면 피차가 모두 망신이었으리라.

문제는 다음날 새벽이었다. 잠이 없는 노인 학생들은 새벽부터 일어나 텔레비전 앞에 앉아 있었다. 자기가 텔레비전에 나온다고 이미 집에다 장거리 전화를 해 둔 철없는(?) 상당수 노인들의 표정은, 기고만장 그것이었다. 그에 비해 여론의 도마 위에 오를지도 모를 구상모 선생은 초조하기만 했다. 이 위기를 어떻게 수습한다? 참, 학교 직원들뿐만 아니지. 그 많은 학부모며 어린이들의 눈은 또 어떻게 속인다는 말인가.

드디어 텔레비전에서 타이틀을 내보내기 시작했다. 구상모 선생은 가슴이 두방망이질함을 느끼면서 그 앞에 앉아, 마치 칼을 치켜든 망나니 앞의 사형수 표정일 수밖에. 아나운서의 몇 마디 코멘트가 있고 나니, 과연 그의 노인학교 학생들이 방송국 기자와 인터뷰하는 게 방영이 되는 것이었다.

노인 학생들은 그저 신바람이 나서 기자 앞에서 어린애들처럼 입을 열고 있었다. 남의 속도 모르고 말이다. 이윽고 카메라 앵글이 서서히 움직인다. 아마도 줄을 질서정연하게 서 있는 모습을 전부 담으려는 뜻이리라. 순간 아! 구상모 선생의 전신이 멀리 화면에 비치는 게 아닌가. 그러나 다행스럽게도 너무나 다행스럽게도, 전날 카메라를 의식했던 그가 얼른 몸을 숨기는 찰나여서, 그는 가슴을 쓸어내릴 수 있었다. 지금도 그 생각을 하면 아찔하다.

여행 이야기가 나왔으니 말인데, 그는 남들이 흉내 내지 못할 해외 나들이를 세 번이나 하였다. 그것도 65세 이상의 노인들만 87명, 30명, 80명씩 모시고 대만과 태국, 그리고 싱가포르, 말레이시아, 인도네시아를 다녀온 것이다. 오죽하면 대만에 갈 때 워낙 대단원인 걸 보고, 대만 영사관 왕 씨가 고개를 갸웃거렸을까? 자기가 거기에 근무한 지 십수 년 동안이지만 개인의 자격으로 그렇게 많은 노인들을 한꺼번에 모시고 가는 것을 처음 보았다며 말이다. 따라서 그런 여행단을 인솔하려면 엄청난 고생을 각오해야 함은 두말할 필요가 없다.

기막힌 일들이 따로 왜 없었겠는가.

대북시 뉴 아시아 호텔에 여장을 풀었을 때, 구상모 선생이나 87명의 노인들이 낯선 땅에서 잠이 올 리 없었다. 극히 일부를 제외하고는 객실 하나에 두 사람씩 들었는데, 개중에는 사돈이 세 쌍이 있었다. 아무리 사돈이 좋으면 며느리 발뒤꿈치가 고와 보인다지만, 그분들이 정말 4박 5일 동안 친하게 지내는 걸 보니, 구상모 선생으로서도 느끼는 게 많았다. 밤이 좀 늦어 국내에서 그렇게도 먹고 싶어 안달이었던 바나나를 바구니에 담아 들고 객실마다 찾아 돌아다녔다. 예의 그 사돈끼리 든 305호실에 들어가다 말고 구상모 선생은 걸음을 멈춰야만 했다. 화장실에서 야릇한(?) 소리가 들리는 게 아닌가? 구상모 선생은 화장실 벽에다 귀를 바짝 갖다 대었다.

"사돈, 궁둥이 이리 마 내미이소."

"그래도 되겠능교?"

이어 뽀드득 소리며 물 끼얹는 소리가 난다. 구상모 선생은 기겁을 하였다.

호텔 종업원이 봤으면 뭐라 할 것인가 말이다. 출국 전에 외국 호텔 화장실은 우리나라와는 다르다는 걸 수없이 일렀건만, 그것도 둘이서 알몸으로 때를 밀어주고 있으니…. 그러나저러나 사돈끼리 연출한 그 정겨운 광경 따위를 상상이나 할 수 있는 사람은 구상모 선생 말고 또 어디 있으랴. 이튿날, 또 일어나기가 무섭게 사고가 터졌다.

노인 학생장이 헐레벌떡 뛰어와 야단났단다. 남　　머ㄴ가 깨어날 줄 모른다는 게 아닌가! 그 소릴 듣는 구상모 선생은 실로 눈앞이 캄캄하였다. 이 이역만리에서 할머니가 숨이라도 거둔다면? 평소에 어머니 손 한 번 안 잡아 드리던 자식이라도 삿대질을 하면서 달려들 게 아닌가. 여기선 병원 입원도 그렇게 까다롭다는 이야기이고 보면, 실로 낭패가 아닐 수 없다. 그야말로 속수무책이 되어 몇 시간을 그렇게 기다렸다.

그래도 어쩌겠는가. 미스 한을 객실에 남겨 두고 다음 목적지로 떠나는 수밖에. 점심 시간이 되어서야 할머니가 깨어났다는 전갈이다. 사연인즉 기가 막힌다. 혹시 멀미라도 심하게 할까 봐 딸이 사 준 멀미약을 먹고 출발하려는데, 며느리가 또 걱정이 되어서 귀 뒤에다가 뭔가 하나를 붙여 주더라는 게 아닌가?

팁 때문에 곤욕을 치른 적도 있었다. 처음에 잡아 드린 25층이 너무 '하늘에 가까워' 겁이 나서 못 자겠다며 4층, 그러니까 '땅 가까이' 내려와 나흘 밤을 보낸 두 분 할머니가 있었다. 그래도 혹시 마음이나 상하지 않았는가 싶어 특별히 보살펴 드리지 않을 수 없었다. 거기에서 기세가 오른 탓인가. 이미 두 노인에겐 달러에 대한 개념도 없었다. 오고간 이야기가 이랬으리라.

"그래도 우리가 대한민국 노인인데, 쩨쩨하게 1원을 팁으로

놓겠노? 백 원이면 몰라도….”

“맞다. 우리 손주 놈은 천 원짜리도 우습게 여긴다 아이가.”

그러면서 그들은 호기롭게 1백 달러 한 장씩을 각자의 침대 머리맡에 놓아 두고 내려온 것이다. 침대가 둘이라도 한 개에만 1달러를 놓아야 할 팁이 2백 배로 둔갑을 하고 말았으니, 이건 정말 예삿일이 아니다. 호텔 종업원에게 발견되었을 때에는 ×주고 뺨 맞는다더니 돈 손해 보고 나라 망신시키는 꼴 아니고 무언가. 구상모 선생은 또 총알처럼 객실로 뛰어 올라가야만 했다. 하기야 그런 할머니가 있는가 하면 2만 원을 환전하여 현지에 가서 쓰고 나머지 3천 원은 손자 학용품값으로 도로 갖고 온 할머니도 있었으니 그런대로 위안은 된다 하겠다.

아 참, 태국에서 겪은 이런 듣도 보도 못한 경험담도 빠뜨릴 수 없다. 당시 여든셋 된 손병태 할아버지는 자식 둘을 낳아, 장남은 대학교수로 차남은 회사 중역으로 키운, 그러니까 ‘자식 농사’를 잘 지은 분이다. 일찍이 부인과 사별하고 혼자서 사는데, 그런대로 경제적으로는 궁핍하지 않다. 할아버지는 평생 옷이라고는 흰 바지저고리만 입다가, 처음으로 해외 여행을 하다 보니, 뭔가 하나 겉에 걸쳐야 하겠다는 생각으로 토퍼를 하나 사게 되었다. 태국은 덥지만 정작 김포 공항에서 출국할 때까지는 아무래도 추위가 걱정이 되었겠지. 비행기 안에서 할아버지는 회심의 미소를 짓고 겉옷을 벗었다. 할아버지의 그 차림새는 오히려 격에 어울리는 것 같아, 구상모 선생은 적이 편안한 마음으로 눈을 감았다. 이튿날 새벽 비행기가 돈므앙 국제공항에 착륙하고 나서도 할아버지는 내내 그 바지저고리 차림일 수밖에.

그날 밤, 호텔에서 30분이나 버스를 타고 시내 중심가의 식당에까지 나가 저녁을 먹는 중이었다. 할머니들과 한자리에 어울려 비지찌개를 맛있게 먹고서는 식탁 사이사이를 돌고 있는데, 아무래도 손병태 할아버지의 차림새가 이상하다. 구상모 선생이 가까이 가서 확인해 보니, 아뿔싸! 할아버지는 밑이 짧은 파자마 차림이다.

위에는 다행스럽게 모시메리인가 뭔가를 걸쳤는데…. 그렇다고 해서 떠들어대다가는 나라 망신일 것 같고, 무엇보다 노인에 대한 그런 태도는 구상모 선생의 정서에는 맞지 않아, 여행사 직원을 구석 자리로 불러내었다.

"이거 큰일 났소. 저 할아버지가 글쎄 파자마 차림으로 앉아 계시질 않소. 어쩌면 좋겠소?"

그러나 그의 대답은 뜻밖이다.

"걱정 마세요. 우리나라에서는 저게 허물이라도 이만저만 허물이 아니겠지만 여기서야 예삿일입니다. 여기선 반바지 하나만 있으면 1년을 사는 거 모르십니까?"

하기야 1년 내내 무더운 태국에서 에티켓 따지다가는 쪄서 죽을 노릇이겠지만, 그래도 파자마를 입고 시내 나들이를 했다니

찜찜하다. 그래도 여행사 직원의 말을 듣고 보니 딴은 위로가 되었다.

싱가포르에서의 추억.

첫날 분수가 참 아름답게 느껴지는 공원에서 촬영을 하게 되었다.

80명이 한 덩어리가 되어 이국땅에서 카메라 앞에 서니 만감이 교차한다. 노인 학생들은 약속이나 한 듯이 사뭇 긴장한 표정들이고…. 순간 구상모 선생은 그걸 풀어 줘야 하겠다는 생각에, 여행사 직원에게 예의 '사진 박기' 농담을 던진다.

"빨리빨리 안 박고 뭐 하노? 안 아프게 박으래이."

그 한마디 때문에 노인들이 까르르 그만 웃음을 터뜨리고, 정말 멋진 작품이 만들어지게 되었다 싶었다. 그런데 일이 묘하게 되려고 해서 그런지 그 순간이 싱가포르 가이드의 카메라에 잡히고 만 것이다. 구상모 선생은 귀국할 때까지 그 사실을 까마득히 잊고 있었다. 며칠 뒤 혼자서 싱가포르에서 갖고 온 비디오를 보다가, 분수가 눈에 띄기에 감탄사를 연발하고 있는데 느닷없이 튀어나온 말이다.

"빨리빨리 안 박고 뭘 하노? 안 아프게 박으래이."

순간 구상모 선생은 등골이 써늘하였다. 저 비디오를 노인 학생들의 식구들이 보았을 때 뭐랄 것인가 말이다. 도대체 선생님이란 사람이 뭐 빨리빨리 안 박고 뭐하노? 더구나 어린 손자며느리까지 거기 섞였다면 이만저만 낭패가 아니다.

그건 그렇고. 이제 좀 진지한 사연이나 한번 적어 보자.

적어도 구상모 선생의 신념은 이렇다. 비록 지금 전국에 우후
죽순처럼 생기고 있는 노인 학교가 노인 여가 시설에 지나지 않
지만, 그래도 나름대로 그 노인 학교마다 각기 남다른 바가 있어
야 하지 않겠느냐는 것이다. 만약 어느 노인 학교처럼 으슥한 골
방 같은 곳에 할아버지 할머니들을 온갖 감언이설로 꼬드겨다
놓고서는, 벌건 대낮부터 안주며 술을 내다 팔고 급기야는 춤 선
생까지 붙여다 사교춤이나 가르친다 치자. 이 나라 노인 문제는
결국 갈 곳이 어딜까? 구상모 선생의 노인 학교는 그런 의미에서
보면 내세울 만한 것이 뚜렷하다. 그는 노인 학교에서 시작과 끝
무렵엔 반드시 '아리랑'을 비롯한 우리 민요를 부르는데. 그건 단
순히 노인들에게 흥을 돋우기 위해서가 아니다. 어느 누구든 그
의 노인 학교에 가서 왜 그렇게 민요를 열창하느냐고 물어보라.

백이면 백 이런 대답을 할 것이다.

"예, 남북통일이 되었을 때 7천만 겨레가 한데 어울려 부를 수
있는 노래는 우리 민요뿐이라서 부르는 기라예. 민요만 열심히
부르면 통일이 빨리 오지예."

어쨌든 노인들의 그 진지한 표정과 자세 앞에선 모두가 옷깃
을 여미게 되리라. 사실 분단 이후 생활 습관과 문화 형태가 엄청
나게 달라졌지만 아직도 민요만은 가락이며 가사가 별반 달라진

게 없다는 사실은, 우리 자신도 잘 알고 있다. 해외에서 열린 국제 경기에서 둘 중 어느 한쪽이 이겼을 땐, 누가 뭐랄 것도 없이 '아리랑'을 목이 터져라 불러대는 것을 보아서도, 구상모 선생을 비롯한 노인들의 그 주장은 상당한 설득력을 지니게 된다. 북한의 민요인 '신고산 타령'이나 우리 남한의 민요인 '밀양 아리랑'인들 왜 못 부르겠는가. 구상모 선생의 민요에 대한 열정은 여기서 끝나지 않는다. 일찍이 그는 유네스코, 즉 국제 연합 교육 과학 문화기구의 협조를 받아, 이 땅의 노인들이 보고 부를 민요집 '얼씨구 좋다 지화자 좋다'를 만들어 낸 것이다. 물론 그분들이 돋보기 없이도 능히 볼 수 있을 정도로 큼지막한 활자로 인쇄하여서 말이다. 물론 국악 대사전, 가요 집성, 민요 대전 등 참고 도서도 충분히 확보할 수 있었고, 자기가 직접 운영하는 노인 학교 학생들에게서 가사 채록도 하는 한편, 서너 군데 양로원 할머니들을 만나 한이 서린 소리를 직접 듣기도 했다.

따라서 웬만한 출판사에서 만든 대중 가요집보다 무게도 있어 보인다. 게다가 해외에 있는 우리 노인들이 이 책을 볼 경우를 예상하여, 부록으로 초등학교 교과서에 있는 동요 중, 고향이나 조국을 생각하게 하는 곡은 전부 수록하였다. 특히 이 동요들에는 악보까지 인쇄하였다. 그 악보는 노인들이 보라는 것이 아니고, 그 나라에 근무하는 한국 학교 교사들이나 시창視唱을 할 줄 아는 젊은이들이, 노인들에게 노래를 가르치는 매체로 쓰라는 뜻으로 실은 것이다. 실제 방콕에 갔을 때 그 이야기를 들은 한국인 학교 임설주 선생은 이런 찬사를 보냈다.

"이건 정말 대단한 시도입니다. 저는 중등학교 음악 교사 자격증을 갖고 여기서 자원봉사를 하고 있지만, 꿈에도 생각지 못했던 일입니다. 여기 있는 노인들이 불과 몇십 명밖에 안 되지만, 어떻게 하든지 한곳에 모아 민요며 동요를 가르치도록 해보겠습니다."

실제 그런저런 사연으로, 해외에 배포된 『얼씨구 좋다 지화자 좋다』가 300부를 넘었으니 구상모 선생으로서는 시쳇말로 적어도 그 분야에선 원도 한도 없는 셈이다.

유네스코에서 이를 아주 높이 평가하여 회지에다 대서특필해 소개했는가 하면, 광주에서 열린 전국 대회 등에서 유네스코 활동 우수 사례로 3년 연거푸 소개한 것은 어쩌면 당연한지 모른다. 참 구상모 선생은 광주 대회에서 단상에 불려 올라가 전국에서 모인 300명 유네스코 회원은 물론 외국인들도 상당수 참석한 가운데 '아리랑'을 비롯한 우리 민요 일곱 곡을 부르는 영광도 누렸다. 나아가 그 민요책 활용 효과의 극대화야말로, 구상모 선생이 이날 이때까지 단 한 푼의 사례 따윌 받지 않고 노인 학교를 운영해 온 데 대한 보상이라 해도 과언이 아닐 것이다. 그의 주장을 다시 한번 들어 보자.

"우리 세대가 이만큼 살도록 된 것은 뭐니 뭐니 해도 우리들

아버지 어머니뻘 되시는 노인들의 덕택이라 해도 과언이 아닙니다. 그분들의 희생으로 우리가 제대로 교육을 받을 수 있었어요. 다만 우리가 기억해야 할 것은 65세 이상의 보통 노인 2/3가 글을 모르는, 다시 말해 문맹이라는 충격적인 사실입니다. 언젠가 길을 가는데 앞서가는 노인 학생 한 사람이 '전셋방 있음'하는 광고문을 거꾸로 붙이더란 말입니다. 그 노인들이 저승 가기 전에 글자 한 자라고 가르쳐 드리는 것이 이 시대를 사는 우리들의 소명이라고 봅니다. 그렇다고 해서 그분들에게 '영이야, 이리 와. 나하고 놀자' 따위를 내놓겠습니까? 두말할 필요도 없이 우리 민요요."

그의 주장은 과연 그럴듯하다. 이 땅에서 우리 민요 '아리랑'이나 '밀양 아리랑', 혹은 '도라지', '사발가' 따위를 모르는 노인은 거의 없으니, 따라서 그걸 한 자 한 자 따라 읽게 하면 그 학습 효과는 기대 이상일 것임은 명약관화할 것이라는 것이다. 한 번 예를 들어 보자. 구상모 선생은 노인 학교 수업 때 칠판에다가 큼지막하게 비교적 쉬운 '도라지' 가사를 쓴다. 노인 학생들 앞에는 민요집은 물론 '도라지'며 '대바구니', '지화자자', '에헤이요' 등의 낱말 카드가 놓여 있다. 마치 초등학교 1학년처럼 공부하는 것이다. 가끔 노래를 부르면서…. 도라지 도라지 도라지/ 심심산천에 백도라지/ 한두 뿌리만 캐어도/ 대바구니가 철철철 다 넘는다/ 에헤이요 에헤이요 에헤이요/ 에야라 난다 지화자자….

유네스코로 봐서도 이건 대단한 수확이었다. 이 국제단체의 교육 분과에서 가장 심혈을 기울여야 할 부문이 '문맹 퇴치'인데, 불행스럽게도(?) 이 시대에는 특별한 경우를 제외하고서 글 모르는 사람이 어디 있는가?

그런데 한 이름 없는 한 교육자가 저승 가기 전의 노인들의 까막눈을 없애자는 운동에 기치를 높이 든 것이다. 따라서 유네스코에서 구상모 선생의 노인 학교를 '노인 문해文解' 학교로 지정해 준 것은 어쩌면 당연한지 모른다. 큼지막한 현판도 달아 주었다. 현판식을 하는 날 노인 학생 3백 명이 모여, 마치 어린애처럼 좋아하고 야단이었다. 거듭 말하지만 실제 노인 학교에서 이를 적용해 보니, 노인 학생들이 흥미진진해 하였다. 구상모 선생의 또 다른 익살.

"여기 한 번 보이소. 저승 가시면 염라대왕이 '니 그래, 글자 한 자라도 아는 게 있는고?' 하고 묻는단 말입니다. 그럴 땐 얼른 '도라지'를 생각하이소, 그래 '예, 지는 말입니더. 노인 학교에서 배웠는데예. 다른 글자는 몰라도 '도라지'의 '도'자는 아는 기라예. '그렇게 대답하는 깁니더. 염라대왕이 다시 말할깁니더. '그래 장하다. 다른 노인들은 경로당에서 십 원짜리 고스톱이나 치면서 얼굴 붉히고 지냈는데, 니는 노인 학교에서 글자 공부를 했다는 말이제? 그게 어디냐 말이다. 좋다. 너는 착한 일을 하였으니 천당이나 극락에 가거라!"

그가 또 손짓 발짓 다해서 열을 내면 또 노인 학생들은 까르르 웃는다. 한술 더 떠서 이럴 때도 있다. 쉬운 글자를 가르치면서 엮어내는 진풍경이다.

"아무리 글자를 모른다 해도 '구'자는 알아야지예. 구상모가 내 이름이고예. 자, 큰소리로 따라 외우시소. '낫 놓고 기역 자도 모른다'의 ㄱ을 손잡이 달린 그릇 위에 얹는다! 제 아내 성姓이, 이李 가哥 아닙니꺼? 그것도 알아야지예, 사모님인데…. 동그라미(O) 하나에 '작대기 (I)'하나 이게 바로 '이'자 아닙니꺼? 이승만 대통령 알지예?"

이 기막히는 사례는 신문이나 방송에도 여러 번 소개되었다. 그러자 이웃 중학교 학생들도 다투어 자원봉사를 나왔다. 다만 20평 교실에 130여 분의 노인들이 들어앉아 있으니, 중학생들이 사이사이에 들어가서 개별지도를 돕지 못하는 것이 안타까웠다. 말이 나왔으니 말이지만, 노인들은 인권이란 것도 없나 보다.

만약 초·중등학교에서 이런 상황이 벌어졌다면, 사람을 돼지 취급한다며 야단났을 것이다. 실제 구상모 선생의 노인 학교에서는, 일단 교실에 들어오기만 하면, 소피가 보고 싶어도 화장실에는 갈 엄두를 하지 않아야 한다. 도무지 비집고 나갈 수가 없는 탓이다.

그래도 노인 학생들에게는 이 학교가 유일한 낙이다. 그건 오후 두 시에 수업이 시작되는데도, 열두 시가 못 되어 와서 기다리는 노인들이 상당수 있는 것으로도 증명된다. 늦게 오면 좋은 자리를 차지할 수 없다는 것이다. 자원봉사를 하는 강사진도 대단하다. 우선 부학장인 ㅈ 교수는 대학에서 수학을 가르치면서 노인 인권문제연구소의 책임을 맡아 있고, 기획실장인 ㅂ 씨는 지방의 문화원장이다. 교무과장인 ㅅ 시인은 현역 공군 중사이고, 지역사회과장인 ㄴ 씨는 구의회 부의장이다. 그리고 음악과장인 ㄱ 씨는 항공사 사우회 음악반장으로서 색소폰 연주자이다. 그밖에 구연동화를 하는 어머니 단체인 색동 어머니 부산 회장 ㅁ 여사, 시조 국창 ㄴ 여사 등이 일체의 보수나 수당을 받지 않고 봉사를 하고 있는 것이다. 이만 하면 진짜 대학교 강사 못지않은 진용이라 해도 과언 아니리라. ㅈ 교수가 재롱(?)을 피우고, ㅅ 시인이 전투복의 한쪽 가랑이를 걷어 올린 차림으로 각설이 타령을 부르는가 하면, 거기에 맞춰 ㄱ 씨의 색소폰 반주가 분위기를 절정으로 몰고 간다. 중국의 세계적인 석학 장석생 교수며, 베트남의 옌 교수까지 두서너 번씩 왔다 갔으니 더 말해 무엇하랴. 언젠가 ㅂ 대학교 ㅈ 명예교수가 노인 학교 고문인 ㅎ 교육위원과 함께 방문하여, 그야말로 혼연일체가 되어 희희낙락하는 장면을 목격하고서는

"아, 여기가 바로 무릉도원 아닙니까?"

하면서 감탄하였다. 그때 구상모 선생은 이런 말로 화답하였다.

"감사합니다. 노인들도 다들 그렇게 생각하고 있습니다. 노인들로 무릉도원의 고사성어를 알고 있습니다. 우리는 이미 약속한 바 있습니다. 먼 훗날 우린 저승 무릉도원에서, 낮엔 들에 나가 일하고 밤엔 한자리 여기서처럼 노래 부르고 춤추고 하면서 지내기로 했습니다. 11년 동안 먼저 저승 가신 분들이 아마 터 잡고 기다리실 거예요."

어쨌든 뭐니 뭐니 해도, 노인 학교가 여기까지 오기에는 교실을 빌려준 이때까지의 세 분 교장 선생님들의 배려를 빠뜨릴 수 없다. 그분들이야말로 요즈음 입만 벙긋하면 강조하게 되는 '교육 개혁'이나 '평생 교육'의 한 획을 그은 공로자들이라 해도 괜찮으리라. 어쩌다 명절에 인삼 한 상자를 들고 교장실로 방문을 해도 기어이 돌려보내는 ㅍ교장 선생님. 송년회장에서 끝까지 노인들과 어깨동무를 하고 '백발가'를 부르는 ㄴ교장 선생님, 모두가 이구동성으로 교육자의 참모습을 본다고 찬사를 보낸다. 특히 ㅊ 교장 선생님은 워낙 미남인 데다가 노래 솜씨 또한 일품이고, 춤 역시 끝내주는 터라, 할머니들이 오줌을 쌀 정도로 인기가 있었다. 그분은 작년 연말 송년회 때만 해도 오후 두 시에서 밤 아홉 시까지 노인 학생들과 자리를 함께했다.

그런데 3월 1일 자로 새로 부임한 ㄹ 교장이 어느 날 아침 느닷없이 이렇게 선언해 버리는 것이다.

"노인 교실을 빌려줄 수 없습니다. 이건 도대체 누구 학교인지 분간이 안 됩니다. 다들 퇴근한 토요일 오후에 남의 학교 교감이 와서 노인들과 '닐리리야'를 부르다니 어디 말이 되기라도 합니까?"

듣다 못 한 어느 교사가 가만히 있을 수 없어 한 마디 한다.

"교장 선생님, 어차피 우리가 그 교감 선생님처럼 노인 교실을 운영하지 못할 바에야, 400명 노인들의 복지를 위해서라도 그대로 맡겨 두는 게 좋지 않을까요?"

"모르는 소리 작작해요. 요컨대 주체가 누구냐고 중요합니다. 우리가 직접 운영한다면 또 모르지만···."

그러고서 토요일이 아닌 평일에 노인 교실을 운영할 직원을 찾아보았다. 그러나 두 달이 넘었지만 그런 어리석은 사람은 나타나지 않았다. 누가 그 소득 없는 일에 달려들겠는가 말이다. 그래도 그는 쉬 포기할 수 없었다. 그렇다고 해서 그대로 주저앉기에는 자존심이 허락하질 않았던 것이다. 그러던 어느 날 낌새를 차린 노인들이 교장실로 찾아갔다. 그러자 ㅇ교장은 남의 말을 들을 생각은 않고, 예의 그 목에 힘주는 표정으로 노인들에게 한 마디 던진다.

"노인들도 알 건 알아야 합니다. 남의 식구가 방 한 칸을 차지한다면 가만있겠습니까?"

노인들도 만만찮다.

"그래서 구상모 선생님이나 우리도 항상 미안한 마음은 갖고 있는 기라예. 팔십 노인이 빗자루를 들고 청소하는 것도 그것 때문 아닙니꺼. 학교 화장실 더럽히지 않을라꼬 겨울철엔 '오줌 안 누기 운동'도 벌인다 아닙니꺼. 그런데 지난 두 달 넘는 동안 교장 선생님이 부모뻘인 우리를 한 번 찾아 봤는기요? 우리가 거지라도 그런 대접은 안 받았을 낍니더. 자식이 부모를 잘못 모시면, 설사 남이라도 모셔야 될 거 아닝교? 오랜만에 찾아온 치매 환자인 어머니를 연탄 창고에 가두어 놓고 굶겼는데, 보다 못한 이웃 사람이 식사 대접했다는 이야기 들었는기요? 결국 그 어머니는 죽었십니더. 교장 선생님 하는 짓이 그것과 다를 게 없는 기라예. 그렇게 눈엣가시처럼 보였다면 교장 선생님 학교의 직원들도 토요일 오후에 남아서 강의를 하면 될 거 아닝교? 교장 선생님은 무식한 우리보다 평생 교육에 대한 신념도 없는기요?"

그건 시내 박사 교장 1호인, 자타가 인정하는 교육 이론가 ㅇ 교장에게는 대단한 모욕이었다. 그는 얼굴이 붉으락푸르락하였다.

"하여튼 학교는 다른 사람에게 빌려줄 수 없어요. 누가 뭐래도 문을 닫습니다. 교장이 한 번 선언한 것을 바꿀 수 없어요."

그러자 어느 여학생이 악담을 퍼부었다.

"요시(일본말) 보입시더. 내가 이 학교를 떠나는 날 우리 정들었던 교실 카텐을 면도날로 짝 찢어 걸레로 만들어 놓을 테니….

거기다가 코나 풀어 놓을까요. 당신이 교장이면 교장이지, 무슨 그런 횡포요 횡포가! 내 참 더럽고 아니꼽아서. "

그래도 교장은 눈 하나 깜짝하지 않았다.

그러고선 막 추위가 시작될 무렵인 11월 중순 어느 날 토요일 아침, ㅇ 교장은 그야말로 냉혹하게 노인들이 모이던 교실의 문을 폐쇄해 버리고 말았으니…. 행여나 싶어 노인 수십 명이 틈만 나면 교실 앞을 기웃거려 보았지만 자물쇠는 항상 그대로 채워져 있었다. 아무도 드나들지 않는 그 공간은 거미줄이 얽혀 마치 유령 집 같은 느낌을 줄 따름이었다. 강사들은 그런 정황에서 침묵을 지켜야만 했다. 아니 '사필귀정'만 기대하고 있었는지 모를 일이다. 나아가 이 사회가 아직 노인 복지가 어쩌고저쩌고하기에는 아직 너무 이르다는 게, 그들의 한결같은 정서요 판단이었는지 모른다. 자칫하면 아무것도 모르는 노인들을 부추겼다는 비난을 받게 될 것도 두려웠다. 그들도 명예를 그만큼 소중하게 생각했던 것이다.

그런 뒤 6개월 어버이날, 그동안 굳게 입을 다물고 있던 노인 400명이 드디어 집단행동에 돌입한 것이다.

같은 시간 노인 학교와 직접 관련이 없는 ㄴ 문화예술인협회며, ㅂ 민속보존회 등 그래도 정신이 썩지 않은 사회단체의 회원 60명이 시민들을 대상으로 한 10만 명 서명운동에 돌입하고 있었다. 가족들 또한 이에 질세라, 극비리에 작성해 온 4천 명이 연기명으로 날인한 탄원서를 각계에 보낼 준비에 바쁘다.

바야흐로 교육계의 한 부조리 실체가 만천하에 드러나는 순간인 것이다. 이참에 이런 엄청난 일이 벌어지기까지 그래도 소문은 들었을 법하련만, 뒷짐만 진 채 수수방관해 왔었던 상급 기관의 대처가 어떨는지 궁금하다. 어쩌면 그 들은 직무유기로 손가락질받아야 할 것이다. 그들의 중심에 참 나쁜 ㅇ 교장이 있다.

저승의 내 사랑

아동 문학가이자 초등학교 교사이며 한국애견보호협의회 사무국장인 현철은 마침내, 살아날 가능성이 반반이라는, 자기 애견의 배를 가르는 수술에 동의했다. 그러자 수의사는 익숙한 솜씨로 후로다Froda 2세의 뒷다리에 몽혼 주사를 놓았다. 후로다 2세는 현철을 빤히 쳐다보고 신음을 한 번 토하고는 이내 스르르 눈을 감았다.

　수의사는 수술대 위에다 후로다 2세를 반듯하게 눕혔다. 그러고는 네 다리를 붕대로 묶고 위아래 이빨 사이에 나무 막대기를 끼웠다. 후로다 2세가 자기 혀를 깨물 염려가 있기 때문이다. 그 모든 걸 수의사는 순식간에 해치웠다. 그의 반듯한 이마를 보고 현철은 참 냉정한 아니 냉혹한 사람이라는 생각이 들었다. 드디어 수의사가 메스를 집어 들었다. 수의사가 현철에게 수술 광경을 지켜보겠느냐고 물었을 때, 현철은 고개를 가로저었다. 대신에 수술이 끝나거든 급히 연락을 해 달라며, 명함 한 장을 맡기고 나왔다. 초저녁인데도 자동차들이 헤드라이트를 켜고 달리고 있었다.

현철은 육교를 건너 천천히 걷기 시작했다. 살아날 가능성이 반반이라? 그렇다면 아까 날 빤히 쳐다보던 그 순간이 마지막일지 모른다는 이야기가 아닌가. 현철은 두 줄기 눈물이 뺨을 타고 흘러내리는 걸 느꼈다. 가끔 들르는 행복예식장 옆의 덕포 포장마차 안을 힐끗 들여다보았더니, 마침 아무도 없다. 현철은 구석자리를 하나 차지해 앉았다. 그러고는 닭똥집을 안주로 하여 소주 한 병을 마셨다. 서서히 주기가 오르기 시작했다. 2년이란 세월이 마치 주마등처럼 스치고 지나간다.

결혼 20년이 되어도 슬하에 자녀가 없어, 어느 선배 작가로부터 입양시켰던 후로다 1세를, 남들이 손가락질하여도 현철 내외는 진짜 딸 이상으로 사랑했다. 그들이 움직이는 데는 그림자처럼 후로다 1세를 달고 다녔다. 심지어는 셋의 잠자리가 항상 같기도 했다. 비록 가진 것이 없어도 자기들이 죽고 나서 외국 사람들처럼 전 재산을 녀석에게 물려줄 생각을 할 정도였다. 녀석이 있으면 원고지도 잘 메꿔져 나갈 정도이니 더 말해 무엇하랴.

참, 그 무렵 국제단체로부터 애견상을 받은 현철은 그 기념으로『개가 들어도 웃을 일』이라는 풍자집을 쓰고 있었다. '오수의

개'를 기리는 의견 비에서 30미터도 채 안 떨어진 곳에 있는 보신탕집이, 전국적으로 이름나 있다는 충격적인 보도를 접하고 느끼는 게 많았기 때문이다. 그는 보신탕이라면 죽고 못 사는 국민들에게 어떤 메시지를 전하고 싶었다. 좀 시시하긴 하지만, 만약 6천만 원짜리 세퍼드가 꾼에게 포획되어 보신탕 집에 팔렸다면, 손님들은 1킬로그램에 2백만 원짜리의 기네스북에 오를 정도의 비싼 고기를 먹는 셈이라는 등, 그야말로 희한한 이야기 222가지를 모아 묶을 생각이었다.

그 후로다 1세가 발정이 온 것이다. 요크셔테리어 암놈으로서는 나무랄 데 없는 개가 후로다 1세여서, 그 신랑감을 구하기 힘들어 현철 내외는 고민하였다. 그로부터 며칠 동안 그들은 애견잡지의 광고도 보고, 여러 군데서 수소문을 하는 한편 애견가라는 애견가 모두에게 전화를 걸었다. 물론, 전국 애견센터에다 팩스를 보내는 등 야단법석을 떤 끝에, 서울의 서명진 씨를 머리에 떠올렸다. 신랑감은 나이가 좀 든 게 흠이지, 원산지인 영국 본토에 갖다 놓아도 손색이 없을 정도인 아레스다.

그러나 현철 쪽에서 일방적으로 그런 중대사를 결정할 수가 없다. 서명진 씨는 재벌 총수는 물론 군 장성, 대학 총장, 국회의원, 장관, 연예인 등과 개 사돈을 맺을 정도여서, 콧대 높기가 이만저만 아니라는 소문을 들었기 때문이다. 심지어는 일본과 대만의 애견가들이 그에게 청을 대기도 한다는 이야기였다. 그런

서명진 씨니까 아레스의 명성에 걸맞은 신붓감이 아니면, 며느리로 맞아들일 생각이 없을 게 뻔할 게 아닌가. 어쨌든 답답한 사람이 샘을 파게 마련, 현철은 서울에다 조심스레 다이얼을 돌렸다.

"여보세요, 서명진 선생님 댁이지요?"

"그렇습니다만… 누구시지요?"

"부산입니다. 제집에 요크셔테리어 암놈을 한 마리 갖고 있는데요. 얼마 전 발정이 왔습니다."

"그래서요?"

"선생님 댁의 아레스 군君과 교배를 좀 부탁드리면 안 될까요?"

"좀 힘들 겁니다. 암캐가 여간 좋지 않고서는요. 며칠 전, 세계 전람회에서 1등 한 경력을 가진 삼성그룹 회장의 암캐 줄리엣과 교배를 시킨 적이 있어요."

그러나 현철도 호락호락 물러설 위인이 아니다.

"영국의 오즈밀리언 견사에서 의욕적으로 번식시킨 놈인데요?"

"오즈밀리언이라… 좋습니다. 대신 조건이 있어요."

그러면서 서명진 씨는 대신 이번에 수태 안 되었다고 다음에 억지부리면 곤란하다는 것이다. 지방에서야 새끼가 안 들면, 다음 한 번에 한해 교배를 더 시켜 주는데, 서 씨는 그게 어림없다는 뜻이다. 그러나 어물어물하다가는 상대방의 심기를 건드릴

뿐이라는 생각에 현철은 얼른 좋다는 대답을 할 수밖에. 사흘 뒤 약속한 날짜에 현철은 수송 바구니에 후로다 1세를 넣고 다시 전체를 보자기에 싸서 서울행 새마을 열차에 몸을 실었다. 다행히도 후로다 1세는 그 좁은 수송 바구니에 갇혀서 서울까지 가는 다섯 시간 동안 끽소리도 내지 않았다.

이래서 현철은 그 서명진 씨와 명실공히 개 사돈이 되었다. 견계 그러니까 '개 세계'에서 하나의 큰 혼맥이 형성된 셈이다. 유명 인사도 아닌 현철이 재벌 그룹 회장과 사돈의 사돈이 된 셈이라, 이건 정말 개가 들어도 웃을 일이다. 그런데 현철만큼이나 개를 좋아하는 그 재벌 그룹 회장은 현철과는 동성동본인데, 그쪽이 손주뻘이라는 것이다. 이것저것 따지면 그야말로 개판 오 분 전이고도 남는다.

어쨌든 현철은 그 방면의 진짜 베테랑인 사돈 서 씨를 존경의 눈으로 바라보았다. 공교롭게도 사돈도 현철처럼 머리가 하얘서 그게 자신의 트레이드마크로 인정된 지 오래란다. 마음에 드는 참한 며느리를 맞게 되었다는 찬사도 잊지 않았다. 사돈이 익숙한 솜씨로 교배를 거들어, 생각보다 신방은 쉽게 꾸몄다.

아홉 시가 넘어서 현철은 부산행 열차를 탔다. 사돈은 48시간 뒤에 다시 교배를 시켜 주마고 약속했다. 이 경우 암수 양쪽에 다 결함이 없다면 완벽한 임신이 보장되는 것이다. 다시 상경했을 때는 한창 정국이 시끄럽던 무렵이라, 열차 안에서 현철은 내내 불안하였다. 아니나 다르랴, 서울역은 플랫폼까지 최루탄 가스가 자욱하여 눈코를 뜰 수 없었다. 역 광장은 그야말로 아비규환의 아수라장이었다. 경찰은 마구 최루탄을 터뜨리고, 맞선 학생들은 돌멩이며 보도블록을 던졌다. 하차한 승객들은 연방 재채기를 하며 우왕좌왕하였다. 현철은 그 와중에서 용케 택시를 잡아타고 밤 열 시나 되어서 사돈집에 도착할 수 있었다. 현철은 좋아서 길길이 뛰는 후로다 1세를 찾아 사돈의 배웅을 받으며 영등포역으로 나왔다. 서울역 광장은 밤새 경찰과 학생들이 대치할 것이기 때문이다. 개찰을 하고 플랫폼에 나서니 밤하늘에 별이 총총 떴다. 형광등이 유난히 차게 느껴졌다. 어느새 시각은 0시를 넘기고 있었다. 현철은 처연한 느낌이 들어 중얼거린다. 4천만 국민 중에 이러고 서 있는 사람이 대한민국에 어디 있겠는가.

그러나 신바람도 났다. 물론 후회는 없었다. 자식 없는 건 팔자라 해도 이제 천하의 서명진 씨와 사돈을 맺었고, 한국 제일의 사위와의 사이에서 외손주를 몇이나 보게 되었으니 말이다. 이제 두 달만 있으면(개는 두 달 만에 출산한다), 내 그 녀석들을 소재로 많은 글을 쓰리라. 무엇보다 이번에 겪은 기가 막힌 일들을 『개가 들어도 웃을 일』에 포함시킬 수 있지 않은가.

후로다 1세는 두어 주일이 지나자 임신의 징후를 보이기 시작했다. 거실에서 마구 내닫는다든지, 소파 위에 뛰어 올라가는 일도 없었다. 입덧도 보였다. 그러던 한 달 뒤, 후로다 1세를 저울

위에 올려놓고 눈금을 읽던 현철은 하마터면 고함을 지를 뻔했다. 체중이 불어 있는 것이다. 이건 확실한 임신 징후다. 남들은 웃을지 모르지만, 자신의 선천적인 결점으로 인해 아이를 갖지 못하는 그에게는 결코 우스개가 될 수 없었다. 아니 오히려 절박했다.

돌이켜보면, 후로다 1세를 입양해 왔을 때 신문 가십난에까지 보도되는 바람에 사람들이 얼마나 손가락질을 해댔던가. 아동문학가 현철이 전생에 개였다며 수군덕거리기도 했다. 어쨌든 임신 소식에 서울 사돈도 무척이나 기뻐하였다.

일각이 여삼추라 했지만, 남은 두 달이 왜 그렇게도 길게만 느껴지는지 입술이 타고 애간장이 녹았다. 그러는 중에도 현철은 후로다 1세를 안고 아파트 옥상에 올라가 부지런히 운동도 시켰다. 다시 보름이 지나서 현철은 후로다 1세의 태동을 볼 수 있었다. 방석 위에다 눕혀 놓으면, 배 안에서 새 생명들이 꼼지락거리는 게 보이는 것이었다. 그러다가 이윽고는 녀석들이 한꺼번에 자궁벽을 차기라고 하는 듯 옹골찬 움직임을 보여 주었다. 출산 예정일을 일주일 앞두고 큰방 한구석에 산실을 마련했다. 슈퍼마켓에서 아기 기저귀 박스를 하나 구해다가, 한쪽은 후로다 1세가 드나들 수 있도록 동그란 구멍을 뚫었다. 아무리 난방이 되어 있는 아파트지만, 산모나 새끼가 혹시 추위를 타지나 않을까 싶어 헌 옷가지 등으로 산실을 겹겹이 둘러쌌다. 탯줄을 끊을 가위, 실(탯줄을 묶는 데 쓸), 양수며 분비물 등을 닦아낼 삶은 타월과 거즈, 먼저 낳은 새끼를 따로 담아 둘 박스 등을 갖추어 놓았다. 그리고 방안의 조명도 아늑한 느낌을 주도록, 형광등마저 작은 것으로 바꾸어 다는 것도 잊지 않았다.

드디어 당일 아침, 후로다가 출산의 기미를 보이기 시작했다. 갑자기 식욕이 떨어졌는가 하면 안절부절못하기도 하고, 이빨로 신문지(산실에 깔아둔 것)를 마구 물어뜯는 게 심상치 않았다. 그 괴로운 몸부림에 현철 내외는 연민의 정을 쏟았다. 쯧쯧, 저 어리고 조그마한 것이…. 후로다 1세는 그러다가도 수심이 가득한 현철 내외를 물끄러미 쳐다보았다. 이윽고 진통이 시작되었다. 이제 12시간만 기다리면 그토록 기다리던 외손주를 보게 되는 것이다. 그러나 때가 되었건만 후로다 1세는 순산을 하지 못했다. 운동도 시킬 만큼 시켰으니 뱃속 새끼가 그렇게 크게 자라지도 않았을 텐데 말이다. 진통이 13시간이나 계속되었는데도 후로다 1세는 가쁜 숨만 몰아쉴 뿐, 정작 새끼는 낳지 못하고 있는 게 아닌가. 현철 내외는 이마에 진땀이 흘렀다.

하는 수 없이 동물병원에다 전화를 걸었다. 허겁지겁 수의사가 왔을 때는 후로다 1세가 거의 기진맥진해 있을 무렵이었다. 얼마나 닥치는 대로 긁어댔던지 앞발톱 두 개에 새빨간 피가 맺혀 있었다. 수의사가 이것저것 챙기는 동안에 현철 내외는 그가 일러 주는 대로 뜨거운 타월로 후로다 1세의 배를 찜질하고, 달걀노른자를 날 것으로 먹였다. 다행히 헛바닥으로 핥아 먹는 걸 보고 수의사는 조물주에 경의를 표하게 된다고 했다. 노른자가 산도産道를 매끄럽게 한다나?

그래서 그런지 후로다 1세는 큰 신음을 한번 토하면서 전신에 죽어라 힘을 주었다. 이윽고 양수 주머니가 밀려져 나오자 녀석은 그걸 물어뜯었다. 그러고는 다시 한 번 경련이라도 하듯 몸부림쳤다. 그 순간, 하얀 막에 싸인 새끼가 머리부터 보이기 시작했다. 수의사가 손쓸 겨를도 없이 새끼는 산실 바닥에 모습을 드러냈다.

그제서야 현철은 정신이 번쩍 들어 막을 찢었다. 뜨뜻함이 손가락을 통해 몸에 전해져 왔지만, 섬뜩하다는 느낌조차 들지 않았다. 그보다는 새로운 생명의 탄생을 확인하는 기쁨으로 넘쳐 있었다는 게 옳은 표현이리라. 다음으로 현철은 배꼽에서 손가락 마디쯤 되는 곳의 탯줄을 묶고 가위질을 하여 잘랐다. 그러고는 새끼를 온몸 구석구석마다 타월로 깨끗이 닦았다. 이윽고 새끼는 고고의 성을 울리는 것이었다.

그것까지는 좋았는데, 그다음 새끼가 난산 중의 난산이었다. 수의사가 분만 촉진제를 주사한 뒤 한참이나 기다린 끝에 간신히 받아내긴 했지만, 앞서 현철이 시도했던 조치들이 아무 쓸모가 없게 된 것이다. 둘째는 나오자마자 숨도 몰아쉬고 불규칙적이었다. 울지도 않았다. 척추 마사지도 헛일이었다. 수의사의 말이 가사 상태라는 것이다. 간혹 이런 놈이 있단다. 현철 내외는 후로다 1세가 참 안쓰럽다는 생각을 했다. 천신만고 끝에 낳았는데 그 새끼가 죽게 되다니…. 그러고 나서 세 번째 새끼를 기다리던 수의사는 분만 촉진제를 한 대 더 주사했다. 첫째와 떨어져 둘째는 타월 위에서 마지막 숨을 헐떡거리고 있었다. 드디어 후로다가 다시 출산의 기미를 보였다. 후로다는 불쌍하게도 눈을 희번덕거리기까지 하면서 혼신의 힘을 쏟는 듯하였다. 저러다가 기절이라도 하면 어쩌나 싶어 현철 내외는 애간장이 탔다. 그러는 중 수의사가 약간 겁먹은 표정으로 현철 내외를 쳐다보며 입을 열었다.

"후로다는 출산 습관이 안 좋아요. 새끼가 발부터 나와요."

그러면서도 그는 익숙하게 행동했다. 새끼가 발부터 나왔다 들어갔다 해도, 그는 용케 세 번째 새끼를 받아내는 데 성공하였다. 암놈이었다. 그러나 그다음 상황이 또 그들을 불안하게 만들었다. 수의사가 새끼를 두 손으로 받쳐 들고는 양수를 너무 많이 마셨다고 걱정했던 것이다. 그러다가 수의사는 갓 난 새끼의 코에다 자기 입을 대고서는 그걸 전부 빨아대었다. 저런! 현철 내외는 그런 광경은 상상도 못 했던 터여서 탄성만 질렀다. 그러던 수의사는 고개를 가로저었다. 그러고는 방금 숨이 넘어가는 둘째 옆에 셋째를 뉘었다. 셋째도 포기하라는 뜻이었다. 과연 셋째도 둘째처럼 숨을 몰아쉬었다. 물론 울지도 못했다.

"자, 이젠 저는 갑니다. 밤도 깊었군요. 둘째와 셋째, 잘 묻어 주기나 하세요."

"새끼가 더 들지는 않았을까요?"

"물론입니다. 배도 홀쭉해졌구요. 지금 만져지는 건 자궁뿐입 니다."

"그래도 체중 한번 달아 볼 테니까, 조금만 기다려 주세요."

현철은 얼른 체중계 위에 후로다 1세를 올려놓아 보았다. 후 로다 1세는 임신 전보다 체중이 3백 그램이나 더 나가고 있었다. 그러나 수의사는 그게 새끼라는 보장이 없다고 했다. 그러면서 수의사는 매우 피곤한 듯 행하니 돌아가고 말았다. 새벽 한 시였 다. 그런 뒤에도 후로다 1세의 진통은 계속되었다. 피맺힌 발톱 으로 산실 바닥을 긁어댔음은 물론이고. 둘째는 그때쯤에 숨을 거두고 말았다. 현철 내외는 탈지면으로 곱게 염을 해서 딴 방으 로 옮겨 놓았다. 셋째는 숨을 몰아쉬긴 해도 뜻밖에 생명이 붙어 있었다. 네 다리며 머리를 약간 움직이기도 했다. 이래서 그들은 기나긴 겨울밤을 셋째 간호로 지새우게 된다. 와이셔츠 상자에 탈지면을 깔고, 그 위에 셋째를 뉘인 다음 백열등으로 보온을 하 면서 새벽 일곱 시까지 뜬눈으로 버틴 것이다. 이튿날 현철 내외 는 파김치였다. 그래도 현철은 죽은 새끼를 묻으러 밖으로 나설 참이었다. 현관문을 여니 찬바람이 쏴아 몰려 들어왔다. 그 순간 이었다. 현철의 아내가 깜짝 놀란 목소리로 고함을 지른 것이다.

"여보, 셋째가 젖을 빨아요."

"뭐라고?"

"제 어미젖을 물렸더니 빠는 게 아니겠어요?"

과연 후로다 1세는 약간 안정이 되는 듯, 옆으로 누워 셋째에게도 젖을 빨리고 있었다. 애정 어린 눈으로 새끼들을 바라보기도 하고, 전신을 번갈아가며 핥아 주기도 하였다. 그 모습을 둘은 흐뭇한 표정으로 내려다보았다. 현철은 그제서야 처음으로 회심의 미소를 지었다. 꿈에도 그리던 외손주를 둘씩이나 보게 되었으니.

그러나 둘째의 장례가 급했다. 현철은 손가락 한 마디보다 작은 주검을 들고 현관문을 나섰다. 무척이나 차게 느껴졌다. 몇 걸음도 떼지 않아서 그건 얼음으로 변해 있었다. 현철은 녀석을 품속에 안았다. 낙동중학교 건너편 언덕에 마침 양지바른 데가 있어서 현철은 호미로 한 뼘 깊이로 파서 녀석을 묻었다.

집에 돌아와 커튼을 열어젖뜨리니, 햇살이 약간은 눈부시게 방안으로 파고들었다. 워낙 피곤했던 터라 현철 내외는 작은방으로 들어가 깊은 잠에 빠져들었다. 서너 시간쯤 지났을까? 후로다가 큰 신음소리를 내는 바람에 둘은 소스라쳐 일어났다. 후로다가 멈추는 듯싶었던 진통을 다시 시작한 것이다. 벌써 몇 시간이 지나서 그런다는 건, 뱃속에 새끼가 들었다는 증거 아니고 무언가? 현철 내외는 후로다 1세를 안고 냅다 병원으로 뛰었다. 그들은 까닭 모를 불안감으로 다리가 후들거림을 느꼈다. 가슴이 마구 두방망이질했다. 마침 수의사는 동물병원에 나와 있었다. 그도 간밤의 일로 지친 듯 무척 피곤한 표정이었다. 이야기를 듣는 순간 수의사의 얼굴이 창백해졌다. 그는 후로다 1세를 급히 받아 진찰대에 눕혔다. 그러던 그가 퍽이나 당황해서 하는 말이다.

"이거 미안하게 되었습니다. 새끼 한 마리가 아직 뱃속에 든 것 같습니다."

그는 엑스레이부터 찍어 봐야 하겠다며 서둘렀다. 십 분쯤 지나 수의사는 필름을 들고 밖으로 나왔다. 그런데 그 표정이 맘에 걸린다. 아니나 다르랴, 갈비뼈가 보인다는 게 아닌가. 현철은 제왕절개를 우기려다 그만두었다. 찜찜하긴 해도 수의사가 노련하다는 명성이 자자한 데다, 이미 그가 후로다 1세의 산도에 손가락을 집어넣은 뒤였기 때문이다. 수의사는 유도 분만을 시도해 보겠다고 했다.

수의사는 그때부터 오른손 손가락으로 끊임없이 새끼를 붙잡으려 했다. 왼손으로는 부지런히 후로다 1세의 배를 마사지하였고… 이미 초주검이 된 후로다 1세는 버틸 기력도 없이, 몸을 그냥 수의사에게 맡기고 있었다. 눈동자를 굴릴 힘도 없는 듯 마침내 후로다 1세는 축 늘어지고 말았다. 수의사는 그 모습을 보고 파랗게 질렸다.

그래도 그의 손은 부지런히 움직였다. 현철은 그걸 보며 눈앞이 캄캄하고 진료실 전체가 빙빙 돌아가듯 어지러움을 느꼈다. 그러던 중 어쩌다가 새끼의 한쪽 발이 수의사의 손에 잡힌 모양이었다. 넷째도 역산이었던 것이다. 수의사는 핀셋으로 새끼의 발을 집었다. 그러고는 약간 힘을 주는가 싶었는데, 아 가엾게도 새끼의 발만 끊어져 나오는 게 아닌가! 그제서야 수의사는 제왕절개를 서둘렀다. 다시 체중을 재서 몽혼 주사를 놓고….

그리곤 수술 도구를 챙겼다. 이윽고 후로다 1세가 완전히 눈을 감자 수술대 위에 눕혔다. 네 다리를 붕대로 묶고 입엔 재갈을 물렸다. 후로다 1세의 배에다 메스를 대는 걸 보고 현철은 밖으로 나왔다. 도저히 견딜 수 없어서였다. 그의 아내가 물었을 때 그가 할 수 있는 말은 '대천명' 뿐이었다. 현철의 눈에 이슬이 한 방울 맺혔다가 시멘트 바닥으로 굴러떨어졌다. 그의 아내가 말없이 손수건을 그에게 건네주었다. 개를 데리고 와서 진료를 기다리는 사람들이 의아스러운 눈으로 그들을 바라보았다. 그들 앞에 수의사가 나타난 것은 두 시간이 거의 지났을 무렵이었다. 그는 이마에서 줄줄 흘러내리는 땀을 훔치지도 못한 채 입을 열었는데, 유도 분만을 시도한 게 잘못이었다는 인정이었다. 주먹으로 한 대 치고 싶었지만 상대가 그렇게까지 나오는데 현철 내외인들 어쩌겠는가.

그들은 눈만 뜨고 시체처럼 누워 있는 후로다 1세를 내려다보고만 있을 수밖에. 후로다 1세는 한 시간쯤 지나서 일어날 의욕을 보였다. 설사 그럴 기운이 없어도 집에 둔 새끼 때문에 그러는 것 같았다. 수의사가 다시 땀을 쏟으며 링거 한 대를 놓았지만, 주사약이 다 들어가기까지는 많은 시간이 소요되었다. 그로부터 현철 내외가 이틀 동안 겪었던 고초며, 좌절 충격 허망 등은 차라리 길게 표현하지 않는 게 나을지 모르겠다. 후로다 1세는 새끼 두 마리에게 젖 한 번 물릴 생각을 못 하고 비틀거리는 걸음으로 겨우 기다시피 하여 다용도실과 현관에 수없이 왔다 갔다 했는데, 겨우 배설한 것이 그야말로 눈곱만 한 오줌 몇 방울이었으니까.

사흘째 되는 날 아침 후로다 1세는 약간 생기를 되찾는 것 같더니, 다용도실 신문지 위에다 대변을 조금 보았다. 그런데 그 냄새가 보통 때와는 어쩐지 다르다. 현철은 또 가슴이 덜컥 내려앉고 섬뜩하고 불안한 느낌이 들었다. 그는 다시 허둥대며 동물병원으로 달려갔다. 후로다 이름을 수없이 부르면서. 그러나 그의 귀에 들려온 건 후로다 1세의 대답이 아니라, 사람이 숨넘어갈 때 나는 것과 비슷한 담 끓는 소리였다. 현철은 억장이 한꺼번에 무너지는 것 같았다.

수의사는 동료 두서넛과 함께 진료실에 앉아 있었다. 그리고 반사적으로 일어섰다. 현철네가 들어서는 모습을 본 그의 표정은 체념 아니 공포 그것이었다. 제일 연장자로 보이는 동료 수의사도 고개를 절레절레 흔들었다. 그건 이미 포기하는 게 좋겠다는 의미이고도 남았다. 그래도 수의사는 안 나오는 정맥에다 주삿바늘을 억지로 꽂았다. 그의 손은 떨리고 있었다. 그러나 주사기의 피스톤을 밀어 넣기도 전에, 후로다 1세는 눈을 뜬 채 숨을 거두고 말았다. 현철과 그의 아내는 그 순간 후로다 1세의 말 없는 소리를 듣는 것 같았다. 오호통재라. 그들이 그토록 아끼고 사랑하던 딸 후로다 1세, 둘이서 밤낮으로 쓰다듬어 주던 후로다가 이제 영원히 그들 곁을 떠나가 버린 것이다.

현철 내외는 오열했다. 울어도 울어도 눈물이 그치지 않았다. 아마 한 시간도 넘게 그랬으리라. 수의사도 망연자실 넋 잃은 사람마냥 침묵을 지킬 따름이었다.

"염이나 좀 해주세요. 내일 아침 산에다 갖다 묻겠습니다."

현철은 비틀거리는 걸음으로 귀가하였다. 그의 아내도 마찬가지였고 말고. 집 안은 온통 눈물바다였다. 새끼들도 어미의 죽음을 아는지 울어대었다. 누가 곁에 있었다면 이 목불인견의 참상에, 그도 눈시울을 적셨으리라. 그래도 현철과 아내는 새끼들에게 인공수유를 시켰다. 어린 생명을 살려야 한다는 절박감을 떨칠 수 없었다. 밤중에도 몇 번이나 잠에서 깨었고. 젖병을 번갈아가며 소독을 했다. 새끼들도 어미를 잃고 잠이 오지 않는지 울어대며 밤을 지새웠다. 날이 밝기 무섭게 현철은 아내와 함께 집을 나섰다. 휙휙 겨울바람이 세차게 몰아치는 거리를 그들은 말없이 걸었다. 동물병원에는 수의사가 미리 나와 있었다. 그도 입을 열지 않고 고개만 숙였다. 이윽고 구석에 두었던 후로다 1세의 주검이 든 관을 건네주었다. 비록 종이로 된 것이지만, 하얀 붕대가 깨끗하게 둘려져 있었다. 현철은 동물병원을 나서자 아내를 이끌고 덕천중학교 근처로 갔다. 미리 준비한 꽃삽으로 꽁꽁 언 땅을 파헤치니, 마침내 이틀 전에 묻었던 새끼의 주검이 드러났다. 주검도 영하를 아는지, 감싼 탈지면에서 얼음 몇 조각이 땅바닥으로 떨어졌다.

그길로 둘은 자주 다니던 쌍학산 약수터에 올랐다. 일요일이 아니라서 그런지 사람들은 거의 없었다. 물을 긷던 모녀가 현철 내외를 힐끗 쳐다보았다. 그들은 다시 산등성이를 하나 넘었다. 가끔 그들이 약수터에 와서 찾아가던 양지바른 곳이 있기 때문이다. 발걸음을 그리고 옮기면서, 현철은 육감 비슷한 것을 가졌다. 어쩌면 그곳이 후로다 1세의 무덤 자리로는 최고 명당이라는 보이지 않는 힘이 작용하고 있었을까?

아니나 다르랴 그들의 발걸음이 멎은 곳은 과연 달랐다. 집채보다 큰 바위가 마치 비바람이라도 막아 줄 듯, 비스듬히 기슭에 뿌리를 박고 있는데, 정남향이다. 그런데 그 밑의 흙이 마치 후로다 1세를 기다리기라도 한 것처럼 평평하다. 작은 나무 한 그루 없었다. 앞은 시원하게 확 트여 만덕동 전체가 한눈에 들어왔고 뒤는 상수리나무며 소나무, 그리고 이름 없는 잡목들이 병풍처럼 둘러 서 있다. 얼음만 녹으면 계곡을 타고 흐르는 물소리가 졸졸 졸 들릴 것 같다.

현철은 꽃삽으로 관이 묻힐 땅을 한번 파 보았다. 푹 들어간 다. 땅이 마치 시루떡 고물같이 부드럽다. 소나무 잔뿌리가 몇 개 서로 얽혀 있었지만 꽃삽으로 쉬 끊어 낼 수 있었다. 마침내 깊이 한 자 반쯤 되는 관구덩이가 드러났다.

현철은 떨리는 마음으로 후로다 1세의 관 뚜껑을 열었다. 아! 거기엔 후로다 1세가 생전의 모습 그대로인 채, 다만 눈을 감고 편안히 누워 있었다. 화려한 색깔 하며 긴 털도 하나 변함없었 다. 현철이 부르짖는다.

"후로다야!"

그러나 현철의 오열에도 후로다 1세는 다문 입을 벌릴 줄 몰 랐다. 현철은 떨리는 손으로 후로다 1세를 밖으로 들어냈다. 그 리고 새끼의 주검을 가슴에 안겼다. 잠시 기도한 뒤, 영원히 포옹 하여 저승으로 떠나는 어미와 새끼를 도로 속에 눕혔다. 순간 모 로 본 후로다 1세의 얼굴이 어쩐지 지극히 안온하다는 느낌이 드 는 게 아닌가. 현철은 후로다 1세의 머리맡에 녀석이 생전 그렇 게 좋아하던 껌과 생선 한 토막, 그리고 쓰던 빗을 넣어 주었다. 다시 뚜껑을 닫으면서 현철이 언뜻 '배뱅잇굿'의 한 구절을 떠올 린 것은 웬 까닭일까? 어쨌든 그는 가슴으로 억누르는 통곡의 소 리를, 소리 없는 오열로 부르고 있었는지 모른다.

♫♪: 서산 낙조 떨어지는 해는/ 내일 아침이면 다시 돋건만
황천길이 얼마나 먼지/ 한번 가면 다시 못 오누나.

현철 내외는 무덤 위에 다시 한번 눈물을 뿌리고 집으로 돌아왔다. 그들의 몰골은 말이 아니었다. 어미 잃은 강아지 두 마리는 끝없이 울어대었다.

그들이 그런대로 정신을 차린 것은, 갖은 고초 끝에 유모견乳母犬 치키를 구하고 나서부터였다. 새삼 강조하지만 무엇보다 새끼를 살리는 것이 죽은 후로다에 대한 도리라고 여겼기 때문이다. 현철은 무려 한 달 반 동안을 제 새끼 두 마리가 딸린 우모견(요크셔테리어가 아닌 잡종견), 그리고 그 유모견을 제 어미로 아는 후로다 1세의 새끼 등 다섯 마리의 개들과 아파트 작은 방한 칸에서 지냈다. 밤중에 일어나서 눈을 비비며 유모견의 대소변 수발도 현철은 해냈다. 영양식 제공하는 것도 잊지 않았고…. 그런데도 죽은 후로다 1세의 새끼들에 대해서 유모견이 차별 대우를 하는 바람에 현철 내외는 얼마나 속상해했던가. 무엇보다 자기가 낳은 새끼와는 달리 고추나 항문을 핥아 주지 않는 것이었다.

그러니 항상 배설은 현철 내외가 붓으로 도와 주어야만 가능했다. 그러는 중에도 현철은 후로다 1세의 무덤에 수시로 찾아갔

다. 동네 노인들이 저러다 줄초상 나겠다며 한사코 만류했지만, 그게 그들의 귀에 들어올 리 없었다. 자식이 죽으면 가슴에 묻는 다는 이야기를 둘이 실감하고도 남았다고나 할까? 오죽하면 현 철 내외가 듣다 보다 못한 애견비를 세웠을까? 오석鳥石에, "이승 에서 착하디착하게 살던 후로다, 아비의 부주의로 죽어 여기 말 없이 묻히다"라 새긴… 뒷날 애견가들이 가끔 찾는 명소가 될 줄 몰랐고.

그런데 이상하게도 정말 이상하게도, 죽는다고 수의사가 버리 라던 그 새끼가 날이 갈수록 후로다 1세를 닮아가는 게 아닌가. 문자 그대로 제 어미를 쏘옥 뺐다 해도 과언 아닐 정도로 말이다. 귀를 자주 터는 버릇하며 오줌 누는 장소, 허리가 약간 올라간 것 조차 똑같다. 심지어는 현철이 귀가했을 때 좋아서 날뛰는 폼, 식 성, 짖는 습관까지 그랬다. 그래서 현철 내외는 어느 날 그 새끼 에다 제 어미 이름을 붙여 주기로 했다. 후로다 2세라고…. 후로 다 2세는 그래서 이 세상에 다시 태어난 셈이다. 현철 내외는 어 떤 일이 있어도 후로다 2세만은 제 명이 다할 때까지 데리고 있 기로 약속하였다.

실제 두어 달이 지나고 나서, 1백만 원을 넘게 줄 테니 자기에 게 넘기라는 말을 하는 사람이 있었다. 그러나 일언지하에 거절 했다. 현철 내외는 은연중 후로다 2세를 통해서, 후로다 1세의 혈통을 자자손손 이어 나가리라 결심하고 있을 때였으니까. 그래 한 마리는 유모견에게 딸려 보내고 후로다 2세만 남겨 두었던 터였다.

그러나 불행하게도 후로다 2세는 임신을 못 하는 것이 아닌가. 두 번 발정이 와서 좋은 신랑감을 골라 교배를 시켰건만, 현철 내외의 조바심과 불안감은 아랑곳없이 실패만 거듭하였던 것이다. 그러다가 40여 일 전, 금복 애견사에서 후로다 2세를 발정과 동시에 데려간 것이다. 그쪽에서 배란 검사도 하여 적기에 교배시켜 수태가 되도록 해 줄 테니, 조금도 염려하지 말라는 전갈을 수차례 보내온 바가 있었다. 현철로서도 연말까지 마감이 되어 있는 동화 원고 때문에 너무 바빠 달리 손쓸 수도 없어, 애견사 주인의 말을 따르리라 결심하였던 것이다. 두 주일 동안 애견사에 두어야 하겠다는 생각은, 수태도 수태지만 왔다 갔다 하는 사이에 후로다 2세가 겪을 심한 멀미 때문이었다.

그렇게 마음 졸이던 어느 날, 현철은 애견사 주인으로부터 급한 전화를 받게 되었다. 후로다가 어쩐지 이상하니 데려가는 게 좋겠다는 게 아닌가! 현철에게는 그 소리가 정말 청천벽력같이 들렸다. 그렇게 건강하던 후로다 2세가 병들다니, 도무지 믿기지 않았다. 현철은 급히 택시를 잡아타고 애견사로 갔다. 주인도 무척이나 면목 없다는 표정으로 초조하게 현철을 기다리고 있었다.

주인이 안고 나온 후로다 2세를 보고 현철은 경악하였다. 그건 옛날의 후로다 2세가 아니었다. 무엇보다 몸이 못 알아볼 정도로 야위어 있었다. 현철을 보고 반가워할 기력도 없어 보였다. 삼단 같았던 털은 쥐기만 하면 한 주먹씩 빠졌다. 현철의 입에서는 탄식과 한숨이 절로 나왔다.

그로부터 20여 일은 현철 내외의 피를 말리는 전쟁이었다. 후로다 2세는 무엇보다 제대로 먹지 못하여 온종일 제집에 틀어박혀 나올 줄을 몰랐다. 그러면서도 임신 비슷한 증상이 계속되어 동물병원 몇 군데를 들러보았으나, 아무도 확진을 못 하는 바람에 애간장만 탔다.

그러다가 바로 어제 큰 동물병원에서 초음파 검사를 한 결과 자궁에 탈이 났다는 것이다. 불결한 교배 때문에 생긴 병이라 했다. 그러면서 원장이 집 가까운 데서 수술을 하라고 권하였다. 그래 다시 찾은 데가 공교롭게도 후로다 1세가 숨을 거두었던 그 동물병원이었던 것이다. 원장인 수의사도 승낙하였다. 현철 또한 그게 운명이라 생각하지 않을 수 없었다. 돌이켜보면 참으로 기이한 인연이었다. 모녀가 같은 병원, 같은 침대, 같은 수술대 위에서 배를 가르는 수술을 받게 되었으니, 그 처연한 느낌을 어찌 필설로 표현하랴.

한편 저승에 있는 후로다 1세는 두어 달 전부터 매일 밤 꿈자리가 어지럽고 뒤숭숭하였다. 헤어지고 나서 한시도 잊지 못하던 딸(후로다 2세)이 시집이랍시고 낯선 집에까지 간 것은 좋다고 치자. 주인의 너무 무지막지한 행동거지가 마치 현실이기라도 한 것처럼 꿈에 나타나는 것이다. 하기야 그 주인도 따지고 보면 아버지 현철의 사돈인 셈이지만, 그 주인더러 사돈이라고 부르고 싶은 생각은 후로다 1세에겐 추호도 없었다.

그러나 어쨌든 첫날부터 조그마한 케이지cage에 넣어 골방에 처박아 두는 게 마음 아팠다. 주인은 그래 놓고서 거기 한 번 들여다보는 법이 별로 없었다. 게다가 낮에는 불을 끄고 밤에는 강한 형광등을 내내 켜 놓는 것이었다. 말하자면 낮과 밤이 뒤바뀐 셈이라 후로다 2세는 잠을 잘 수 없어 더 고통인 것 같았다. 통조림에다 마른 사료 버무린 걸 그릇에 가득 넣어 주면, 그걸로 끝이었다. 어쩌다 입을 대 보면 꽁꽁 얼어 있었다. 대소변도 가리게 해 주지 않았다.

그러다가 마침내 짝짓기를 시키는데, 이거야말로 가슴을 찢고도 남는다. 수놈이 한 마리가 아니다. 견사 주인으로 봐서는 완전한 수태를 위하여 생식 능력이 있는 수놈을 여러 마리 동원시켜 그 짓거리를 하는 거였다. 그럴 때마다 후로다 2세를 괴롭혔다. 마지막 날엔 잘 생기지도 못해 요크셔테리어 순종 같지도 않은, 엄청나게 큰 수놈이 마치 겁탈이라도 하듯 달려드는 바람에 소스라쳐 놀라 깨었다. 식은땀이 주르르 흘렀다. 그러고도 학대는 계속되었다. 딸의 몸이 점점 쇠약해지는 모습이 밤마다 꿈에 나타났다. 식음을 전폐한 채 모깃소리만 한 신음만 내기도 하였다. 그건 후로다 1세의 간장을 찢고도 남는다.

어떨 땐 전생에 그렇게 자신을 사랑해 주던 아버지 현철이 주인과 말다툼을 벌이기도 하였다. 하지만 이기는 쪽은 항상 주인이었다. 그럴 때마다 안타까워,

"아버지!"

하고 고함을 있는 대로 질렀다. 그런데도 아버지 현철은 대답도 않은 채 물끄러미 쳐다보기만 할 뿐이었다. 마치 넋 잃은 사람처럼 말이다.

그러던 어느 날 밤엔, 아버지 현철이 견사 주인한테서 무수히 매를 맞는 것이었다. 현철은 한 마디 항변도 않고 그대로 서 있었다. 급기야는 핏기 하나 없는 얼굴로 4차선 도로 위로 끌려 나와 팽개쳐졌다. 쓰던 『개가 들어도 웃을 일』 원고를 그대로 들고나온 듯, 원고지가 그대로 바람에 날려 어지럽게 흩어지고 있었다. 급기야는 그게 수백 수천 마리의 개가 되어 날아다녔다. 개들의 비명이 천지를 진동한다. 그 위를 무수한 자동차가 타고 넘어 질주한다. 후로다 2세가 피투성이가 되어 내동댕이쳐져 있다. 형상을 분간할 수 없을 정도다. 놀라 깨어 보니 또 꿈이다. 전신이 땀으로 흥건하다. 예감이 아무래도 불길하다.

날이 밝자 후로다 1세는 일찍 일어나 목욕재계하고 염라대왕 앞에 나아가 무릎을 꿇고 머리를 조아렸다.

"대왕마마, 긴요한 청이 하나 있사옵니다."

"오, 그래? 그 긴요한 청이 무엇이더냐?"

"전생에 눈물로 두고 온 딸년이 하나 있습지요."

"그래 그건 나도 들어 알고 있다."

"그런데 그 딸년의 명이 아직 다할 때가 멀었는데도, 대왕마마께서 거두실 생각이시온지요? 딸년은 죄를 지을 애가 아니 온지라…."

"그만두어라. 어디 죄 지은 애만 여기 데려 온다더냐? 그럼 너는 죄가 많아 전생에서 명이 짧았느냐? 어느 생에서든 삶과 죽음이 한갓 윤회이거늘, 길고 짧은 걸 비교한다는 게 한갓 부질없는 짓이니라."

"아뢰옵기 황공하오나, 딸년만이 문제가 아니오라…."

"딸년만 문제가 아니라면?"

"딸년이 외할아버지로 모시고 있는 분은, 전생에 제 아버지셨음에 그분조차 자칫하면 크게 건강을 그르칠 염려가 있사옵니다. 딸년을 데려오셨을 경우 그분의 절망을 필설로 표현하기 어려운 줄로 알고 있사옵니다. 그분은 따로 할 일이 있으시기도 하온즉…."

"따로 할 일이라 함은?"

"그분은 동화 작가시고 결혼기념일에 세계애견연맹으로부터 애견상을 받을 만큼 진짜 애견가라 앞으로도 수십 년 좋은 글로써 대한민국 국민들, 특히 어린이들에게 개를 사랑하는 운동을 벌여야 하옵니다. 그런데….”

“말해 보아라.”

“저의 아버지는 특히 대한민국엔 꿈을 지니고 자라야 할 초등학교 2학년짜리 중 절반이 보신탕을 먹어 본 경험이 있다는 통계를 보곤 늘 한숨만 쉬고 있사옵니다. 오죽하면 아버지가 저를 잃고 대한민국이 생기고서는 처음으로 초등학교 클럽 활동 부서로 애견부를 만들었겠습니까?”

“그래? 그것참, 대한민국의 교육 개혁이 한창이라 하더라만 그게 바로 교육 개혁의 하나이겠구나. 무릇 일이란 작은 것에서부터 도모해야지.”

“내친김에 얘깁니다 마는 선생님들조차 어찌나 보신탕을 좋아하는지 어느 변두리 학교에서는 스승의 날에 학부모들이 개를 잡아 대접하는 새로운 풍속도가 생겼다 하옵니다. 며칠 전엔 유명한 대학교수들이 모여, 보신탕이 대한민국 국민의 전통 음식이라 정의한 적도 있사옵니다. 자칫하면 유치원은 물론 초중등학교나 대학의 식탁에도 쇠고기 대신 개고기가 등장할지 모르겠사옵니다. 대한민국에서 적어도 개 생명에 대한 존엄성 따위는 존재할 수 없을 것이옵니다.”

“그것참 고이헌 일이로구나. 어쩐지 어글리 코리언이, 요 근래 태국이란 나라에서 곰 밀렵에 관계했다는 등 좀 어수선하더라니. 불개미 한 마리도 생명이 있거늘, 견공이라 이름 치켜세울 땐 언제고…. 여하튼 불행한 노릇이로다."

"제 아버지라면 글로써도 능히 그들을 깨우칠 수 있사옵니다."

"그래? 내 과문하여 너한테 그렇게까지 절박한 사정이 있는 줄은 몰랐다. 내 한번 알아보마."

저녁에 염라대왕은 후로다 1세를 불렀다. 대왕의 표정은 매우 심각하다.

"늦었다. 저승사자가 이미 출발했고, 네 딸의 배에 칼을 댔다는구나."

"대왕마마, 굽어살피시옵소서. 살릴 수 있는 방법은 없겠사옵니까? 이번 일에 여럿의 꿈과 생명이 달려 있사온지라…."

"글쎄다. 따지고 보면, 모두가 네 아비의 지나친 욕심 때문이었다. 네 죽음의 의미는 네 딸의 단산斷産 그것이었다. 다시 말해 너를 잃었으면 네 아비가 네 딸에게서 새끼 받을 생각은 않았어야지. 그리고 말이다. 네 딸의 불임은 이미 숙명이었다. 유모견이 제 새끼 아니라고 고추를 핥아주지 않았던 걸 너도 알았을 거다. 그게 제대로 발육이 안 되었으니 어찌 임신을 할 수 있었겠느냐? 그리고 자식, 손주 그게 어디 네 아비한테만 없다더냐? 출산, 그게 경우에 따라서는 죄악일 수도 있느니라."

그 시각에 후로다 2세의 수술을 집도하고 있던 수의사는 얼굴이 창백해졌다. 배를 가르기도 전에, 후로다 2세가 주사 쇼크에 빠진 것이다. 잇몸에서 핏기가 사라지고 숨이 거의 멎다시피 했다. 그러나 거기서 중단할 수는 없었다. 그러다가는 현철 내외한테서 듣는 항변쯤이 문제가 아니다. 그들에게서 원수 취급을 받아야 할 것이기 때문이다.

거의 1시간에 걸친 노력 끝에 완전 개복해 놓고 보니 자궁 상태가 엉망이다. 간도 그렇고, 비장도 다섯 배쯤 부어 있다. 조수가 당황하여 물었다.

"이게 뭐지요?"

"자궁 축농증이야. 아주 악성이구먼."

그쯤에서 수의사는 조수더러 현철에게 삐삐를 치도록 일렀다. 이내 현철에게서 전화가 왔다. 목소리가 다급하다.

"원장님, 어떻습니까?"

"절망적입니다. 이제 가능성은 거의 없어요. 단 한 가지….."

"그게 뭡니까?"

"기도하는 수밖에요. 그것도 자궁을 적출하는 걸 전제로요."

"원장님, 기도하겠습니다. 자궁도 적출하세요. 수술 중에만 숨을 안 거두면 그 이상도 좋습니다."

포장마차를 나서는 현철은 이미 제정신이 아니었다. 전신에서 맥이 빠져나감을 느낄 따름이었다. 이제 그는 아내가 초조하게 기다리고 있는 집에 들러, 무엇인가 한 마디 던지고 동물병원까지 가야 할 것이다. 생의 가능성은 10퍼센트도 안 되는 줄 알면서 현철은 어느새 합장을 하지 않을 수 없었다. 소방파출소의 시계가 아홉 시 반을 가리키고 있었다.

전설의 장수長壽, 그러나···

암 수술을 받았었다. 강남 S병원에서. 이제 1년 반이 지났고, 도중 몇 번의 혈액 검사 결과도 썩 좋게 나왔다. 앞으로는 6개월에 한 번씩 병원에 와도 좋다고 주치의가 말했다.

"효자암孝子癌이란 말 들어 보았지요? PSA 즉 전립선 특이 항원 수치가 0.02로 나왔으니 안심해도 될 겁니다. 수술 당시는 5.60이었고. 운동 열심히 하고 체중 관리 잘하세요."

"감사합니다. 교수님의 저서 『전립선암의 완치 설명서』를 항상 머리맡에 두겠습니다."

"마음 편히 갖고 일상생활을 물 흐르듯 하시면 됩니다."

"아, 참. 제가 미역귀를 몇 달 전부터 먹고 있는데, 그건 어떨까요?"

좋단다. 거기 암 세포의 자살을 유도하는 성분 후코이단이 들었다는 것. 다만 섭취율이 떨어지니, 차라리 토마토나 마늘 등을 꾸준히 먹도록 하는 게 도움이 된다고 한다.

사람들은 효자암 어쩌고저쩌고하면서, 전립선암은 마치 아무 것도 아닌 것처럼 얕잡아 본다. 그까짓 것 가만두어도 몇 년은 더 살 수 있다고도 한다. 딴은 맞는 말인지 모른다. 처음 암 선고를 받을 때 의사가 하던 이야기가 생각난다. 용인 S 병원(서울 S 병원 분원)에서였는데 의사는 부산 출신 즉 동향 인이어서 며칠 사이에 아주 친해진 상태였다.

"교장 선생님, 수술받으시면 최하 10년, 안 받으셔도 5년은 생존하실 수 있겠습니다. 그러니까 수술이 정답이지요. 요즘 로봇 수술이 대세니까 그쪽을 택하십시오. 수술비 1,500만 원이 부담이긴 하지만…. 거의 재발再發이 없습니다."

하나 내가 짐짓 엄살을 피우고자 하는 게 아니라, 전립선암도 암은 암이다. 호사가들이야 무슨 억지춘향인들 왜 만들어 내랴. 그래도 그렇지, 암과 효자를 짝짓다니.

내친김에 수술 후에 겪었던 우스꽝스러운 일화(?) 하나.

또 다른 중병重病에서 회복된 지 대여섯 해라, 사실 건강에 대해 남다른 걱정을 많이 하던 참이었다. 얼마 전까지만 해도. 자라 보고 놀란 가슴 솥뚜껑 보고 놀란다는 속담을 달고 살았다. 나는 아주 사소한 증세(?)를 느껴도 그걸 들춰 내어 전문의를 찾아가기 예사였으니…. 나이 일혼에 무엇이 그렇게 두려운 게 많은지, 흉몽을 며칠 계속해서 꾸면 그만 혼비백산한 상태가 된다. 그리고 정신의학과 문을 두드린다.

가톨릭으로 개종하였으니 남의 아내(아니 보통 여자)를 탐하지 말라는 계명을 지키기 위해 노력(?)은 하는데, 그게 녹록할 리 만무다. 꿈속에서 심심찮게 간음(?) – 생각만으로 – 하는 바람에 묘한 정서에 빠져서 허우적댔다. 어느 정도? 아서라, 그것까지는 그만두자. 아무튼 주님의 꾸지람을 들을 만큼은 된다는 선에서 이 변명을 접고 싶다.

그런데 이상한 현상에 맞닥뜨린 것은 수술 직후였다. 흉몽이 대폭 줄어들었는가 하면, 그 잘난 '간음'과는 거리가 멀어지는 게 아닌가? 나는 나지막이 혼잣말을 뱉어 내었다.

"그렇지 전립선이야말로 남자의 가장 중요한 상징물 중 하나지. 그게 없으니 지극히 자연스러운 현상을 겪고 있는 거야."

방사房事가 힘들다는 친구들도 더러 있어서, 별로 충격이 오지 않았다. 나도 비슷한 시기에 그 집단에 합류하는가 싶어 실소가 나왔지만 패배 의식이나 좌절감에도 안 빠졌고, 주치의가 비아그라 처방을 해 주었으나 약국에 가지 않고 찢어 버렸다.

그러던 어느 날 밤, 오랜만에 노래방에 간 꿈을 꾸었다. 교장 시절이었던 모양으로 직원(교사)들이 다투어 내게 마이크를 건넸다. 나야 뭐 거절할 사람이 아니니 몇 곡조 뽑았고말고. 다시

기기器機에 '남포동 블루스'가 떴다. 1324번. 김수희 노래.

♬ ♪ ♬ 네온이 춤을 추는 남포동의 밤/ 이 밤도 못 잊어 찾아온 거리/
그 언젠가 사랑에 취해 행복을 꿈꾸던…

순간 어느 여교사가 손을 내민 것이다. 블루스를 추자는 것이
다. 어지럽게 박수소리가 터지는 가운데, 둘은 몸을 밀착한 대
로 좁은 공간을 누볐다. 수술 후 처음으로 아랫도리에 물리적 반
응이 오는 게 아닌가? 그러다 잘못하여 동료 교사의 발을 밟았던
모양으로, 둘은 기우뚱하며 바닥에 쓰러졌다. 그 바람에 깨어나
잠든 아내를 물끄러미 바라보며 중얼댔다.

"세상에, 블루스의 '블'자도 모르는 위인이 그렇게 날렵하게
(?) 블루스를 추다니…."

쩝쩝 입맛을 다시며 뒤척이다가 새벽을 맞았다. 아내에게는
그저 흉몽만 꾼다는 이야기를 해 왔던 터이므로, 고백(?)하기가
무엇해 입을 닫았다. 그러나 내가 천주교 신자로서 고해 성사는
봐야 했으므로, 서울 병원에 올라간 김에 명동 성당을 찾았다. 아
니 본당本堂 신부는 내 목소리를 기억하고 있으니, 용기가 나지
않아서였다고 하자. 어쨌든 고해소에 들어가 성호경을 그었다.
'성부와 성자와 성령의 이름으로 아멘'이 모깃소리만 했다. 그러
나 입을 열고 보니 조금 안심이 되었는지 이야기가 술술 나왔다.
자초지종을 듣고 난 신부가 이야기했다.

"쯧쯧, 예민하시군요. 하여튼 잘 고백했습니다. 들으세요. 마태오 복음 5장 28절입니다. '음욕을 품고 여자를 바라보는 자는 이미 마음으로 그 여자와 간음한 것이다.' 그러나 모든 남자는 다 그렇지요. 우리 사제司祭도 그런 경우가 있습니다. 무조건 성전으로 달려갑니다. 그리고 성체 앞에 앉아 기도드립니다. 욕정을 잠재워 달라고 말씀드리면 너무 직설적 표현이지요. '주님, 자비를 베풀어 주시옵소서.'"

"감사합니다. 신부님."

"신부도 남잡니다. 기억하세요. 나는 전립선을 가지고 있고 젊어요. 형제님보다 더 자주 고해성사를 볼지도 모릅니다. 보속으로 묵주기도 10단을 마치도록 하세요."

나는 주임 신부가 정말 너그럽다고 생각했다. 세상에, '간음'을 했는데 묵주 기도 10단이라니…. 아무튼 무거운 짐을 하나 내려놓은 느낌이었다.

아무튼 나는 중요한 장기 하나가 없어졌으니, '중성中性+장애인'일지 모른다는 의구심이 드는 것이었다. 평생 앞을 못 보다 돌아가신 엄마를 생각했다.

겉으로는 조그맣게 보이는 로봇 수술 흉터를 만지작거렸다. 이상하게 촉감이 좋았다. 그러다 나는 자문자답했다.

"아직 할 일이 많이 남아 있는데 말이야. 어느 정도 살 수 있을까?"

"누가 알아? 너 하기에 달려 있지."

지금은 거의 결론을 내린 상태다. 의사의 말이 아니라도 잘하면 10년은 끄떡없으리라. 그 이상, 예를 들어 20년? 아서라, '불감청고소원不敢請固所願'을 좀 여유 있게 해석하자. 나는 기필코 십 년은 버틸지언정, 그 이상 다시 열 손가락으로 세월을 세는 법이 없도록 주님께 기도로 매달리리라. 무슨 뜻? 그건 말미쯤에 상징적으로 표현하기로 하고.

수술 당시로 되돌아간다.

죽기 아니면 까무러치기라 했지만 두려움은 별로 없었다. 의사나 간호사에게 농담도 곧잘 건넸다. 자신이 생각해 봐도 얄미울 만큼 담담한 표정을 짓고 마취실에 들어갔다. 그리고 호흡기를 통해 뭔가 들이마시고…. 이윽고 나는 깊은 잠에 빠진다. 아주 오랜 시간. 여기저기서 두런거리는 소리가 들렸다. 제일 처음엔 간호사가 뭐라 이야기하며 반가워했다.

"&*·%$#@…*&·%.?"

당최 알아듣지 못하겠다. 그렇게 실랑이가 계속되자, 아내가 가까이 들어와서 거든다.

"이 양반 부산 출신이라 표준말 억양을 못 알아들어요. 저한테 다시 한번 얘기해 보세요."

간호사가 고개를 갸웃거리더니 몇 마디 하는 모양이고, 아내가 통역(?)을 하는 기상천외의 일이 벌어졌다. 쯧쯧, 흉식胸式호흡. 가슴으로 크게 숨을 들이쉬고 내뱉어야 유해 가스가 쉬 빠져나간다는 뜻이라나? 그래야 일찍 회복되고 예후도 좋아진단다.

그러나 그건 여간 힘든 노릇이 아니었다. 공황장애에 몇 년 시달렸던 적이 있는 나로서는, 절대 고쳐지지 않는 습관이 있어서였다. 복식호흡, 그렇다. 자나 깨나 배로 숨을 쉬었으니까. 그런 소동 끝에 이윽고 회복실을 거쳐 병실로 옮겨졌다. 다인실多人室이 비지 않아서였음은 물어보나 마나. 기운이 부쳐 눈까풀을 슴뻑거리기조차 힘들었다. 잠깐 졸았는가 싶었는데 병실 간호사가 아무렇지도 않게 말을 던진다.

"할아버지, 조금 있다가 복도에 나가서 가볍게 운동을 시작하세요."

"아니, 몇 시간 전에 깨어났는데 운동이라니?"

"괜찮아요. 아니 운동부터 하셔야 합니다. 로봇이 아주 정밀하게 전립선을 드러냈거든요. 밖으로 보이는 상처도 워낙 작아서…. 무리라면 제가 권하지도 않습니다."

은근히 부아가 치밀어올랐다. 하지만 간호사가 나이도 들어 보이고 경력도 만만찮을 것 같아 나는 간호사의 말을 따르기로 하였다. 부산의 문우 김현우 침례 병원 이비인후과 과장에게 슬쩍 전화를 넣어 봤다. 그도 간호사가 시키는 대로 하라는 게 아닌가?

링거가 여러 개 달린 스탠드를 한 손으로 붙잡고, 아내와 함께 복도로 나섰다. 단박에 이마에 땀이 송골송골 맺혔다. 다리도 후들거렸다. 그렇게 혼신의 힘을 복도에 쏟고 내 방으로 돌아오니 파김치가 따로 없었다. 간호사가 뒤따라와 링거 줄에 항생제인지 뭔지를 넣은 주삿바늘을 꽂으면서 내게 엄지손가락을 치켜세워 보인다. 나는 억지 미소로 답하는 수밖에. 이런저런 처치 끝이라 나는 정신없이 수술 첫날밤을 깊은 잠으로 보냈다.

다음날에도 부지런히 운동을 했다. 딴은 서붓서붓 걸으려고 애를 쓰지만 그게 어찌 제대로 되겠는가? 아내의 부축이 큰 도움이 되어서 그렇지, 아니면 몇 번이나 기우뚱했으리라. 간호사들도 마치 내가 대견스럽기라도 한 듯 고개를 끄덕이고 있어서 용기백배했다.

점심 식사를 마치고 한 시간쯤 지나 나는 다시 병실 문을 열었다. 호흡부터 한결 수월해져 있었다. 내가 암 수술을 받은 사람인가 스스로 의아심을 가질 만큼 기운도 차려져 있었다. 오른쪽으로 꺾어서 끝까지 걸었다. 그리고 돌아서서 맞은편을 바라보는데…. 휠체어에 앉은 어떤 할아버지가 눈에 들어왔다. 아니 정확하게 말하면, 젊은 아주머니가 붙잡고 밀고 있는 휠체어에 할아버지가 앉아 있었던 것이다.

나는 마치 달리기라도 하는 듯 할아버지에게로 발걸음을 재촉하였다. 나는 반사적이지만 힘들게 허리를 굽혔다. 자그마한 키에 적당한 몸집, 맑은 얼굴과 깨끗한 표정을 지닌 분이었다. 나는 다시 한번 자세를 가다듬고 조심스레 말을 건네었다. 여든 살은 좀 넘겼으리란 선입견을 가지고서.

"선생님, 어디 편찮으신가요?"

"그렇소. 심장에 스텐트를 끼우는 시술을 받았어요."

"아니 스텐트Stent라면 심근경색증이신가요?"

"맞아요. 어제 그걸 받았다오. 지금 회복 중입니다."

내친김에 나는 평소의 버릇대로 할아버지에게 다시 질문을 던졌다.

"아니 연세가 얼마 신데 그걸 견뎌내셨습니까?"

맞춰보라는 그분의 말씀에 난 선입견대로 여든 살쯤이라고 했다. 그러자 이번에는 그분이 침묵하는 대신 간병인 아주머니가 마치 폭탄같이 들리는 대답을 하는 게 아닌가?

"이분은 남성혁 원장님. 금년에 만으로 쳐서 103세 되시는 분입니다. 몇 달 전까지만 해도 서초구에서 한의원을 개업하시다가 바로 얼마 전에 폐업 신고를 하셨습니다."

나는 내 눈과 귀를 의심치 않을 수 없었다. 나보다 서른 살이나 많은 할아버지가 지금 내 앞에 있는 것이다. 난 일찍이, 그러니까 83년도부터 무료 노인학교를 불과 서너 해 전까지 운영해 왔었다. 연延 수만 명의 노인 학생들을 만나서 더불어 지낸 터였다. 그 25년 동안, 할머니는 몰라도 백 세를 넘긴 할아버지를 만난 건 오늘이 처음 아닌가? TV에서야 더러 보아왔지만. 지난 세월의 흔적들이 주마등처럼 머리를 스치고 지나갔다. 난 그저 놀라는 표정으로 그분을 바라볼 수밖에. 이윽고 내 딴은 조심스럽게 던진 말씀이다.

"저, 84년부터 11년까지 무료 노인 학교를 토요일 오후마다 운영해 왔었거든. 방학도 공휴일도 없이 문을 열었었지요. 1,511번 수업으로 막을 내리고 용인으로 올라왔습니다."

"그래요?"

장수하다가 저승에 먼저 간 학생 넷이 생각난다고 했다. 그제야 그분은 자못 흥미롭다는 표정이었다. 당연히 그분으로부터 그의 일생에 대해 세이공청洗耳恭聽해야 했으나, 내가 먼저 말씀드리는 것도 예의다 싶어 입을 열었다. 나중에 하다못해 그분이 장수 비결이라도 일러 주겠지, 그런 기대가 깔려 있었다.

손태일 할아버지.

남학생으로서는 최고령자였다. 크지 않은 키에 단단한 몸, 수염을 길게 길렀고 눈이 부리부리했다. 나중 97세에 입적入寂한 할아버지. 그분이 병원에 입원해 있을 때였다. 남녀 학생 몇몇과 찾아뵈었는데 얼굴이 별로 수척해 보이지도 않았다. 딱 13일 동안 병실에서 버티다가 괴롭히던 설사도 멎고 해서 귀가했고, 며칠 만에 눈을 감았다.

막내아들이 예비역 육군 대령으로 서울서 살았다. 아침에 서울행 기차를 타고 올라가 용돈 좀 얻고 손자들 얼굴도 본다. 바로 저녁에 밤차로 하부하기 예사. 귀가해서 자고 나면 바로 도시락을 싸서 버스를 타고 멀리 떨어진 문현동 경로당 행. 덕천동에는 유類가 없으니 당연하다. 게다가 일흔 남짓한 할아버지들이 까마득한 연장자를 모두가 어려워할 수밖에.

서른두 개의 치아, 그러니까 사랑니까지 고스란히 지니고 있었다. 아흔두 살 때였다던가? 사이다 병마개를 어금니로 땄더라는 것. 그만 이의 끝이 조금 부러지는 바람에, 그런 무모한 짓을 안 했다던가? 비결은 서른여덟 살 때부터 해 온 소금 양치질.

아흔다섯 살 때의 어느 날이었다. 할 말이 있다면서 손을 들기에 나오게 했더니,

"보소, 아주마시들요. 내가 얼마 전까지 60대 중반 되는 할마이를 하나 구해 같이 살았다 아닌교? 한데 세상에 내 눈이 어둡다고 도망을 갔어요. '밤일'은 얼마든지 가능했는데…."

모두가 소스라쳐 놀랐다. 일흔 살이 넘기 무섭게 성불구자(?)가 되기 예산데, 아흔 중반에도 '성생활'을 했다니 그게 어찌 예삿일인가. 더구나 그분은 방 두 칸짜리 시영市營 아파트에 셋째 아들 내외와 기거하고 있다지 않던가!

며칠 뒤에 학생회 간부들과 그분의 자택을 방문하게 되었다. 해가 뉘엿뉘엿 넘어갈 무렵이었다. 그분은 머리맡에 이쑤시개를 잔뜩 쌓아 놓고 있었다. 그리고 이야기를 나누는 도중에도 성냥

개비 양 끝을 문방구 칼로 다듬어 이쑤시개로 만드는 것이었다. 하도 심심해서 그런다는 그분의 이야기가 끝나기도 전이었다. 미닫이문을 조심스레 여는 소리가 들리더니 나보다 스무 살이나 많아 보이는 또 다른 노인이 꿇어앉는 게 아닌가? 근무 시간이 되어서 교대를 하러 간단다. 어디 경비원으로 있는 모양이었다. 처연한 생각이 들었다. 나는 쉰을 겨우 넘긴 나이였다. 그런 내가 아혼 중반의 학생과 양반다리를 하고 있는데, 일흔을 넘긴 그의 아들은 꿇어앉다니. 마치 내가 예우를 받는 기분이었다.

어쨌든 연세가 들어도 품격 높은 '정선 아리랑'을 정확하게 부르는 그분 생각이 났다. 민요 가수들조차 누구를 사사師事했는지 '팔람 구암자'를 '팔만 구 암자'라고 잘못 안다며 한탄하던 그분이었다.

그분이 그리워서 나는 남성혁 원장 앞에서 '정선 아리랑' 첫 부분을 뽑아 올렸다. 암 수술 환자라는 걸 잊고서 말이다.

> ♪ ♭ ♫ 강원도 강산 일만 이천 봉 *팔람구암자八藍九庵子 유점사 법당 뒤에 칠성단 도두 몽고(모으고)/ 팔자에 없는 아들딸 낳아(낳게 해달라고의 뜻) 석 달 열흘 *노구메/ 정성을 말고 타관 객리 외로이 난 사람 괄시를 마라…

때아닌 민요잔치(?)에 사람들이 모여들었다. 그러나 일단 여기서 끝내야 했다. 간호사가 그분의 병실 앞을 기웃거렸기 때문이다. 나도 기운이 부쳤고. 다시 만나기로 하고 나도 다시 발걸음을 뗄 수밖에. 참, 이 말씀 드리는 건 잊지 않았다.

"다음엔, 원장님보다 열세 살 연상인 여학생 즉 제자 이야기를 드렸으면 합니다."

"설마하니 백열여섯 살 할머니가 제자였다니 그게 사실이오?"

그러면서 그분은 고개를 갸웃거렸다. 나는 사실을 전해 드리려는데 미리 미심쩍어하는 것 같아 약간은 섭섭했다. 그날 오후엔 그분을 만날 수가 없었다. 병실 문이 닫혀 있고 안으로부터 도란도란 이야기를 나누는 소리가 들려왔다. 아들이 의사라던가? 가족들이 온 것 같았다.

다시 날이 밝았다. 열한 시가 되었을까? 복도로 나섰는데, 이번에는 왼쪽 끝에 그분의 모습이 보였다. 휠체어의 손잡이를 잡은 간병인 아주머니와 함께. 나는 어김없이 허리를 깊게 굽혔다. 서른 살이나 아래인데 오히려 꾀죄죄한 나를 보고 그분은 만면에 웃음을 띠었다. 거짓말 안 보태어 나는 신선을 보는 느낌이었다. 세상에 할아버지의 미소가 저렇게 아름다울 수가 있단 말인가?

내가 양해부터 얻었다. 어제 그 여학생의 경우를 말씀드려도 괜찮겠느냐고. 고개를 끄덕이면서도 여전히 반신반의하는 그분 앞에서 나는 한기화 학생과의 인연을 웃어가며 소개했다. 정확하게 말하자. 나는 83년 4월 초부터 새로 부임한 초등학교의 교실 한 칸을 빌려 소위 노인학교라는 걸 열었다. 23평짜리 서민 아파트, 교문에서 엎어지면 코가 닿을 만한 지척에 살면서…. 토요일 오후니까 내 근무 조건에는 아무런 장애가 없었다. 아내는 청소를 하고 아들과 딸은 각기 피아노를 치고 노래를 부르는, 그야말로 한 가족이 총동원된 사교육기관(?)이었다. 민요를 주로 가르치고, 그 민요 가사를 통해 우리글을 깨우치게 하는 일에 우리는 신바람을 냈다. 중풍 뒤끝에 실어증에 걸린 여학생이 '아리랑' 부르는 흉내를 내는 눈물겨운 일 따윈 오히려 비일비재했다고 하자.

한기화 학생도 최고령자로 입학을 한다. 1세기를 넘게 산 학생. 그분도 노래를 좋아하였다. 아니 정확하게 말하면, 노래보다 그 노래에 맞춰 춤추는 데 거의 미치다시피 하였다. 나는 40대 중반이었으니, 2를 곱하고 다시 15를 보탠 제자를 두었다며 어깨를 으쓱해 보였고.

일이 묘하게 되려고 해서 그랬을까? 우리는 전세로 있던 그 아파트에서 두 평을 늘린 이웃 아파트 1층으로 옮겼다. 자연히 4층에 사는 그분과 아침저녁으로 만나게 된 것이다. 어느 날 아침, 나는 여느 때처럼 운동을 하고 현관으로 들어서다가 그분과 맞닥뜨렸다. 그런데 그분의 표정이 심상찮다. 게다가 치맛자락이 불룩하다. 이상한 냄새가 나기도 하고. 무안한 표정을 지으며 부리나케 밖으로 달려나가는 그분의 모습 너머로 한창 개발 중인

서민 아파트 사이의 공터가 드문드문 보였다.

그날 퇴근하고 나서 휴식을 취하고 있는데 누가 방문을 두드린 것이다. 한기화 학생이었다. 커다란 보따리에 무언가를 한가득 담고 서 있던 그분이 하는 말이다.

"선생님요. 미안합니데이. 아침에 요강 단지를 감추느라고. 상추엔 오줌이 제일 아닌교. 채전 밭에 상추를 좀 심었는데, 내가 오줌으로 가꾸었지예. 보드랍고 맛이 최고라 예.

아하 그랬었구나! 한데 아닌 게 아니라 상추는 그분 말씀대로 맛이며 씹히는 질감이 나무랄 데 없었다. 그 뒤로부터 그분은 수시로 상추 보따리를 들고 우리 집을 찾았다. 물론 아이들에게까지 먹일 수는 없었지만. 덕분에 가계에 적잖은 도움이 되었다면 허풍일까? 그러다가 그분은 구포 3동으로 이사를 갔고, 부산 최고령자로 신문에 이름이 오르내렸다.

여기까지 듣던 남성혁 원장이 입을 여는 것이었다.

"대단한데요, 그분이. 아주 부지런했군요. 공터를 일구어 밭을 만들고, 오줌을 주어 채소를 가꾸고. 거기다가 노래와 춤을 일상화했네요. '낙천'과 '긍정' 사이엔 등호를 그을 수 있습니다. 하나백열여섯이란 나이는 미심쩍어요. 이 교장의 각색인가 싶기도 하고, 허허허."

우리는 걸음을 나란히 하여 반대쪽 끝까지 갔다가 오기를 몇 번 반복했다. 그러곤 각자의 병실 문을 열었다. 물론 오후에 다시 만나기로 하고 말이다.

점심 식사를 마치고 나는 혼자서 내 병실을 나섰다. 복도에서 걸었다. 마침 남성혁 원장도 휠체어에 앉은 채 한쪽 팔을 번쩍 들어 보였다. 우리는 앞서서니 뒤서거니 하면서 복도 끝을 향해 부지런히 움직였다. 거기에는 아파트 발코니처럼 만든 공간이 있었다. 우리는 문을 열고 그리로 나아갔다.

"기 막히는 이야기를 내가 들었으니 나도 한마디 하리다. 나는 본래 황해도 장연군 출신입니다. 육이오 이듬해 중공군 남하 소식을 듣고, 신줏단지처럼 모시고 있었던 한의학 서적을 품에 넣고 남쪽으로 내려왔어요. 마흔두 살 때였지요. 홀어머니를 두고서 말입니다."

그분은 여기서 잠깐 숨을 몰아쉬는가 싶더니 다시 입을 열었다.

"다칠 상傷, 찰 한寒, 논할 논論, 해석 주註. 즉 『상한논주傷寒論註』의 일본어판, 이게 오늘의 나를 있게 한 책입니다."

나는 그분의 입에서 봇물처럼 터져 나오는 경이로운, 아니 경악스러운(?) 말에 정신을 차릴 수 없었다. 그분의 이야기는 계속되었다. 고향에서 농업학교를 졸업한 그분은, 30대 중반까지 수의사로 일했단다. 이윽고 한의사였던 외조부 밑에서 의술을 익히고 일어로 번역된 책으로 한의학을 그렇게 공부했다. 한의사 면허를 딴 이후에는 서양의학까지 공부했고. 듣고 있는 내 입이

다물어질 턱이 없다. 실제 그가 삶을 포기한 말기 위암 환자를 약으로 살려낸 적이 있단다. '믿거나 말거나'는 내 판단이고말고.

슬하에 아들딸을 두었단다. 그들의 효도를 받고 손자들의 재롱 속에서 살아가니 더없이 행복한 일상을 보내는 셈이라는 것이다. 당연히 내가 질문을 던진다. '장수 비결' 말이다.

고개를 끄덕인 그분은 잔기침을 두어 번 뱉더니 말문을 열었다. 첫째가 긍정적인 생각을 갖는 거라고 했다. 긍정은 낙천과도 통한다. 누구든지 특별한 사람 외엔 소식小食이 건강관리의 으뜸 덕목이요 운동 또한 기본. 금연, 절주節酒 등은 더 말할 나위 없단다. 여기까지는 나는 적이 실망하고 있었다. 그 정도야 시중의 장삼이사한테서도 들을 수 있는 거 아닌가? 내 표정을 읽는가 싶었는데 그분이 다시 말을 이어 나갔다.

"남의 허물을 잊을 줄 알아야 합니다. 실수한 걸 갖고 모욕적인 언사로 후려치는 건 안 됩니다. 또 남을 용서해야지요. 난 완전하지는 못하지만 그렇게 살려고 노력해 왔습니다."

난 마치 둔기로 얻어맞은 것처럼 머리가 핑 돌았다. 남 허물 잊기니 용서니 하는 덕목은, 가톨릭 신자인 나에게 항상 멍에가 되어 괴롭혀 왔기 때문이다. 나는 다시 한번 그분께 허리를 굽혀 감사의 인사를 드렸다. 갖고 간 메모지에다 대충 옮겨 적었고말고. 이윽고 우리는 각자의 병실로 돌아갈 시간이 됐다. 나는 뜬금없이 말씀드렸다.

"원장님, 원장님을 뵈니까 '노랫가락' 한 마당이 떠오르는군요. 노인 학생들과 그 옛날 줄기차게 부르던 겁니다. 원장님의 삶을 예찬하고 싶군요. 한번 불러 볼까요?"

다행히 그분은 반겼다. 손뼉으로. 이렇게 해서 아닌 밤중의 홍두깨라더니, 나는 서울에서도 큰 병원인 강남 세브란스 병원의 7병동 복도 끝 발코니에서 두 번째 혼신의 힘을 실어 목소리를 드높인 셈이다.

♫ ♪ ♫ 무량수각無量壽閣 집을 짓고 만수무강萬壽無疆 현판 달아/ *삼신산三神山 불로초不老草를 여기저기다 심어 놓고/ 북당北堂의 학발양친鶴髮兩親을 모셔다가 연년익수年年益壽…

가사가 워낙 좋아서 그랬으리라. 그분도 수술한 최고령 노인답지 않게 크게 박수를 보냈다. 다음날 만나서 남은 전설의 장수노인 둘의 삶을 들려 드리기로 했다. 나는 혼자서 웃어가며 이야기를 재구성하느라 애를 썼다.

그러나 당일 그 약속을 지키지 못하게 되었으니, 그분은 오후에 퇴원하기로 했다는 것이다. 한데 어쩐지 찝찝하다. 한기화 학생의 백열여섯 살을 여전히 미스터리로 여기고 떠날 텐데 싶어서였다.

무심결에 며칠 전에 딸애가 마련해 준 스마트폰을 만지작거리고 있었다. 얼핏 뭔가 두드려 보고 싶은 충동을 느낀 것이다. 나는 검색창에다 '부산 최고의 고령자 한기화'라고 열한 자를 띄웠다. 근데 이윽고 뜻밖에 내 사진과 함께 오래전에 제자가 발행하는 〈밀양신문〉에 그분을 소재로 한 내 수필 전문이 실려 있는 게 아닌가? 나는 바로 문성혁 원장에게 달려가려다가 잠시 멈칫거렸다. 이건 내 이야기지 객관적인 증거(?)가 아니지 않은가? 나는 다시 '부산 최고령자 투표권 행사' 비슷한 글자를 두드려 넣었다. 한참 그렇게 훑어나가는데, 아, 2004년 4월 15일 자 〈부산 연합뉴스〉에 '116세 최고령자 투표하다'라는 기사가 뜨는 것이었다. 야호 비명을 지르며 그걸 들고 병실을 찾아가 그분에게 내밀었다.

"원장님, 제가 거짓말한 게 아니라는 게 밝혀졌으니 홀가분합니다."

나더러 집념이 대단하다는 인사를 끝으로 문성혁 원장은 떠났다. 일주일 후 나도 짐을 꾸려 병원 문을 나섰고. 그리고 1년 반 넘은 세월이 흐른 것이다. 그런대로 건강은 유지하면서 지난 세월을 되돌아본다. 특히 전설의 장수 노인들을 생각하면 추억이 따로 없다.

참, 가을이 다 가기 전에 찾아야 할 곳이 있다. 바로 엄마 아버지가 누워 계신 내 안태 고향 밀양의 성당이다. 더 정확하게 말하면 밀양 성당 천상낙원에 들렀다가, 성당 부설 노인대학에서 한 시간 수업을 하는 것이다.

반세기 동안이나 안태 고향인 단장면 국전리 산기슭에 위태위태하게 자리 잡고 있었던, 두 분의 유해를 성당 봉안당에 모신지 일고여덟 해가 되었다. 부산에 살면서 틈만 나면 혈육과 함께 두 분을 뵈러 올라오곤 했다. 나는 가끔 금요일 노인 대학에서 수업을 했었고. 천상낙원에서 교육관까지는 정말 손닿을 거리다. 해서 내가 수업하는 소릴 두 분은 낱낱이 들으신다. 두 분께 일흔 살이 되어 버린 늙은(?) 아들의 재롱을 보여 드리고 싶어, 세상 우스갯소리까지 가리지 않고 쏟아 놓는다. 민요도 대중가요도 가리지 않고 부른다.

그래서 지금의 타관살이가 서럽다. 아무리 마음먹어도 1년에 두 번 이상은 두 분을 찾아뵙기가 힘드니까. 어떤 교통수단을 이용해도 왕복 열 시간 이상 걸린다.

그보다 내 모습을 보면 두 분의 가슴이 미어지시기 때문에 형용할 수 없을 정도로 괴롭다. 거기 무슨 저승과 이승의 구분이 있을까? 그렇게 부지런히 두 분을 찾아뵈었었던, 착한 내 혈육이 나보다 더 이승을 먼저 떠난 것이다. 천상낙원 바로 밑에 있는 화장장에서 녀석이 서른 살을 일기로 한 줌 재와 연기로 변해 하늘로 갔다. 봉안당에서 두 분이 내려보셨지 않은가? 게다가 거슬러 올라가면 당신 두 분이 고향에서 유택을 옮기면서 한 번 거쳐 가셨던, 그 불화로에 담긴 채였다. 나처럼 모진 인연으로 점철된 사람도 드물리라, 탄식이 절로 나온다.

그래도, 아니 그래서 이번에 또 가야 한다.

엄마 아버지가 사무치게 그립다. 눈물이 온통 얼굴을 적신다. 망발이랄 할지 모르지만, 떡 본 김에 제사 지낸다는 속담을 떠올린다. 학생들은 모두가 엄마 아버지, 그리고 나와 인연 있는 고향 사람들이다. 만나는 게 예의다. 물론 문성혁 원장에게 못다 했던 '장수 노인'. 고익엽·임수아 두 학생의 경우 그중 하나를 학생들에게 구연口演해야지. 배꼽을 잡게 하는 재미와, 건강에 도움을 주는 실익實益. 이 두 가지가 노인 학교 수업의 필요충분조건이니까.

그리고 다음번 내년 봄 수업 내용.

우선 백 세 즉 일세기를 살다, 열반한 고익엽 학생. 키가 훨씬 컸다. 젊었을 때 쌀장사를 하면서 웬만한 장정들도 힘들어하는 쌀가마니를 번쩍 들어 올렸던 여장부였다. 큰 수탉을 한 마리 잡으면 혼자서 국물까지 비워야 직성이 풀리던 분이었다. 한데 결혼을 해도 배태胚胎를 못했다. 남편을 여의고 양자를 들였다. 장애를 가진 사람이었다. 그런데 어느 해 인물이 반듯한 규수 하나가 집을 찾아온 것이다. 그러고서 하는 말

"시골에서 사정이 있어 집을 나왔어예. 먹이고 재워주시면 이 댁 가족이 되고 싶어예."

첫눈에 야무져 보이기도 하였다. 워낙 표정도 진지해서 그만 속는 셈 치고 가족으로 들여놓았다. 아들과 잠자리를 같이 마련해 주었고. 그러고서 수십 년 화목한 가정을 이루면서 지냈다. 91년도에 내가 노인 학생 87명을 인솔하여 대북으로 여행을 갔을 때 아흔한 살이었지만, 인솔자인 내 이야기 따라 가장 재빠르게 움직이던 분. 밀양 성당 노인학교에서 누가 묻는다 치자. 그분의 장수 비결이 무어냐고? 내가 대신 대답하리라.

"아무거나 가리지 않고 잘 먹는 것, 그리고 대차게 살았고, 죽으면 썩어질 몸이라 생각하고 부지런히 움직였던 점 등등이겠지요."

세 번째는 임수아 학생. 하동군 악양면에 살다가 97세를 일기로 소천昭天한 분이다. 세상에 생전 열한 남매를 낳아서 하나도 잃지 않고 다 키워, 모두가 내로라하는 가정을 이루게 했다. 다섯 자가 채 안 되는 단신短身이었다. 막내를 가졌을 때 맏며느리와 둘째 며느리가 출산을 했다니 우스꽝스러운 일이 한둘 아니었다. 그 뭐 있잖은가? 그 옛날엔 아가가 응가를 하면 '오요오요'하고 강아지를 부른다. 그러다가 자칫하면 강아지가 사내아이 불알까지 싸잡아 핥아버리는 바람에 고자가 되었다는 이야기를 슬쩍 끼워 넣는다.

다시 시어머니 임수아. 할머니의 강아지 호출이 끝나면 가끔은 맏며느리와 둘째 며느리가 문을 열고 동시에 하던 말이다.

"어머이, 강생이 여기도 좀 보내 주이소. 오요오요….."

임수아 학생은 평생 아파 보지 않았단다. 아니 딱 한 번 피부병이 났는데, 피부과에 가서 약을 지어다 한 첩을 복용하고 났더니 씻은 듯이 나았다.

그분은 거의 거르지 않고 매주 노인학교에 나왔다. 시외버스를 타고서 말이다. 물론 아들들 딸 손자들이 부산에 살아서 겸사겸사 그런다 했다. 그래도 귓속말로 전하는 본인의 고백을 들으면 오히려 눈물겹다. 그들을 만나는 것보다 노인학교에서의 시간이 좋다는 것이었다. 걱정이 있어도 절대 가슴에 품어 놓지 않는다고 했다. 그리고 교회에 다니며 하나님께 의탁하고. 그게 임수아 학생의 장수를 뒷받침했음은 물어보나 마나.

그러던 그분도 끝내 이승에서 97년밖에 버티지 못했다. 하지만 마지막 순간은 배꼽을 쥘 만큼 우습기도 하다. 구포 제일교회 부설 노인학교에서 그분의 증손부曾孫婦를 만났었는데 이 소식을 전한 것이다.

"작년 요강에 앉다가 미끄러지셔서서 고관절이 부러지셨는데 그길로 돌아가셨어예."

세상에 요강이 사람을 살리기도 하고 죽이고도 하다니…. 노인과 요강, 아직도 남아 있는 이 시대 마지막 함수로구나, 하하.

그 뒤의 밑천? 별걱정은 않는다. 다섯 전설 속의 장수 노인 외에도 나는 25년 동안에 주워들은 장수長壽 일화들을 적지 않게 갖고 있으니까. 비중이 다섯 분에는 못 미치지만 말이다.

중언부언하지만 이승과의 내 마침맞은 종언終焉이 문제다. 용인 세브란스 병원 의사가 귀띔한 하한선이 항상 머리를 지배한다. 어쩌면 그보다 일찍 혈육에게 가서 녀석을 보살펴야 하는 게 죄 많은 아비로서의 도리 같기도 하고. 물론 예순 살을 겨우 넘겨 각각 입적하신 엄마 아버지도 뵈어야 하고. 그 절묘한 시점이 10년이다. 8년 반쯤 남은 셈, 주님의 개입을 간절히 기도하지 않고 어찌 배기랴.

* 팔람구암자八萬九庵子 - 팔만 구암자八萬九庵子라고 흔히 그러는데 천만에 금강산에 암자가 팔만 개가 넘는다? 아니다. 팔람八藍 구암자가 맞다. 이때의 남(두음법칙 참조)은 큰절의 뜻이다. 유점사 등등.
* 노구메 - 산천의 신령에게 제사 지내기 위해 놋쇠나 구리로 만든 작은 솥에 지은 메밥.
* 삼신산三神山 - 중국 전설에 동쪽 바다 복판에 있어 신선이 산다는 산, 봉래산, 영주산, 방장산. 진시황이 여기에다 동남동녀童男童女 수천 명을 보내어 불로초를 구하려 했다 함.

유례없는 콘서트

2015년 8월 22일 열한 시. 나경운은 다른 날처럼 서울역 대합실 안으로 들어섰다. 그는 하사 계급장이 달린 베레모를 벗어 손에 쥐었다. 냉방이 되어 있지만 이마에 땀이 맺혔기 때문이다. 체격과 인물이 좋은 청원 경찰은 그날도 입구에 버티고 서서, 선글라스를 낀 채 감춰진 눈매를 번뜩거린다. 그러면서도 경운에게 목례로 알은체를 한다.

한데 경운이 찾는 26사단 병사들은 안 보인다. 어찌 26사단뿐이랴. 군복을 입은 젊은이는 그 너른 서울역 대합실에 어느 누구도 나타나지 않는 것이다. 텔레비전에서는 계속하여 북한의 첫 포격 도발부터 정리해 보도를 쏟아내고 있었다. 20일 오후 3시 53분께 저들이 연천군에 포탄 한 발을 쏘았었단다. 그리고 오후 4시 12분께 포탄 세 발을 비무장 지대 군사분계선 남쪽 7백 미터

지점에 또 퍼부었고 우리는 대응 차원에서 북방으로 자주포 스물아홉 발로 보복했다. 바로 최강 부대 26사단 예하 포병대대에서! 열차를 기다리는 손님들은 모두 텔레비전에 시선을 붙박았고 웅성거렸다.

아 참, 여기서 하나 밝히자. 경운은 평소 대합실에서 어김없이 하는 일이 있다. 한두 시간 기다리다 마침내 26사단 병사를 만났다 치자. 그들의 손을 잡고 들르는 곳이 서너 군데 있다. 빵집과 호두과자 가게, 햄버거 가게, 비빔밥집…. 미리 십만 원씩 맡겨 놓은 터다. 노병의 신분 ─ 반세기 전에 26사단에서 군복을 벗은 ─ 을 알고 병사들은 경운을 따라가 그 중 뭔가를 집어 든다. 반세기 전의 배고팠던 시절이 생각나서, 경운은 그게 정말 기쁘고 좋은 것이다.

한번은 이런 일도 있었다. 바로 가까이 있는 국방홍보원의 '국군 FM 방송'에서 녹음을 마치고 걸어서 서울역까지 나왔다. 바로 그 앞이 정류장이어서 거기서 5000번 버스를 타면 바로 집 근처까지 올 수 있다. 하지만 경운은 좀이 쑤셔 대합실에 들어가고 만 것이다. 경운이 그날 방송에서의 마지막 이야기도 이랬었으니까.

"서울역 대합실에 들어가면, 26사단 병사 대여섯을 만나기도 합니다. 좋고말고요."

그래봤자 3만 원쯤이면 병사들의 함박웃음을 볼 수 있었다. 헤어질 때는 서로 거수경례를 한다. 공격! 쩌렁쩌렁한 목소리에 뭇사람들이 놀라기도 하였고. '공격'은 전군에서 26사단만이 쓰는 구호다. 특히 고향에 가는 병사에게 호두과자 상자를 두 개 안기면서, 부모님께 전해 드리라고 당부할 때의 기분은, 겪어 본 경운이라야 알 것이다. 그런데 작년 봄 어느 날 멀리서 한 병사가 달려오더니, 거수경례를 올려붙이는 게 아닌가. 경운이 물었다.

"어, 자네 날 어떻게 알아?"

"지난겨울 저희 7★여단 본부에 와서 강의를 하셨지 않습니까?"

"그래? 오세훈 대령이 여단장이지. 잘 있었어? 녀석 굉장히 잘생겼구먼. 어디 가는가?"

김창현 병장은 마지막 휴가를 가는 길이라 했다. 마침 의자가 비어 있어 둘은 나란히 앉았다. 배고프냐고 물으니 녀석은 고개를 가로젓는다. 어깨에 손을 얹었다. 따뜻하고, 땀 냄새가 물씬 풍긴다. 병사의 체취를 경운은 가슴 깊이에서부터 기억한다. 반세기 전부터 여태까지. 자신의 당시 전우들 것은 물론 근래 몇 해 동안 모부대 손자들에게서 몸에 밴 것이다. 필설로 형용할 수 없는…. 엄마의 젖무덤에서 맡았었던 것과 비슷한 냄새일까?

그렇게 5분쯤 흘렀다. 경운은 휴대전화를 꺼내서 번호를 눌렀다. 이윽고 들리는 소리!

"공격! 예, 선배님. 감사합니다. 오 대령입니다."

"공격! 반갑습니다. 잘 계시지요? 여단장님은 여단 본부와 12
★ 기보대대, 12★ 기보대대, 5★ 전차 대대 장병들 모두 그립습
니다."

"선배님, 부대 이름도 다 기억하시는군요. 여단 장교들도 깜빡
할 때가 있는데….”

"아니 그걸 제가 왜 잊습니까? 그들을 만나는 것은 이 노병의
보람입니다. 잠깐만요."

경운은 깜짝 놀라는 휴대전화를 김창현 병장에게 건네주었다.
녀석의 얼굴을 긴장감이 덮는다. 그도 그럴 것이 일개(?) 사병이
'하늘과 같은 여단장'과 통화한다는 것은 거의 불가능하기 때문
이다. 경운은 미소를 지어 보였다. 한데 녀석은 얼굴 표정이 이
내 풀어지더니, 상당 시간 말을 주고받는 게 아닌가? 한참 걸려
서야 녀석이 전화기를 경운에게 돌려주었다. 경운은 지갑에서
만 원짜리 지폐를 두 장 끄집어내 녀석의 손에 쥐여 준다. 처음엔
마다했으나, 강권하다시피 하는데 녀석도 고집을 꺾었다. 녀석
의 목소리가 더 커졌다. 공격!

이렇듯 경운은 이미 서울역 대합실에서는 명물이 된 지 오래
다. 일부러라도 올라가고, 다른 볼일을 마치고 나서도 들르는 곳
이 거기다. 인색하다는 소릴 듣는 그가 26사단 병사들에게만은
그렇지 않은 이유가 있다. 5년 전에 경운은 참척慘慽을 겪은 것이

다. 하나뿐인 아들을 먼저 저승에 보냈다는 뜻이다. 그런데 현재 여생을 기대고 사는 곳에서 모부대('국방일보'에서 '모부대'란 말을 그에게 일러 주었다. 어머니 母!)가 지척에 있고, 거기서 장병들을 대상으로 소위 안보 강연을 무료로 하게 된 것이다.

경운의 엄마는 시각 장애인이셨다. 앞을 거의 못 보실 정도이셨다. 경운을 군대에 보내 놓고 나서, 엄마는 거의 눈물로 세월을 보내셨다. 그러니 어쩌겠는가? 의지할 곳 없는 당신 말씀대로, 육신은 못 그러더라도 영혼만은 그대로 옮겨, 천 리 넘게 떨어져 있는 아들 곁에 갈 수밖에. 거기서 엄마는 그대로 머물러 계셨다. 그런데 누구의 섭리 덕분인지 경운은 딱 반세기 만에 엄마의 이름으로 존재하는 모부대母部隊 26사단에 발에 땀이 나도록 드나들게 된 것이다. 모부대와의 해후엔 참척이 다리를 놓았다? 처음엔 온갖 상념이 뒤죽박죽이 되어 마침내 이런 불경스러운 죄책감으로까지 발전했었지만, 이제 마음을 고쳐 잡았다. 대신 26사단의 마흔 살 안팎의 장교와 부사관은 아들이요, 갓 스무 살을 넘긴 병사들은 내 손자다!

그로부터 경운의 모든 삶의 초점은 26사단에 맞춰 놓고 있다. 엄마가 아직 머물러 계시고 아들과 손자들이 땀을 흘리는 곳, 거기는 그의 영원한 은혜의 땅 혹은 부대이고도 남는 것이다.

그런데 오늘은 어느 병사도 만날 수 없다. 일촉즉발! 바로 긴장감이 나라 전체에 팽배해 있다. 장병들의 외박 외출은 물론 휴

가까지 금지하였다니, 그들과 맞닥뜨리기는 힘들거라 짐작은 했지만 이건 너무 심하다. 경운은 서둘러 아내에게 전화를 넣었다. 아무래도 사단 사령부까지 갔다 와야 하겠다고 했다. 아내는 소스라쳐 놀란다. 준전시라는데 가서 뭘 하겠느냐며. 경운은 그래도 가봐야겠다고 했다. 사단장이나 부사단장 중 누구를 만날 수 있을 거라고.

아내는 걱정했다. 경운은 손사래를 치면서, 불무리 회관(사단 복지회관/ 숙소)에서 자고 내일 내려올 수도 있다고 부연했다. 경운의 성격을 아는 터라 아내는 조심하라는 말을 끝으로 전화를 끊었다. 경운은 역 구내 서점에 가서 이문열과 박완서, 오정희의 소설집 등을 눈에 뜨이는 대로 달래서, 대금을 치르곤 배낭에 집어넣었다. 행여나 싶어 과월호 『한국소설』 몇 권과 자신의 저서 『개가 들어도 웃을 일』, 『대통령의 오줌 누기』 등 여남은 권 등이 들어 있었기 때문에 제법 무게가 느껴졌다. 7★ 여단 본부와 예하 3개 대대, 그리고 직할 중대 및 군악대 등에, 총 2천 권의 양서를 보내느라고 서재까지 없앤 그다.

김밥을 두 줄 사 들고, 양주행 지하철을 타러 플랫폼으로 내려갔다. 그런데 이럴 수가! 불무리 성당 군종병軍宗兵 박진수 일병이 서 있지 않은가? 그가 누가 먼저랄 것도 없이 경례를 했다. 박일병에게 준전시인데 어떻게 나왔느냐고 물었다. 군종 교구 심부름 갔다 온다고 했다. 박 일병은 경운이더러 지금 이 시간에 부대에 가느냐고 반문했고말고. 경운은 콘서트 걱정을 했다. 박 일병은 잘 풀릴 테니 염려 말라고 위로한다.

박 일병이 마다하는 경운에게서 배낭을 빼앗다시피 하여 자기 어깨에 걸쳤다. 그 속에 든 것을 박 일병은 알고 있기 때문이다. 이윽고 양주행 열차가 들어왔다. 점심 시간대라서 그런지 승객이 그리 많지 않아서 둘은 자리를 잡을 수 있었다. 서울역에서 양주역까지는 딱 한 시간 걸린다. 둘은 이런저런 이야기를 나누었다. 군종병의 생활관 생활이 얼마나 힘든가 하는 걸 경운은 박 일병에게 물었고, 박 일병은 그런대로 견딜 만하다고 대답했다. 두어 달 지나서 상병 진급하는데, 그 정도면 생활관에서도 한결 수월할 거라고 덧붙였다. 한데, 앞 의자에 앉은 중년 부부와 곁의 노인 몇몇이 고개를 갸웃거린다. 약간은 어색해 보이는 하사모를 쓴 경운과 스물두어 살로 짐작되는 병사가 대화를 나누는데, 둘 다 하나같이 깍듯한 존댓말을 쓰기 때문이다. 경운은 웃음이 나왔다. 여기에다 설명을 하면 이렇다. 가톨릭 대학교에 다니다가 일정 연한이 지나면 보통 학사라는 호칭을 붙인다. 그때부터는 설사 부모라도 그에게 말을 놓지 않는 것이다. 군에 입대했다 치자. 훈련을 마치고 나서 사단에 군종병으로 배속된 뒤엔, 사단 영관급 장교도 일단 성당 안에서는 그들에게

"학사님, 오늘 미사 마치면 특별한 순서가 있습니까?"

라고 하는 것이다. 그러니 아무리 손자뻘인 박 일병이지만, 경

운은 그야말로 말조심을 한다.

드디어 열차가 양주역에 닿았다. 둘은 플랫폼을 걸어 나온다. 경운의 제안이다.

"사단가 2절이나 부르면서 나가지요. 서울역 대합실에서는 주로 1절을 불렀거든요."

박 일병인들 그게 싫을 리 없다. 행군 간에 군가를 제창한다. 하나둘 셋 넷!

흥안성 바라보며 말을 달리던/ 화랑의 뒷자손이 그 누구이냐/ 무궁화 꽃동산 혼을 이어서/ 잃어진 북녘 땅을 찾아오리라/ 아아 우리는 불무리의 용사/ 식을 줄 모르는 불무리 용사

열차에서 내린 승객들이며 역무원 등도 웃는다. 박 일병도 점심 식사 전이라 해서, 둘은 대합실 의자에 앉았다. 경운이 얼른 편의점으로 들어가서 빵 몇 개와 생수, 커피 등을 사 왔다. 김밥만으로는 부족하기 때문일 것 같아서다. 경운이 웃으면서 말을 건넸다.

"학사님, 부대에서 올 때면 난 항상 일부러 여기서 식사합니다. 반세기 전 생각이 나서요. 그땐 물론 여기 역이 있었던 건 아니지만…. 정말 춥고 배고프던 시절이었습니다."

박 일병이 고개를 끄덕인다. 경운은 시장하지 않다며 김밥 몇 개만 입에 넣고 나머지는 박 일병에게 넘겨주었다. 잘 먹는 그가

너무 고마울 수밖에. 그렇게 김밥과 빵으로 점심을 대신하고 물한 모금씩을 마시고 일어서려는데 건장한 체격의 헌병 병사 둘이 성큼성큼 걸어온다. 그러더니 딱 부동자세로 경운과 박 일병앞에 서서 거수경례! 선임자가 박 일병에게 어디 갔다 오는 길이냐고 묻는다. 박 일병은 좀 전과 같은 대답이었고 경운이 끼어든다.

"수고하네. 학사님은 내가 모시고 들어갈 거야. 한데 이상하이. 왜 날 검문하지 않는가?"

"할아버지를 알거든요. 〈국방일보〉에서 뵌 적 있고요. 사단공식 카페에 글을 가장 많이 올리시는 작가시잖아요? 그리고 저희 헌병 사병은 간부幹部들은 검문하지 않습니다. 저희 선임하사님도 할아버지를 알고 계시니, 설사 여기 오시더라도 그냥 거수경례만 붙이실 걸요."

"허허, 내가 간부라고? 난 제대한 지 반세기인 노병일세. 하여튼 자네 둘 수고하네. 여기 빵이라도 좀 들게. 그리고 만난 김에기념사진이라도 한 장 찍자고."

처음엔 쑥스러운지 거절했으나 두어 번 더 권유하니 헌병 특유의 반듯한 자세를 취한다. 스마트폰 카메라는 박 일병이 다루었고. 촬영이 끝나고 나자 경운의 입에서 웃음이 터졌다. 몇 달전 대한가수협회 회장 선거장에서 김흥국 후보가 해병대 후배들에게 거의 헌병 수준의 복장을 시켜 사단장처럼 호위(?)를 받고 있던 모습이 생각나서다.

역 앞은 좀 한산했다. 진돗개 발령이 났으니 28사단과 26사단 신병 훈련소로 가는 부모들이 거의 없어서일 게다. 택시가 여남은 대 손님을 기다리고 있었다. 경운과 박 일병이 맨 앞차를 타려고 그 옆을 지나가는데, 중간쯤에서 누가 그들을 부른다.

"선배님, 조 기사입니다. 이 차 타시지요. 어차피 부대 앞으로 갑니다."

"아, 조 기사님, 반갑습니다. 잘됐네요. 학사님 타십시오."

사단까지의 거리라 해 봤자 고작 8킬로미터 남짓이다. 요금은 항상 7천 원 정도 나온다. 20분 남짓이면 도착하고도 남는다. 조태환 기사는 본래 양주시(그 시절엔 양주군) 백석읍 출신이다. 오갈 때 택시를 이용하기 때문에, 기사와 손님 사이로 시작해 서로를 조금씩 알게 된 것이다. 조태환 기사는 일흔 살이라 했으니, 부대가 자리 잡고 난 뒤로부터 그 발전을 지켜본 증인이고도 남는다. 그와 비슷한 삶을 살아온 택시 기사들이 부대 앞에 몇몇 있다. 경운이 그들을 어찌 모르랴.

경운은 만 원짜리 한 장을 건네주고 거스름돈을 받지 않았다. 방성리는 이미 경운에겐 고향이나 다름없고, 거기 오랜 터전을 잡고 사는 조 기사가 동생이라는 생각이 들어서였기 때문이다. 성당으로 직행하는 박 일병을 전송하고 경운은 바로 위병소로 향했다. 경계야 항상 삼엄하지만 보통 때보다는 확실히 달랐다.

바리케이드가 쳐져 있었다. 그래도 경운은 곧장 걸었다. 경운을 아는 위병들이 일시에 경례를 올려붙인다. 공격!

"사단장님 계셔?"

병사들은 서로 얼굴을 쳐다보더니 아예 입을 닫는다. 경운은 눈치를 챘다. 아하, 이 준전시에 아무리 자신이 홍보대사이지만, 일개 예비역 일반하사가 사단장의 현 위치를 묻는 것 자체가 언어도단이지…. 경운은 병사들에게 일렀다.

"그래 걱정하지들 말게나. 부사단장님이나 주임원사를 통해 상황을 알아볼게. 자, 수고!"

경운은 배낭을 벗어 통째 맡겼다. 허수지 군악대장에게 전하라면서. 그리고 돌아섰다. 조금 떨어진 곳에 별정 우체국이 있고, 국장은 10대 이상 방성리에 뿌리를 내고 살아온 예비역 영관장교 출신이다. 우선 그부터 만나려고 걸음을 옮겼다. 우체국장은 마침 자리에 있었다. 인사를 주고받기 무섭게 커피가 나왔다. 경운이 무겁게 입을 열었다.

"어쩌지요? 9월 5일에 26사단 장병 초청 콘서트를 서울 '문학의 집'에서 열기로 했거든요. 부제목으로 '예비역 일반 하사 나경운 제대 50년 기념'이 붙는 겁니다."

"알고 있었습니다. 저도 윤성필 행정 부사단장한테서 개요는 들었습니다."

"사단장님을 좀 뵐까 싶어서 올라왔지만, 심려 끼칠 수 없고…. 아무튼 오늘 저녁은 불무리 회관에 묵을 각오입니다. 누구든 간부에게 직간접으로 물어봐야지요."

경운은 국장에게 작별 인사를 하고 바깥으로 나왔다. 그리고 무작정 걸었다. 반세기 전에 허허벌판이었는데 완전히 변해 있었다. 슈퍼마켓도 있고 노래방이며 음식점 등이 즐비하다. 그 옛날 생각이 날 수밖에. 엄마가 무슨 돈이 있었으랴. 형님의 사업도 기울고 해서 휴가를 가봤자, 귀대할 때는 오직 십이열차만 탔다. 수중에 몇 푼은 남겨야 했다. 아껴 썼다. 그러니 토요일이며 일요일에 다른 전우들처럼 의정부까지 나가 영화 한 편 보고 올 형편이 안 되었고말고. 하물며 의정부 극장 앞에 줄지어 선 그 흔한 여자들을 살 돈이 있었으랴.

그러니 농번기엔 기를 쓰고 들판으로 나갔다. 대여섯 명만 되면 주인은 굉장히 좋아하였다. 땀을 흘리며 일하노라면 새참도 나오고, 식사 시간에는 그야말로 진수성찬이 펼쳐졌다. 농가에서의 외식! 그건 꿀맛이고도 남았다.

두어 시간 걸려 방성리 곳곳을 이리 기웃 저리 기웃하다가 경운은 사단 숙소의 문을 두드렸다. 언제나처럼 최일언 상병이 거수경례를 잊지 않는다.

"공격! 홍보 대사님, 오셨습니까? 오랜만에 오셨군요."

"오늘 여기서 묵을 걸세. 결제는 주임원사나 본부대장의 몫!"

7★ 여단 본부며 예하 3개 대대 및 직할 공병 중대, 군악대 등에서 장병들을 대상으로 무료 안보 강연을 4년 동안 해 온 그다. 사단장이 부대 숙소를 1박 2일(숙박비는 1만 2천 원 내외) 정도 제공하는 건 어찌 보면 당연하다. 하지만 경운에겐 그게 또 미안하기 이를 데 없다. 어쨌거나 경운은 부관부 생활관이 잘 올려다보이는, 회관 301호에 올라가 여장을 풀었다.

점심 식사가 부실했던 터라 배가 고팠던 경운은 부대 숙소에서 항상 그랬었던 것처럼 육개장을 시켰다. 좀 이른 시각이었다. 그러나 준비가 되어 있어서 그런지 곧 식당으로 내려오라는 게 아닌가. 역시 육개장은 맛이 일품이었다.

불무리 회관의 시설이 소규모 호텔 정도 수준은 되는 것 같다고 짐작했다. 경운은 욕조에 몸을 담그고 피로를 좀 풀었다. 그러나 이미 입술은 부르터졌고 삭신이 쑤신다. 제대 50년 기념 모부대 장병 초청 콘서트! 몇 달째 오직 이 일에만 매달려 왔고 모든 준비에 심혈을 기울여 왔는데…. 학교 선배 김후란 시인에게 부탁하여 '문학의 집'도 대관 예약했고, 천신만고 끝에 국내 최고의 음향기기 전문가와 섭외를 마친 터다.

한데 지금에 와서 부대 장병을 한 명도 초청하지 못한다? 그거야말로 청천벽력이다. 우셋거리라도 이런 우셋거리가 어디 있겠는가? 곱씹고 곱씹어 봐도 한숨이 절로 나온다.

짧은 바지로 갈아입고 침대에 잠시 누웠다 일어났다. 커튼을 열어젖히니 바로 손이 닿을 만한 거리에 부관부 생활관이 있다. 부대 숙소에 들어오면 항상 그랬듯이, 그 옛날 입대 초년병 시절로 거슬러 올라간다. 그 시절부터 흐른 세월이 어느덧 반세기다. 같이 사단사령부에 근무했었던 전우들은 소식 없고, 자신만 하사 모자를 쓰고 부대와 인연을 맺고 있지 않은가? 부관부 박중각 중위가 얘기하더라. 전방 소총 소대 병사가 반세기 만에 모부대에 발걸음 하는 경우는 더러 있어도, 나경운처럼 부관부에 근무했었던 전우가 그러는 일은 매우 드물다고 말이다.

경운은 회억했다. 반세기 전, 저 부관부 생활관에서 잠잤었지. 이덕화의 친형 이덕봉이 군악대의 클라리넷 연주병이었는데, 가끔 그 반주에 맞춰 그의 아버지 이예춘 선생의 '나그네 서름(설움)' 주제가 '인생은 나그네'를 부르기도 했고.

♬♪♬ 웃고 오는 인생이냐 울고 가는 나그네냐 대장군 마루턱엔 고향 집이 그립구나…

워낙 표창장이며 감사장을 좋아하는 문중섭 사단장(시인)의 지시로 아예 부관참모실에서 근무했다. 먹 그리고 붓과 씨름 하느라 시간 가는 줄 몰랐었고말고. 나애심이 공연 왔을 때 그 감사장도 자신이 만들지 않았던가? 그날 나애심은 '과거를 묻지 마세요'를 불렀다. 팔순을 훨씬 넘겼을 그 글래머 가수의 모습을 기억하며 경운은 흉내 내봤다.

♫ ♪ ♫ 장벽은 무너지고 강물은 풀려/ 어둡고 괴로웠던 세월은 흘러/
고요한 이 대지 위에 꽃이 피었네/ 아아…

노래를 부르다가, 경운은 자니리를 머리에 떠올렸다. 그 시절
자니리야말로 최고의 가수였다. 남진과 나훈아가 칼부림까지 하
며 인기를 다툴 때였다. 하나 자니리의 '뜨거운 안녕'이 최고였
다. 모든 젊은이, 특히 경운처럼 애인도 없는 처지에 몽환 같은
이별을 좇는 또래의 젊은이들. 그들에겐 눈물의 애창곡이었다.
　경운은 다시 목소리를 높였다. 준전시라 불무리 회관엔 다른
투숙객이 없어, 그 정도는 괜찮으리라 여겼기 때문이다.

♫ ♪ ♫ 또다시 말해 주오 사랑하고 있다고/ 별들이 다정히 손을 잡는
밤…

노래를 일단 거기서 끊었다. 경운은 휴대 전화 번호를 눌렀다.
"자니리 형님, 건강하시지요?"
"그럼, 자네는 어떤가? 며칠 남지 않았는데, 고생되겠네그려.
다시 한번 장소와 시간 입력시켜 주게. 문학의 집? 그리고 말일
세. 출연료는 잘 받았네. 50만 원. 고맙게 쓰겠네."
"지금 사단에 와 있습니다. 한데 북한 놈들이 도발하는 바람에
콘서트 자체가 어떻게 될지 모르겠습니다. 병사들이 못 온다면

의미가 없잖아요? 그래도 당일 형님의 올드팬이 상당수 참석할 테니 위로가 됩니다. 참, 가수협회 박수정 이사도 우정 출연하기로 했어요."

"그래 알았어. 더 필요한 것 없어? MR은 내가 준비해 놨으니 반주는 걱정 말게."

"부탁이 있어요. 방금 '뜨거운 안녕' 부르다가 목이 메서 그만두었거든요. 나머지 두 소절씩 바꿔 부르십시다."

> ♪ ♩ ♫♫ 기어이 가신다면 헤어집시다. 아프게 마음 새긴 그 말 한마디
> 보내고 밤마다 울음이 나도/ 남자답게 말하리라 안녕이라고

마지막은 둘이서 제창을 했다.

> ♪ ♩ ♫뜨겁게 뜨겁게 안녕이라고

경운은 다시 전화를 돌렸다. 경운이 닮았다는 이야기를 많이 듣는 최백호다. 가수협회 회장 선거장에서도 정훈희와 함께 만나 한참 이야기를 나눈 바 있는 친구다. 경운은 최백호가 수화기를 들기 전에 빙긋 웃었다. 그럴 만한 까닭이 다 있다. 경운이 입을 연다.

"나 당신 닮았다는 이야기 참 많이도 들었소. 정훈희 선생이랑은 자주 연락되나?"

최백호는 며칠 내 부산 가면 또 만나게 될 거라 했다. 선거 때는 불티나게 전화가 오가기도 했었다. 정훈희가 최백호와 함께 인순이(김인순)를 지원하니 도와 달라는 부탁을 해 왔고. 정훈희의 시아버지 고 김현옥 교장 선생님과의 기가 막힌 인연은 여기 쓰지 말자. 최백호가 물었다. 어쩐 일로 전화를 했느냐고. 경운의 목소리에 절박함이 섞였다.

"부탁이 하나 있소. 9월 5일에 문학의 집에서 열여섯 번째 콘서트를 열기로 했어요. 장병 초청인데, 오후 두 시부터 네 시 반까지요. 우정 출연 좀 부탁합시다. '낭만에 대하여'와 '영일만 친구' 두 곡. 출연료는 절충하기로 하고."

"쯧쯧, 어쩌지요? 일이 공교롭게 되었습니다. 그날 부산 갑니다. 다른 분 소개할까요?"

"그래? 자니리 형님 오시기로 했으니까. 이왕이면 당신까지 열창하면 금상첨화인데…."

미안하다는 말을 여러 번 하고 최백호는 전화를 끊었다. 다시 한숨이 나왔다.

경운은 조금 늦은 시각이었지만, 합참으로 자리를 옮긴, 전 사단장 양명휘 소장에게 카톡으로 메시지를 넣었다. 그가 아니었으면, 낯선 땅 서울, 그것도 문학의 집에서 콘서트라니 어림도 없었을 것이다. 군악대의 협조를 받을 수 있으리라고 전망까지 한 그가 아니었던가? 그립다는 말을 서두로 해서, 콘서트 이야기를 간단하게 전했다. 그리고 현 사단장 진응호 소장에게도 연락을 했다. 그에게는 차마 콘서트 이야기는 하지 못하고 서울역까지 병사들을 만나러 왔다가 허탕을 쳤지만 불무리 회관에서 묵는 중이라고. 하지만 그가 콘서트 때문에 걱정되어 올라온 줄 눈치를 왜 채지 못했으랴. 이윽고 두 장군에게서 답신이 왔다. 간단하다. 남북 대치 상황이 엄중합니다.

그런데 7★ 여단 12★기갑대대 박참 중위에게서 전화가 오는 게 아닌가?

"오, 박참 중위, 아니 인사과장. 반갑소. 안 그래도 지금 나 불무리 회관에 와 있네."

"걱정이 되어서 전화 올렸습니다. 저희는 준비가 어느 정도 되었습니다. 근데 어쩝니까?"

"오죽하면 내가 여기까지 올라왔겠나? 오성식 대대장은 뭐라던가?"

사태가 진정되면 며칠 말미를 주겠다는 말씀까지 하더라고 전했다. 그는 '10월의 어느 멋진 날에'와 '비목'을 연습 중이라고 거듭 강조했고말고. 나승인 일병도 뮤지컬 배우답게 그만한 준비는 하는 중이라고 박참 중위는 덧붙였다.

그렇게 시간이 흘렀다. 열한 시나 되었을까? 출입문을 두드리는 노크 소리가 들리는 게 아닌가? 열렸다고 응답했더니 이경진 사단 주임원사가 들어선다. 손에 통닭을 한 마리 든 채로. 부사단장 윤성필 대령과 서열을 정해 형님 아우라 하기로 한 사이다.
(물론 경운이 큰형님, 윤성필 대령이 작은형님, 이경진 주임원사
가 막내니까 아우다)

"공격! 형님, 오신다고 고생하셨습니다. 콘서트 때문에 심려
많이 하시지요?"

"아니 아우님, 전화라도 하고 들를 것 아냐? 안 그래도 콘서트
가 문제이긴 하이."

"사단장님도 그 문제 거론하셨지요. 며칠 남았으니 영 절망은
아니지 않습니까?"

"김정은, 정말 낭패야. 반세기 전, 제 할아비가 나와 엄마를 고
생시키더니. 허허."

주임원사는 이윽고 돌아갔다. 경운은 침대에 누웠으나 잠이
쉬 올 리 없었다. 이리 뒤척 저리 뒤척 하다가 거의 뜬눈으로 밤
을 새웠고말고. 이튿날 아침은 역시 육개장으로 대신했다. 입맛
이 썼다. 몇 술 뜨는 둥 마는 둥하고서 올 때의 역순으로 차를 갈
아타고 귀가했다.

그로부터 며칠 동안은 필설로 표현할 수 없는 그야말로 피를
말리는 전쟁이었다. 다른 준비는 자연스럽다 할 정도로 이루어
져 간다. 다만 장병들은 옴짝달싹하지 못하리라는 예단이 경운
을 공포로 몰아넣었다. 식은땀이 났다. 일흔이 넘어 정식 데뷔한

가수인 그에게는 까짓 콘서트 따위 다시는 못 열어도 좋다 싶었다. 하지만 '장병 초청'이라는 버거운 단서但書가 이렇게 비참하게 짓뭉개지나 생각하니 안절부절못할밖에. 김관진과 황병서가 중심이 된 남북 고위 회담이 성공리에 끝났다는 소식이지만 그걸로 경운의 콘서트가 해결될 리는 없었다.

그러는 가운데 다른 데에서는 모두 긍정 신호뿐이었다.

<조선일보>와 <국방일보>에서는 물론 <실버넷뉴스>에서까지 취재를 나오겠다고 했다. 초등학교 두 군데, 중학교와 사범학교 동기 동창들도 몰려오겠단다. 무엇보다 밀양 숭진초등학교와 부산 감전초등학교 제자들이 자리를 채워 주겠으니 걱정 말라는 전갈을 보냈다. 서울에서 새로 교유交遊하게 된 문인들도 상당수 당일 보자며 격려를 한다. 대중가요 가수들 상당수가 이 괴짜 늙은이의 전무후무한 콘서트를 견학(?)하겠다고 나섰다.

예천에 있는 불교 어느 종파의 종정스님 보덕선사까지 와서 찬불가요 한 곡을 불러 주겠다고 한 터라 신도들이 우르르 따라올 것이다. 손해일 PEN 부이사장이 자작시를 낭송하겠다고 오히려 먼저 청을 넣었으니 그 또한 의미가 크다. 전에 나가던 삼가동 본당 지휘자인 성악가 추태균 아마 또 형제가 '내 발을 씻기신 예수'를 바치는 날을 손꼽아 기다리겠다고 했고. 피아니스트 둘도 어렵사리 구했다.

포스터도 간단하게 만들어 아파트 승강기 게시판에 붙인 뒤다. 외면해 왔던 주민들이 꾀죄죄한 그를 보고 많이들 알은체했다. 더러는 오겠다고 했고.

문학의 집에 달 현수막을 주문한 지는 이미 오래됐음은 물어보나 마나. 실내를 장식할 것 하나는 대형이다. 사단(불무리 부대) 마크가 선명하게 인쇄되어 있고말고. '제대 50주년 모부대母部隊 장병 초청/ 예비역 하사 나경운 콘서트!' 입구에도 같은 내용으로 배너를 만들어 세우기로 했다.

그런데 이제 와서 모든 걸 취소? 그런다면 우셋거리라도 그런 우셋거리가 없다. 얽히고설킨 데가 어디 한두 군데라야 그런 엄두를 내어 보지.

그러면서도 그는 자연스레 눈은 악보로 갔고, 멜로디언으로 단음을 눌러 가며 노래 연습을 했다. 때로는 한창 그가 색소폰을 배우던 조은 실용음악학원에 가서 지도도 받았다. 국방부 군악대장 이희정 중령도 서일범 원장을 통해 알았으니 그 인연 더 강조해 무엇하랴.

황망 중에도 아내는 사회를 하나 내세워야 안 되겠느냐 했지만 경운은 고개를 가로저었다. 결혼식 사회자가 주례가 해야 할 이야기를 다하는 걸 수도 없이 보아왔기 때문이다. 여태껏 열다섯 번을 부산에서 콘서트를 열었지만, 제일 처음 남백송 선생이 우정 출연했을 때 외는 직접 자기가 사회를 겸해서 해왔던 터 아닌가.

어쨌든 북한만 아니면 정말 일찍이 없었던 콘서트가 되는 건 명약관화한 터였다. 곡들이 얼마나 그럴싸한가 말이다. 혼연일체가 되어 제창할 노래부터 특이하다. 애국가와 사단가는 전 장병이 무대 위에서, 일반 청중은 단하에서 목이 터져라 열창한다. 사단가 악보를 인쇄해서 나눠 주니 어지간하면 따라 부르겠지. '진짜 사나이'와 '행군의 아침', '나의 자랑'도 마찬가지. 영남과 호남의 화합을 위해서 경운 자신이 '목포의 눈물' 및 '해운대 엘레지'부터 선보이고. 이어서 눈 어두우셨던 엄마의 살아생전 유일한 애창곡 '열아홉 살 과부가 스물아홉 살 딸을 데리고…'를 모두에게 던진다. 또 하나 잊을 수 없는 곡이 있다. 아들의 무운 장구를 비는 아일랜드 민요 Oh Danny Boy. 올드 팝송 레이찰스의 I Can't Stop Loving You도 빼놓을 수 없었다. 상황에 따라 추가할 수 있고. 세계인의 가곡 O Sole Mio는 윤행원 출신 수필가와 함께 소절을 바꿔가며 부르기로 했다. 물론 원어로.

하지만 아무리 그렇게 몸부림치면 뭐하나? 대치 상황이 안 풀리는 데에야! 거듭 말하지만, 경운은 그저 속수무책이었다. 그러던 8월 31일 12★ 기보대 오 중령으로부터 결단이 묻어나는 목소리의 전화가 온 게 아닌가?

"공격! 선배님, 박참 중위와 나승인 일병을 특별 휴가 보냈습니다. 5일씩입니다."

"아니 대대장님, 어쩌시려고 그럽니까?"

"선배님, 저희 대대에 총 스무 시간 무료 안보 강연을 해 주셨습니다. 추운 겨울 새벽 여섯 시에 출발, 양주역에서 공밥으로 아침 식사를 하셨다는 것도 압니다. 보답해야지요."

현재 상황이 녹록지 않다는 데에 의견을 같이했다. 하나 대대장은 실제 전투만큼 콘서트의 의미가 더 크다고도 느낀다는 것이다. 책임은 자기가 진다고 했다. 경운은 입에 침이 마르도록 고맙다는 인사를 할밖에. 비로소 숨통이 약간 트이는 것 같았다.

두 장병 외 또 있으니까. 부사단장과 주임원사가 어쩌면 참석할지 모르겠다는 낌새를 여러 번 느꼈기 때문이다. 경운은 혼잣말을 했다. 그래, 대령과 주임원사, 중위, 일병 등 넷이라면, '장병將兵 초청'이라 주장해도 되고말고, 장병 넷을 '잇몸'으로 삼자!

그렇게 포기(?)를 하고 보니 오히려 마음이 편안했다. 대신 경운은 자신이 당일 온몸의 땀 한 방울이라도 마지막까지 흘릴 각오를 다졌다. 진짜 '막춤'의 진수도 보여 주리라 마음도 먹었다. 관중들은 웃겠지, 웃고말고.

나머지 며칠을 그렇게 견뎠다. 여기저기서 전화가 왔다. 깍듯이 고맙다는 인사 정도로 마치고 당일 행사는 예정대로 한다고 대답했다.

9월 4일 밤이었다. 잠이 올 턱이 없었다. 12시가 가까워 올 무렵이었다. 휴대 전화의 신호음이 들린 것은! 한데 사단장이 아닌가?

"공격! 선배님, 진 소장少將입니다. 걱정시켜서 미안합니다."

"천만의 말씀입니다. 내일 어쨌거나 행사는 진행하기로 했으니 안심하십시오."

"너무 늦은 건 아닌지 모르겠습니다만, 선배님의 강의를 들은 모범 병사 30여 명을 행사에 참여시키도록 했습니다. 특별 휴가 2박 3일씩 줬지요. 녀석들이 굉장히 좋아하는데요."

몇 마디 더 이야기를 나누다가 전화를 끊었다. 야호! 비로소 경운은 무릎을 쳤다. 부사단장과 주임원사가 병력을 인솔하여 온다니, 이런 거짓말 같은 일이 또 어디 있겠는가?

다음 날 아침이 밝았다. 경운은 서둘러 문학의 집으로 향했다. 발걸음이 새털처럼 가벼울밖에. 열 시에 도착하여 하나둘씩 점검에 들어갔다. 다들 약속을 지켜 줘서 고맙기 이를 데 없었다. 점심은 박참 중위와 나승인 일병 등 셋이서 바로 밑 대중음식점에서 떡만둣국으로 해결했다. 서둘러 콘서트장으로 발걸음 했다. 한데 아, 병사들이 배낭을 짊어지고 두서넛씩 몰려오지 않는가?

오후 한 시 반, 개막을 30분 앞두었을 때 방송국과 신문사 기자며 카메라맨들이 모습을 드러내기 시작했다. 그들이 이런저런 질문을 던지는데 부사단장과 주임원사가 어느새 경운의 앞에 나타나 거수경례! 그리고 군복을 내민다. 명찰과 하사 계급장이 달린….

화장실에서 갈아입을 수밖에. 한데 바지는 들어가지만 상의 지퍼가 도무지 닫히지 않는다. 병사 둘이 달려들어 우격다짐으로 지퍼를 끌어올릴 수밖에. 인터뷰는 5분 전까지도 끝나지 않았다. 그런데도 기자들은 이구동성으로 이야기한다. 세 신문은 비슷하게 제목을 같이 뽑기로 의견 일치를 봤다는 것. '유례없는 콘서트!'

드디어 시간이 되었다. 경운이 무대로 나서려는데, 아 이럴 수가! 그 옛날 삼랑진 친구 노윤아와 안창회 둘이가 먼저 등장하는 게 아닌가. 그건 전혀 뜻밖의 상황이었다. 그리고 그들이 하는 말.

"나경운 하사와 우린 오랜 친구입니다. 삼랑진에 살 때 삼총사였지요. 헤어진 지 반백 년이구요. 오늘 친구가 콘서트를 연다는데 저희가 마련한 조그마한 선물입니다."

그러면서 둘은 제법 큰 현수막을 하나 펼치더니, 업자와 이미 상의한 듯 아주 빠르게 무대 오른쪽에 설치하는 게 아닌가? 경운과 그의 어머니를 사이에 두고, 넷이 찍은 사진을 확대한 것이었다. 경운의 휴가 중에 말이다.

경운의 입에서 터져 나오는 비명.

"아, 엄마!"

유례없는 콘서트의 서막이었다. 경운은 흐르는 눈물을 주체할 수 없었고말고.

삼성三星 장군과 무등병無等兵

단초端初

현우玄雨가 용인에 올라온 지 어느덧 4년이다. 아직 아는 사람도 별로 없고 거리도 낯설다. '수도권'이, 어쩐지 서울이라는 말보다 부담스러운 건 무슨 까닭일까? 촌 늙은이 입에서, 이래저래 탄식이 튀어나온다.

스마트폰을 켜고 거리에 나섰다. 도로를 건너서 산책을 하는데 급보急報가 뜬다. JP, 즉 김종필의 부인이 유명을 달리했다는 것이다. 현우는 발길을 뒤로 돌렸다. 가 보고 싶은 데가 있으니, JP와 떼려야 뗄 수 없는 친구이자 동지인 이병희 전 의원! 그가 생각나서다. 바로 걸으면 5분도 안 되는 거리에 현우의 나이라면 누구나 알 만한 그의 묘비가 서 있는 것이다. 용인이 낳은 큰 인물 중의 하나. 그보다는 5·16의 핵심 주체이자 7선 국회의원을 지낸 거물 정치인이라면 누구라는 걸 더 쉽게 판단하리라. 본관은 성주星州.

묘비를 지나 올라가 본다. 바리케이드가 처져 있고, 밑에 있는 대중음식점의 재래종 개 한 마리가 낯선 객을 보고 요란하게 짖으며 정적을 깨뜨린다. 드넓은 묘역에 성주 이 씨의 조상들이 잠들어 있고 재실도 마주 보인다. 성주 이 씨는 명문거족이고말고.

한데 스마트폰에 뜬 자료를 보니, 성주 이 씨의 시조의 휘자諱字는 '순유純由' 씨란다. 그분의 12세손 (휘자 '장경')은 고려 고종 때의 인물로 다섯 아들을 두었다. 이름을 기막히게 지었다. 백년百年·천년千年·만년萬年·억년億年·조년兆年 모두 문과에 급제하였다나? 여섯이었다면 이경년京年! 현우는 본관이 성주가 아닌 경주다. 현우는 웃었다. 다섯째 분의 이름이 남으로부터 놀림감이 되지나 않았는가 싶어서. 조년!

5·16은 현우에게도 의미(?)가 있다. 그해에 발가락이 절단되는 사고를 당했기 때문이다. 그래서 군에도 못 갔다. 물론 다른 지병도 있었지만…. 한데 묘하게도 군 출신 김현우 전 부산시장·양천웅 전 도지사·김청수 전 대령(추후에 국회의원) 등이 현우에게 직간접으로 크고 작은 영향을 주었었다

그래 주연(?)이 현우와 그의 가족인 드라마틱한 50년 역사를 얼른 머릿속에서 재구성한다. 조연(?)이 JP·부산 시장·전 도지

사·김 전 대령(의원) 등 군 출신이다(다들 육사 출신이나 기수는 같거나 다르다. 출생연도만은 1926년, 우연의 일치 치곤 기가 막힌다?). 문정수 시장과 양진니 서예가 등도 등장시켜야 구색을 갖추게 된다.

현우는 걸어서 10분이면 닿는 육사 예비역 이종탁 중장에게 전화를 걸었다. 그분이 직접 전화를 받았다. 내외분이 같이 있단다. 같은 성당에 나가고 종친(항렬도 이 중장이 높다)이라 현우는 항상 그분에게 정신적으로 의지하는 바가 크다. 아흔두 살인 그를 지난번 현우가 자신이 기자로 있는 〈실버넷뉴스〉에 모시기도 했다. 김종필보다는 육사로 치면 자그마치 대여섯 해 선배다. 나이도 김종필보다 한두 살 위다. 건강이 너무 좋아 육십 대 중반으로 보이는 이종탁 중장이 파안대소하며 하던 말이다.

"김종필 씨? 현역 때는 나를 보고 '형님'이라 하더니 중정부장이 되니 '선배님'이라더군. 총리에 취임하자마자 호칭이 바뀌는 거야. '이 선배'라고 말이야."

언젠가는 현우가 이 어른께 자신의 기구한 삶을 털어놓고, 같이 서울 중앙 화수회까지 방문하는 게 소원이고말고. 오늘 그 뼈대를 대충 메모한다.

살인 殺人

현우는 일생을 통해 그렇게 '형형炯炯한' 눈빛을 가진 사람을 보지 못했었다. 바로 만송 어른, 그의 선고先考와 호형호제하시던 분이었다. 아니 형형하다는 표현 갖고는 부족할지 모르겠다. 현우는 한 번도 그분의 눈을 똑바로 바라보지 못했으니까. 뭐랄까, 그만큼 그분은 눈동자에서 뿜어 나오는 기氣 같은 것으로 사람의 가슴을 꿰뚫으시는 것이었다. 현우는 아버지 생전에 당신의 심부름으로 저녁 늦게 찬샘절(절이라 해 봤자 암자 정도밖에 되지 않는 소규모였다)로 그분을 더러 찾아뵈었었다. 어떨 땐 무섭기도 했다. 기다랗고 허연 수염을 외풍에 나부끼도록 버려두셨다. 그건 정말 감히 범접할 수 없는 모습이셨다. 전기도 안 들어오는 방안에서 남포를 켜놓고 나무판에 글씨를 새기곤 하셨다.

밤낮을 잊고 사시는 분? 그런 정도라 해도 괜찮으리라. 가끔 잔기침을 하면서 땀을 흘리시는 모습에서 현우는 섬뜩한 느낌에 휩싸일 수밖에. 아니 소름까지 끼칠 정도였다 하자. 그런 날, 밤에는 흉몽에 시달려야만 했고.

그분은 그렇게 붓글씨를 손수 쓰고 그걸 능수능란하게 파 들어가면서 생명을 불어넣으셨다. 맞다. 그 이상도 이하도 아니었다고 하자. 인근에 소문이 자자했다. 그러니 크고 작은 절에서 그분에게 주문을 하는 수밖에. 뭐였느냐고? 주로 현판 비슷했던 것이었으리라.

현우의 아버지가 이승을 떠나시고 난 뒤 얼마 안 있어서였다. 현우는 국전에서 대통령상을 받은 우죽友竹 양진니 선생이 아버지 살아생전에 써 드린 '경서각耕書閣)이란 화선지에 쓴 현판 글씨를 들고 암자로 찾아갔다. 우죽 선생은 이웃 삼랑진초등학교에서 잠시 머물고 있었던 터였다. 말이 나온 김에 말인데, 우죽 선생은 현우 선고를 뵈러 자주 들르곤 했었다. 학문(한학)이야 현우 아버지가 더 깊으셨지만 글씨는 우죽 선생이 훨씬 나았다. 20년 연세 차이쯤 아무것도 아니라는 걸 그는 그때에 절실히 깨달았다. 그렇다고 해서 아버지 상동 어른이 우죽 선생을 함부로 대하지 않으셨음은 물론이고말고.

상동 어른이 뇌졸중으로 쓰러져 계시다가 현우에게 이런 말씀을 하신 적이 있다.

"내가 죽거든 만송萬松 어른께 가서 이걸 좋은 나무에 새기도록 해라이. 그 어른은 내가 고향에서 떠난 후 처음이자 마지막으로 사귄 친구이신즉. 그분의 말씀은 바로 아비의 말이다. 뵐 때 무슨 말씀 하시면 거역하지 마래이."

현우는 울기만 하고 있을밖에. 그로부터 말씀을 제대로 못 하시더니 몇 달 만에 상동 어른(上東: 현우 엄마의 친정이 청도 상동이어서 그 택호를 따라 시골에서 살 때부터 붙여진 호칭)은 기세棄世하셨으니까. 만송 어른이 그런대로 절차에 따라 도와 주셨다. 문상객은 현우 친구 두서넛과, 칠기점 부락에 사는 건우 형님 내외와 아지매 등등이 전부인 터라 정말 초라한 장례였다. 집 건너편에 신흥 사이비 종교의 교회 옆 공동묘지에 유택을 마련하였다. 현우는 남은 엄마가 걱정이 되어서 정신이 없었다. 엄마는 울고불고하셨다, 밤낮없이.

그런 가운데 틈을 봐서 그는 암자로 만송 어른을 뵈러 갔다. 만송 어른은 그날 밤에도 역시 칼을 들고 앉아 계셨다. 아니 열심히 작업 중이셨다. 천막 조각으로 무릎을 온통 덮은 채로…. 이마에 땀이 송골송골 맺혀 금방이라도 방바닥에 떨어질 것 같았다. 현우가 인기척을 내고 인사를 드렸더니 그제야 알은체하셨다.

선고께서 부탁하신 현판 글씨를 갖고 왔다고 했더니 만송 어른은 반기셨다. 현판엔 피나무가 좋다고 하셔서 현우가 피나무가 있느냐고 여쭤 보았다. 항상 준비해 두고 있다고 하신다. 암자 주위에 피나무가 서른 그루쯤 자란다고도 덧붙이셨다. 피나무는 큰 건 20미터 가까이 자란다시던가? 만송 어른은 밭갈 경耕, 글 서書라니 얼마나 의미심장하냐며 현우에게 그 정신을 이어받으라 하셨다. 그러곤 고인의 아호 현판은 새겨 본 지가 오래전이라며,

"자네 선대인은 저승에 가서도 낮엔 일하고 밤엔 글공부하실

어른이시대이."

라고 치켜세우셨다. 만송 어른은 자당께서 좀 어떠시냐고 물으셨다. 밤낮없이 울고 계신다고 대답했더니,

"걱정이다. 앞도 못 보시는 어른이···. 인마, 니가 더 잘해드려야지. 요새도 니 장가 못 보낸 거 갖고 걱정하시제?"

하셨다.

"예. 스무 살짜리 병신 총각한테 누가 시집오겠습니까? 임시 교사 자리로 쫓겨났는데에."

"그래도 니 급하다 아니가? 자당 소원을 들어 드려야제, 이 노무 자슥아."

만송 어른은 자당 소원을 들어 드려야 한다고 강조하셨다. 그분은 농담이며 욕까지도 서슴없이 뱉어 내셨다. 차라리 현우에 대한 사랑이라고 치부하는 게 맘 편했다고 하자. 그럴 땐 어찌 된 셈인지 자꾸만 눈물이 났다. 그날도 현우는 손수건으로 눈두덩을 훔쳐가면서 한 시간쯤 꿇어앉아 있다가 일어서려는데 그분이 하시는 말씀이다.

"가만있자, 오늘이 초하루제? 보름날 다시 온나. 내가 뭐 보여줄 끼 있다 아니가. 현판도 그때 갖고 가래이."

편안히 계시라고 인사드리고 나서 돌아나왔다. 현우 엄마는 앞도 제대로 못 보면서, 콧물이며 눈물이 범벅이 된 얼굴로 그냥 손만으로 저녁 반찬을 만들고 계셨다. 뭐라 하시던지 물으셨다.

"내일모레, 아니 보름에 오라 카시던데에. 엄마 인자 눈물 거두이소오. 그란다고 아부지가 살아 돌아오십니꺼?"

엄마는 그러겠다고 대답하면서도 눈물을 찔끔거리신다. 현우는 그로부터 꼬박 열흘 넘게 방에 갇혀 있다시피 했다. 엄마의 소원은 이거다. 오직 며느리에게서 밥상을 한 번 받으시는 거. 그리고 떡두꺼비 같은 자식 하나 안으시는 것. 한데 현우는 정말 자신이 없다. 여태 세 번 선을 봤지만 성사되지 못했다. 나이가 어린 데다 병으로 인해 임시 교사 자리까지 잃어버렸으니 조건이 정말 나쁘다. 게다가 엄마 상동댁 눈이 어두우신데, 누가 시집오려 하겠는가? 정신없는 사람 아니고선 말이다.

자기 폄훼의 또 다른 원인. 현우는 중등증中等症 결핵 환자였다. 또 있다. 부끄럽지만, 기차 통학을 하다가 5·16 무렵 친구의 아버지가 운행하는 간이 기차에 치여 오른쪽 발가락 네 개가 끊어진 불구였다. 키도 작아 겨우 160센티미터를 살짝 넘겼다. 열등감에 빠지기 딱 알맞은 신체 조건이었다.

설상가상雪上加霜 현우는 그 시절 극도로 신경이 예민했다. 오죽하면 엄마가 가끔 하신 꾸중이 이러셨을까? 현우보고 간이 생기다가 말았다는 거다. 그리고 일침을 놓으셨다. 어지간한 건 잊어버리라고.

이현우李賢雨. 맞다. 수재들이 모이는 사범학교 동급생 120명 중에서 항상 10등 안에는 들어갔는데 성적이 조금만 떨어지면

울고불고했으니까. 친구와 말다툼이나 싸움질을 했다 치자. 상대는 쉽게 풀었지만 현우는 그게 안 되어 오래 끙끙 앓았다.

유일한 병원 삼랑진 의원은 전문 과목이 없었다. 시골 바닥에서 하물며 정신과이랴. 일찍 경북 의전 출신, 사람 좋고 인술로 인심을 얻은 안재구 원장은 워낙 바빠 웬만한 환자는 조수인 박 의사에게 맡기기도 했었다. 여담인데 안재구 원장의 둘째 아들 안창회와 또 다른 모범생 노윤길, 조연호 등 셋은 진짜 공부도 잘하고 행실도 착한 친구였다. 어쨌든 박 의사에게 상담하러 갔더니 그이인들 뾰족한 처방이 있을 리 없다. 그저 결핵이 나으면 까짓 신경과민쯤은 사라질 거나?

그러니 결혼이란 참으로 그에겐 난제라 할밖에. 군軍은 일찌감치 면제를 받았긴 하지만, 사내가 세상에 태어나 그 몸으로 지내야 하다니 싫어 괴로웠다. 간이 생기다 만 놈이라는 엄마의 걱정에서도 벗어나지 못했다. 그러나 예의범절이 발랐다. 부모님 말씀은 무엇이든 곧이곧대로 들었다. 효자란 소리도 현우에게 따라다녔다.

하기야 그럴 만한 이유가 있긴 했다. 현우 위로 형이 둘 있었더란다. 그런데 엄마가 봇도랑에 빨래를 하러 나갔다가 — 겨우 앞을 분간하실 정도의 시력으로 — 그만 세 살배기 첫째 아들을 잃어버리셨다. 아버지가 면사무소 호병계장을 하실 때였단다. 그리고 나서 몇 년이 지나 아들 하나를 또 얻긴 했으나 오줌을 잘

못 누어서 그 아들마저 잃으시고 말았다. 그러니 얼마나 충격이 크셨을까? 해서 엄마는 현우 하나 믿고 살아오셨을 수밖에.

거듭 말하지만 오직 하나 공부만이 전부였다. 영남의 수재들이 모인다는 사범학교에서 졸업할 때 석차가 당당 5/120(남자)이었으니 어지간히 노력을 한 셈이다. 4등까지 부산 시내에 교사 자리를 꿰찼다. 5등인 현우는 진해 대야초등학교에 임시 교사로 발령을 받았다.

어쨌든 보름이 다가왔다. 현우는 저녁을 일찍 챙겨 먹고 만송 어른을 만나러 뵈러 암자로 갔다. 그분은 여전히 나무판에다 글자를 새기고 계셨다. '경서각'은 완성되어 구석에 세워져 있었고. 명필에다, 선고의 말씀대로 최고의 전각가가 새긴 현판을 보니 절로 탄성이 나왔다.

만송 어른은 작업 도구를 전부 물리고 한참이나 수염을 매만지시다가 입을 열었다. 임오생壬午生임을 이미 알고 계시지만 또 시는 언젠지 물으셨다. 술시戌時라고 대답했더니 혀를 차셨다. 쯧쯧, 옛날 같으면 아이 둘은 낳았겠다며. 만송 어른은 또 욕을 섞으셨다. 갑자기 '호랑말코'라는 말로. 현우는 약간 섭섭했지만 절로 웃음이 터졌다. 만송 어른은 혼자 술시戌時라, 술시라 하고 두어 번 혼잣말을 하더니 다시 호통이시다.

"인마, '호랑말코'란 니 선고와 곡차 한잔하고 나면 가끔씩 농으로 주고받던 말이다."

"잘 알겠습니다."

"호랑말코란 예의 없는 오랑캐들이 타는 말의 코란 말이다. 그러고 니가 아나 보자. 술시가 도대체 몇 시인지 아나?"

오후 일곱 시부터 아홉 시까지인 줄 안다고 대답했다. 대견하다는 듯 현우를 바라보던 만송 어른은 무릎 곁에 있는 책 한 권을 집어 당겨 펴시는 거였다. 순간 현우는 탄성을 질렀다. 이 세상의 어떤 형용사를 동원해도 그런 파르스름한 색깔을 나타내지 못할 '청靑'이었다. 마치 박꽃에 흩뿌려져 내리는 달그림자? 아니 자신의 그런 표현으론 근처에도 못 간다. 책 색깔이 너무나 신비스런 느낌을 풍기며 방안 가득히 채웠다! 다시 만송 어른의 말씀

"니 배필을 한 번 살펴봐야겠다."

여쭈어 보기도 전에 혼잣말처럼 명계冥界에 관해 적은 것이라신다. 만송 어른은 그 책은 단순한 시문詩文으론 접근이 어림없고, 〈주역〉이나 〈명리학〉보다 몇 단계 이치를 더 깨달은 사람도 겨우 머리맡에 둘 수 있다고 하신다. 현우 선고도 고개를 가로저으셨다나? 만송은 한술 더 떠서 자신처럼 저승을 한 번이라도 갔다 온 사람이나 해득할 책이라신다. 워낙 어렵다는 말을 몇 번이고 거듭하신다. 만송 어른은 그 책 4권에 배필에 관한 모든 게 적혀 있다고 하신다.

현우는 정신이 혼미할 지경이었다. 갑자기 기침이 터져 나왔

다. 그리고 도무지 헤어날 수 없는 어둠의 심연으로 빠져들었다. 만송 어른은 재빨리 책장을 넘기셨다. 현우는 계속 혼란스러움에 빠져 허우적댔다. 마치 이방異邦에 끌려 와 있는 듯한 느낌? 뭐 그런 거 비슷했다고 하자. 이윽고 그분이 말씀하신다. 자당이 참 박복하다시며 운을 떼더니

"야 이놈아, 내 말 잘 들으래이. 너 인마 니 배필은 겨우 세 살이다!"

현우는 순간 눈앞이 캄캄했다. 이렇게 엄마가 장가 못 보내 안달이신데, 이제 겨우 세 살짜리 계집애가 아내감이라면? 앞으로 적어도 15년은 기다려야 한다는 결론이다. 당시 친구, 그러니까 정식 교사 발령을 받은 동기들 사이에는 유행되는 농담이 있었다.

"키워서 잡아먹는다."

제자인 6학년 여학생을 열두 살로 보면 걔가 스물두 살 때까지 기다렸다가 낚아채(?) 오면 되는 것이다. 그래 봤자 8년이다. 총각 나이 서른 살 이쪽저쪽 아닌가? 그런데 세상에 현우더러 15년을 기다려 서른다섯이 되어야 스무 살짜리와 결혼을 할 수 있다는 것이다.

현우는 콧방귀를 뀌고 싶었지만 이상하게도 만송 어른의 결기와 강단 섞인 위엄에 그만 주눅이 들고 말았다. 방안은 도무지 이의를 걸 수 없는 분위기로 가득 차 있었다. 그보다 이게 만약 기

왕지사라면 엄마는 어떻게 되실까? 세 살배기 계집아이를 15년이나 기다리라니! 그건 모두에게 충격이고말고.

자신도 모르게 몇 마디 구시렁거리는 소리가 튀어나온 모양이다. 만송 어른은 노기를 띠고 말씀하셨다. 안 믿긴다는 현우의 태도가 마뜩찮다는 표정이더니 당신의 말씀에 이의를 걸지 말라고 못을 박으신다. 그러더니,

"가 바라. 아, 잠깐만! 이런 나 참 기가 막힌데이. 계집아이는 기가 막히게도 지금 십 리 안에 산다. 드물데이, 이런 일이. 넉 달 뒤 보름날 아침에 말이다. 송지松旨장(4일과 9일에 서는 재래 시장)에 새벽 다섯 시쯤 나와 바래이. 미전美田에 사는 어떤 할마시가 길목에 채소를 팔러 나올 끼다. 그 등더리에 업힌 기집애가 니 배필이데이. 바라 여기 적혀 있제? 가만있자, 그 전에 니가 또 큰일을 당할 끼다. 아차, 이 말은 안 하는 게 맞는데…."

그러는 만송 어른의 얼굴에 알 수 없는 그림자가 스쳐 지나갔다. 불안했다. 그렇다고 해서 다시 물어볼 수도 없고. 현우는 세상에서 처음 대하는 글자 같기도 하고 부적 같기도 한 책 한두 쪽에 시선을 박았다가 거두곤 떨리는 걸음으로 집으로 돌아오고 말았다. 엄마한테는 함구불언일 수밖에. 뜬눈으로 밤을 새웠고말고. 맘에 걸렸다. 신음소리가 절로 나왔다. 밤새 끙끙댔다. 보이지 않는 손에 이끌려 어둠의 세계로 곤두박질쳐지니….

그런데 그로부터 두 달 뒤에 만송 어른의 말씀대로 현우는 정

말 너무나 큰일을 당하고 말았다. 청천벽력 그 이상이었다. 돌이켜 생각하기조차 무섭지만 힘들게 그 전말을 적어 보자.

아버지의 빈소에서 밤낮으로 울고만 계시던 엄마가 그 날은 아침부터 서둘러서 오 리쯤 떨어진 건우 형 집에 놀러 가시겠다는 거였다. 건우 형은 가방끈이 짧았었지만 상동 어른으로부터 한문을 배워 삼랑진에서 웬만한 데는 출입을 하는 현우 사종(10촌)형님이었다. 현우가 가끔 엄마 손을 잡고 형 집에까지 모셔다 드리면, 돌아오실 때는 엄마보다 연세가 훨씬 많이 드신 아지매가 바래다 주곤 하셨다. 엄마로선 거의 반년 만의 외출이셨다.

아지매는 연세가 여든이 넘은 데다가 잘 듣지 못하고 엄마는 시력이 거의 제로인 상태다. 두 분은 손을 잡고 기차 건널목을 건너고 계셨다. 그런데 당시 삼랑진에서 가장 갑부라는 김 면장(읍으로 승격되기 전에 면장을 지냈다고 하기도 했고, 오래전의 김해군 생림면장으로 있다가 이사왔다는 얘기도 있었다. 어쨌든 대단한 재력의 소유자였다)이 모는 승용차에 부딪혀서 두 분 다 현장에서 숨을 거두신 것이었다. 물론 두 분의 잘못이 아니었다. 김 면장은 제법 음주를 한 상태였다. 읍 전체가 시끄러웠음은 물론이다. 당시만 해도 삼랑진 전체에 승용차라니, 겨우 한두 대 되었을 정도였음을 부연하자.

현우는 정신이 없었다. 목이 메서 말도 나오지 않았다. 그저 꺼이꺼이 울기만 하다가 선고 유택 곁에 마련해 두었었던 가묘의 흙을 파헤치고 거기 엄마를 모셨다.

경찰서에 갇혀 있던 김 면장은 잘못을 반성하지 않는 것 같았다. 현우 같은 장삼이사가 뭘 알랴만, 5·16이 일어난 지 얼마 안 있어서였기 때문에, 당연히 김 면장은 중형을 받아야만 한다고 했는데…. 그 직전에도 자기 차로 과실치사를 저질러서 집행 유예 중이었단다. 이번에 자칫하면 실형을 살 처지에 놓이게 되었다.

김 면장은 사건 전에도 여기저기서 큰소리를 쳤다. 경남도지사로 파격 발탁된, 양楊 소장이 자기 친척이라며…. 양 소장, 아니 양 지사에 대해 한번 들먹여 보자. 그는 현역이라 언행이 직설적일 수밖에. 한번은 별판 두 개를 달고, 초도 순시차, 국전 대통령 수상작가인 서예가 우죽 양진니 선생이 있는 송진초등학교에 들르게 되었다.

교문은 항상 아치가 장식하게 마련. 그 글씨를 당연히 우죽 선생이 썼었다. 뭐, '혁명 과업 완수 어쩌고저쩌고' 였으리라. 양 지사가 그걸 본 것이다. 그런데 한글 서예에 전혀 문외한인 그가 보기에 궁체가 아니고 한자로 치면 예서체隸書體다. 뜻밖의 말이 지휘봉을 든 그의 입을 통해 튀어나왔으니 기가 찬다. 그따위 글씨를 누가 썼어? 당장 바꿔!

아무튼 그의 위세는 대단했다. 그의 한글 서예에 대한 무지가 남의 입줄에 오르내렸음은 물론이다. 우죽 선생이 양 소장보다 항렬이 높았으니 손가락질을 받았음은 물어보나 마나.

김 면장 측은 현우 측에게 합의를 종용했다. 현우는 선고를 예사로 대접한 김 면장이 미워 도무지 그럴 수 없어 미루적거리고 있었고. 그러던 어느 날 현우 집 앞에 군 지프차가 한 대 멎어 있는 게 아닌가.

현우가 외출에서 돌아오는 중이었다. 그가 의아스러워하는데 차 문이 열리고 대위 계급장을 단 장교 하나가 황급히 내리더니 거수 경례를 올려붙인다. 도무지 영문을 몰라 할 수밖에. 그러자 대위는 현우를 다짜고짜 지프에 태우곤 낙동교를 건너 국도를 타고 달려가는 것이었다. 현우는 은근히 겁이 나 온몸이 자꾸만 움츠러들었다. 말 한마디 건넬 수도 없었다. 한 시간 반쯤 걸렸을까? 지프는 어딘지도 모를 곳으로 접어들었다. 어느 협수룩한 사무실 앞에 지프는 멈춰 섰다. 2층으로 대위와 둘이서 같이 올라갔는데 안은 으리으리했다. 집기도 제대로 갖춰졌고, 많은 사람들이 정기적으로 회의라도 하는 듯 소파도 스무 개쯤 자리 잡고 있었다.

이윽고 만면에 웃음을 띤 풍골 좋은 중년 남자가 별실인 듯한 방의 문을 열고 들어섰다.

"78★6 부대장 김 대령입니다. 먼 길 오시느라 수고했습니다. 우선 커피 한잔 하십시오."

현우는 뭐라고 한마디 하려 했으나 입이 떨어지지 않는다. 그런데 그는 현우에 대해 전부 다 알고 있었다. 나이가 20세, 결핵을 앓고, 오른쪽 발가락을 세 개 잘린 것까지. 친구들과 십 리 떨어진 행촌 마을로 밤중에 올라가 벌통을 들고나와, 속의 꿀을 송두리째 꺼내 먹은 사실마저 그의 입에서 술술 나왔다. 기차 통학을 하면서 한 달 동안 무임 승차를 한 것은 또 어떻게 파악했단 말인가? 그가 다시 덧붙인다.

"진해에 첫 발령을 받았으나 임시 교사여서 해임되어 쉬고 있다는 소문이 자자합디다. 그래 남일해나 한명숙, 남백송 가수들을 따라다녔다면서요? 진해 중앙극장은 나도 압니다. 가수가 되는 게 꿈이시라던데…."

이만하면 귀신이 곡할 노릇이다. 하나부터 열까지 철저하게 사전 조사를 했다는 증거다. 현우 선고의 학문이 출중하셨다는 것도 들먹였다. 당신께서 단장면 국전리 음지에서 서당을 여셨다는 것조차. 엄마 그러니까 현우 선비(어머니)가 시각 장애인이라는 것도 물론이고. 그쯤에서 현우는 몸서리를 쳤다. 너무나 당당한 대령의 태도 앞에 중압감에 빠져들 수밖에. 이윽고 그가 본론을 이야기했다.

"선대부인께서 교통 사고로 돌아가신 걸 위로합니다. 얼마나 충격과 슬픔이 컸겠습니까?"

그러곤 그 양반(김 면장을 지칭하는 건 단번에 알아차렸다)을 용서하라는 것이다. 그 양반도 몸이 안 좋아 감옥에서 견디기 힘들다는 걸 털어놓았고. 큰아들이 법대 4학년이며 고시 공부를 하고, 하나는 육사 출신 초임 장교라는 사실도 슬쩍 들먹였다. 섭섭잖게 보상을 할 테니 건우 형도 설득해서 합의를 해 달라는 게 결론이었다. 김 면장의 친척이라 소개하는 것도 잊지 않았다. 무슨 서류 메모 같은 것을 슬쩍 보더니 단호한 말투로 질책叱責한다.

"이 선생한테 이런 일도 있었더군요. 통학할 때 해군 전용 곱빼(화물칸의 일본말)에 탔다면서요? 설탕을 도시락에 가득 담아 가도록 병사가 허락했는데, 친구랑 병사의 호주머니에 손을 댔고⋯. 이건 또 뭐지요? 2학년 때 '버들 섬' 배 밭에 가서 배를 따 훔쳤고. 설마 어두운데 들어가 살고 싶지는 않겠지요."

현우는 숨이 막힐 듯한 그 자리에서 얼른 벗어나고 싶었다. 도무지 견뎌낼 재간이 없다. 상대는 무궁화가 세 개인, 나는 새도 떨어뜨린다는 78★6 부대 경남지부장이다. 현우에겐 합의 따윈 둘째라 여겨질밖에. 의지가지없는 현실에 맞닥뜨리니 집에 가고 싶다는 생각뿐이었다. 자칫하면, 초등학교 도서관에 몰래 숨어 들어가『국사대관』을 들고나와 보수동 헌책방에 가서 팔아서 호떡 사 먹다 들킨 것까지 불거져 나올 판이다. 정말 감방에 가는가 싶어 어찌 지레 겁을 먹지 않을 수 있으랴. 한데 뜻밖의 말이 그의 입에 튀어나왔다. 돌아가 있으면 섭섭잖게 현찰을 실어 보내주겠다는 것. 현찰이라야 손쉽다는 말을 부연했다.

현우는 다시 지프를 타고 삼랑진으로 돌아왔다. 건우 형과 형수를 그날 밤 만나 자초지종을 전했음은 물론이고. 그리고 끝내 건우 형 내외와 현우는 김 면장을 풀어 주는 데 동의했다. 며칠 안 있어 김 면장은 삼랑진 거리를 활보했고. 한데 뒤숭숭한 소문 이 어지러웠다. 뭐, 김 면장이 유부녀와 놀아나다 들통이 났다는 둥…. 그러나 한 번 된통 혼이 난 현우는 그런 데에 관심이 없었 다. 그 못된 김 면장 얘기에는 일언반구도 보태고 싶지 않았다.

두어 주쯤 지났으리라. 역시 전번의 그 대위가 지프를 몰고 왔 다. 그리곤 마대를 두 개 싣고 왔는데, 큰 거는 현우에게 내려 주 고 나머지는 건우 형 집까지 가서 전해 주었다. 상상외의 거액이 었다. 50만 원이라던가? 현우의 임시 교사 봉급이 3천 원 남짓이 었던 터, 그걸 세어 볼 엄두를 내지 못했다. 그래 오히려 질겁해 야 했다고나 하자.

며칠 동안 심장이 쿵쾅거렸다. 그것도 현찰! 화폐 개혁이 있었 던 터라 그런 거래가 쉽지는 않을 텐데, 역시 78★6부대의 힘은 막강했다. 절대 발설하지 말라는 말을 대위는 잊지 않았다.

그 부대의 힘이 얼마나 큰지 이런 우스꽝스러운 실화 하나가 증명한다. 현우가 당사자에게서 직접 들은 거다.

초등학교를 졸업하고 1년 과정의 교사 양성 기관을 거쳐 시골 에 임용된 '별 볼 일 없는' 교사가 있었다. 5·16 직전까지만 해도 학교 내의 비리가 만연했었더란다. 거기 불만을 가진 그가 정의 감(?)으로 실명을 기록하여 김 대령에게 낱낱이 고발한 것. 며칠 만에 김 대령으로부터 만나자는 연락을 받고 찾아갔더니 입에 침이 마르도록 칭찬을 하는 게 아닌가?

그러면서 소원이 뭐냐기에 얼떨결에 장학사 – 세상에 장학사가 그렇게 높아 보일 수 없어서 – 가 되고 싶다 했더니 며칠 만에 발령을 내주더라는 것! 꿩 잡는 게 매라 했다. 장학사를 거쳐 나중에 유명한 교장이 되고 교육계에서 이름을 드날렸으니…. 실제 그는 적어도 금전 문제만은 철저할 만큼 깨끗했다. 현우가 그를 돈키호테로 치부하지 않은 이유가 그거다. 객관적으로 봐서 현우의 거금 인수보다는 평교사의 장학사 임용이 더 큰 사건임은 두말할 나위가 없다. 후일담인데 그 교육자는 후회했단다. 차라리 이랬으면 어땠을까 하고.

"차라리 그때 학무국장 자리 하나 달라고 할 걸 그랬어."

당시라면 학무국장이 아니라 교육장이라도 가능했다는데, 듣는 현우가 뭐라 할 것인가? 어쨌든 현우네 사건은 그렇게 마무리가 지어졌다. 건우 형은 그 돈으로 역전의 주류 도매상을 인수했다. 현우는 어찌 된 셈인지 그걸 현찰로 갖고 싶어서 장롱 속에 깊이 감추어 두었고. 엄마가 워낙 돈을 못 만지셨기 때문에 엉뚱한 대리만족을 느끼고 싶어서였을까? 아니 내놓으면 누가 빼앗아 갈 것 같았다고 하자. 그는 중얼거렸다. 불쌍하신 당신….

현우는 처음엔 불효인 줄 알면서 마구 돈을 뿌렸다. 일정한 철(토마토 딸기 수확)이 되면 삼랑진 전체가 흥청망청했다. 특히

'중국집'이 그랬다. 거리를 지나가면 여기저기서 니나노 소리가 들렸다. 현우도 농부들 들뜬 분위기에 합류했다. 일부러 역전에서 주먹깨나 쓰는 우락부락한 친구들을 모아다 탕수육이며 팔보채, 양장피, 라조기 해삼탕 등을 시켜다 놓고 먹으며 밤새 노래를 불렀다. 물론 술은 전부 친구들 몫이고. 주전자며 쟁반, 상床 등은 부지기수로 찌그러졌고 부서져 나갔다. 돈이 좋긴 좋았다. 한 번씩 현찰까지 쥐어 주는 현우를 보고 아무도 괄시를 않았다. 아니 좋아했다. 현우는 자포자기나 다름없어 중얼거렸다. 까짓 초등학교 교사 복직 못 하면 그만이지, 다리를 저는 처지에 체육 시간에 손가락질이나 받고. 중학교라면 모르지만.

황망 중에도 현우는 한 달 뒤, 열나흗날 저녁 장날이 문득 머리에 떠올랐다. 만송 어른이 나가 보라고 하셨었지. 또 밤을 그렇게 하얗게 지새웠다. 괘종시계가 다섯 번 울리는 소릴 듣고 현우는 부랴부랴 집을 나섰다. 여명黎明이었다. 미전에서 나오는 도로 입구에 잠시 서 마음을 진정시켰다. 몇 번이나 심호흡을 했다. 손목시계를 보니 여섯 시가 가까워지고 있는데 가슴이 두방망이질을 했다. 하늘에 먹구름이 잔뜩 끼어 있었다.

근데 저 멀리서 누가 이쪽으로 걸어오고 있다. 둘의 사이가 점점 가까워질수록 그 '누가'가 허리 굽은 노파임이 드러났다. 노파는 코를 흘리는 계집아이를 하나 업고 있었다. 아, 신음이 절로 터졌다. 모든 게 사실로 변해가는 찰나인 것이다. 가까이선 본 계집아이는 정말 예쁘게 생겼다. 세 살이라 했지? 만송 어른의 마지막 군더더기 말씀이 기억에 떠올랐다. 순간의 선택이 모든 걸 좌우한다며, '하기야…'를 흐리게 끝맺으셨던 걸 기억해 냈다.

그 '순간의 선택'과 '하기야…'가 이상하게 마음에 걸렸다. 아니 소름이 끼쳤다. 현우는 도무지 제정신이 아니었다. 무서웠다. 판단력도 송두리째 날아갔다. 세상이 이럴 수가! 만송 어른의 말씀이 너무나 상황을 궂은 쪽으로 몰아가고 있었다. 그 현실에 대한 반감이 생겼는지 몰라 자신도 모르게 중얼거렸다.

"흥, 저 계집아이가 내 배필이라고? 엄마는 평소 여자가 여자다워야 한다고 하셨다. 저건 장난감이지 여자가 아니다. 나더러 15년을 더 기다리라고? 만송 어른은 저 계집아이와 나 둘 중 하나가 죽기 전에는 갈라설 수 없다는 듯 말씀하셨지. 건우 형 내외도, 엄마는 아지매와 밤낮없이 내 결혼을 이야기하셨다고 했다. 하지만 먼저 내가 살아야겠다. 결혼은 둘째 문제다. 여기서 벗어나자!"

현우는 이성을 잃었다. 바지 주머니에 손을 넣어 보니 엄마의 유품이 잡힌다. 주머니칼이다. 당신이 애지중지하시던…. 당신은 그걸로 고향에서 떼어 온 한지를 손질하셨지. 어두운 눈을 껌벅거리시며, 한지韓紙를 손바닥만 하게 잘라서는 B29 폭격기도 접으셨다. 잠시 뒤 현우는 노파에게 말을 걸었다. 공주님이 참 예쁘게 생겼다고.

이 새벽에 누구냐고 묻기에 현우는 건너 한림정에 산다고 거
짓말을 꾸며댔다. 친척 집에 다니러 오는 길이라고도 덧붙이고.
노파는 힘들어했다. 그는 그 틈을 타서 노파와 말을 섞는 척하며
계집아이를 받아 안았다. 노파는 들고 있던 보자기를 내렸다. 연
신 고맙다며 인사를 하고선 손수 가꿔 수확한 듯한 참깨며, 보리
쌀, 조, 수수 등을 늘어놓고 있었다.

계집아이는 이목구비가 또렷하고 특히 눈동자가 반짝거렸다.
그러나 꾀죄죄한 차림에 감기가 걸렸는지 콧물을 흘리고 있었
다. 현우는 아기를 정성스레 보살펴 주는 척했다.

그러곤 주머니에서 날을 빼놓았던 칼을 잡곤 아기에게 힘껏
찔렀다. 머플러로 칭칭 감쌌으나 목과 어깨 사이에 빈틈이 보였
던 것이다. 아기가 자지러지게 비명을 지르는 걸 뒤로하고 현우
는 냅다 뛰었다. 노파의 다급한 목소리! 아이고 저 미친놈 잡으
소, 미친놈 잡으소!

도주 逃走

집에 들어왔다. 집이라 해봤자, 선고께서 나무로 얼기설기 뼈
대를 세우곤 그 위에 천막을 덮어 비나 피할 정도로 지으셨던 움
막이었다. 우덜거지, 곧 뜯기어 나갈…. 그는 위자료 등이 든 대

형 가방과 자질구레한 물건으로 채워진 배낭을 챙겨 밖으로 뛰어나왔다. 돈은 밑에서부터 차곡차곡 쌓아 올려 두었던 게 그나마 다행이었다. 정교사 자격증도 끼웠다. 참, 엄마가 마련해 준 약간의 금붙이가 있어 그것도 깊숙이 넣었다. 생전 애지중지하시던 거였는데 제법 많았다. 그리고 당신의 평소 말씀이 생각나 현찰을 받고 나서 그걸로 사 두었었던 또 다른 금반지, 금목걸이, 금비녀, 금팔찌, 금 거북 등 패물들도. 그 위를 교육 관련 서적 몇 권으로 덮었다. '경서각'도 그리 큰 것은 아니었기 때문에 가방에 들어갔다. 엄마의 평소 말씀을 기억에 떠올렸다.

"야야. 배가 디기 고프거든 설탕을 사묵으래이. 허기가 없어진다 아니가. 그리고 돈 생기거든 금 같은 거 사 노아라. 씰 데가 있는 기라."

얼마나 서둘렀는지 아직 날이 완전히 밝지는 않았다. 숨이 가빴다. 역으로 절뚝거리며 줄달음을 쳤다. 아침 일곱 시에 출발하는 동해 경전 남부선 첫 기차를 타기 위해서였다. 일제 시대에 만든 송지교 밑으로 우중충하게 물이 고여 있었다. 현우는 호주머니에서 칼을 끄집어내어 그 웅덩이 한가운데로 던졌다.

현우는 기차 통학을 6년 동안 했었다. 중학교와 사범학교 때. 철로를 따라가는 지름길을 알고 있었다. 쫓기는 신세인데 더더구나 그 길을 택해야만 했다. 화장실 너머로 보이는 경찰지서 출입문에 백열등이 희미하게 켜져 있는데 별다른 조짐이 감지되지 않았다. 숨을 헐떡거리며 역 창구에 돈을 밀어 넣고 표를 사서 기차에 올랐다.

땀이 비 오듯 했다. 완행열차는 정말 느릿느릿 기어갔다. 큰 가방을 선반 위에 얹고 배낭은 벗어 안았다. 일부러 창가에 자리 잡고 내내 자는 시늉을 했다. 도중에 차장이 꼭 경찰관 같은 복장으로 검표를 할 땐 간이 콩알만 해졌다. 그 많은 돈이며 패물을 든 가방을 그대로 두고 화장실에 갈 때도 불안하기 짝이 없었다. 하기야 여간 힘센 장정이 아니면 그걸 내리기가 버거웠을 것이다. 내용물을 모르는 이상 아무도 그걸 탐내지 않을 것임은 뻔한 노릇이다. 현우는 그제야 조금 안심이 되었다.

내내 굶었다. 아니 삶은 달걀 두 개를 먹은 게 전부였다. 학창 시절 그렇게 꿀맛으로 여기던 그것도, 도망자 신세가 되어 입 안에 넣고 보니 모래알을 씹는 것과 다름없었다. 현우는 중얼거렸다. 지금쯤 지명수배가 내려졌겠지.

갑자기 속이 울렁거리고 기침이 나서 화장실로 달려갔다. 문을 열고 두어 번 토하려고 하는데 입안에 홍건하게 고이는 게 있다. 뱉었다. 시커먼 피! 객혈을 한 것이다. 예의 그 비릿한 냄새가 코를 찔렀다.

그런 고생 끝에 열두 시간 만에 광주에 닿았다. 저녁 일곱 시, 사위가 어두컴컴해지기 시작할 무렵이었다. 현우는 주위를 두리번거리다가 역 구내에서 그때까지 퇴근(?)하지 않은 구두닦이에게 다가갔다. 구두통 위에 발을 얹자 열대여섯 살 될까 말까 한 소년은 침을 뱉어가며 열심히 구두 광을 내주었다.

이윽고 파리가 앉다가 미끄러질 정도로 구두는 광이 났다. 현우가 녀석에게 말을 걸었다. 근처에 이거 어디 있느냐고? 현우가 새끼손가락을 치켜세워 보이자 녀석은 온통 구두약으로 처바른 듯한 시커먼 얼굴에 하얀 이를 드러내 보이며 '롱'이냐 '쇼트'냐 라며 반문했다. 녀석은 5·16 뒤라 그런 업소가 된서리를 맞고 있단다.

한군데 있긴 하다면서 단서를 붙이기에 앞장서라며 지폐를 또 한 장 건네 주었더니 녀석은 연신 허리를 굽실거린다. 역전에 파출소가 있었는데 이상하게 조용했다. 기차로 열두 시간 거리지만, 새벽의 살인 사건이 전국 경찰에 통보되었다 치자. 경계가 삼엄해야 할 거 아냐? 한데 파출소도 역 대합실도 쥐 죽은 듯 조용하다니, 되레 귀신에 홀린 느낌일 수밖에. 어쨌든 현우는 녀석이 이끄는 대로 따라갔다. 현우가 약간 절뚝거리는 걸음걸이인 걸 눈치채고선 광장을 지나는 동안 큰 가방을 아예 녀석이 뗐다. 녀석은 안에 든 게 뭐냐고 묻는다. 섬뜩했지만 현우는 시치미를 떼고 대답했다. 책이라고.

5분쯤 기다리자 택시가 와서 멎었다. 녀석이 뒷자리 문을 열고 제가 멘 구두통을 밀어 넣는다. 그러곤 현우 것까지 받아 실으면서 뭐라 귓속말을 하더니 아예 앞자리에 앉는 게 아닌가? 꽤나 익숙한 솜씨였다. 20분이 지나자 과연 분위기가 어쩐지 이상야 릇한 골목으로 들어섰다. 녀석은 그 바닥에서 제법 영향력이 있 는 듯 어느 집 도어를 잽싸게 열고 현우를 끌고 들어갔다. 이윽고 뚱뚱한 아주머니가 나왔다. 아주머니는 가물에 난 콩을 보듯 하 는 눈으로 현우를 아래위로 훑는다. 이윽고 아가씨 둘을 부르곤 현우더러 고르란 시늉이다.

현우는 가냘프고 앳돼 보이는 아가씨를 지목하고, 그가 이끄 는 대로 방에 들어갔다. 방이 깨끗하게 정돈되어 있었다. 마음의 긴장이 약간 풀리는 것 같았다. 담담하게 말했다.

"일주일쯤 묵을 거야. 괜찮겠지? 화대는 충분히 줄게."

일주일 손님이라면 대단한 횡재다. 아가씨의 입이 함박만큼 벌어졌다. 얼굴빛부터 달라진다. 그보다 저녁 식사 전인 것 같은 데 뭐 좋아하느냐고 반문했다. 자기가 한 끼 서비스할 테니 말하 라는 것이다. 현우는 뭐든지 좋지만 선지 국수를 곱빼기로 먹고 싶다고 했다. 아가씨의 표정이 더 밝아졌다. 바로 앞 포장마차에 가면 있다는 거다.

현우는 고개를 끄덕이고 적잖은 돈을 점퍼 지갑에서 끄집어내 어 아가씨에게 건넸다. 화들짝 놀라는 시늉이었지만 싫지 않은 표정임은 물론이었고말고. 무엇보다 현우 신분에 대해 별 의심 을 않는 아가씨가 현우는 고마웠다. 이윽고 선지 국수가 들어왔 다. 아침부터 거의 굶은 현우는 마파람에 게 눈 감추듯 한 그릇을 후딱 먹어 치웠다.

마침내 잠자리가 펼쳐졌다. 아가씨는 잠자리 날개 같은 속옷을 입고 드러눕는다. 그런 곳이 처음인 현우지만 짐짓 그 바닥에서 베테랑인 듯한 표정을 지으며 그야말로 순진한 질문을 던진다. 이름과 나이를 물은 거다. 유미－넉넉할 裕 자, 아름다울 美－라고 했고, 나이는 열일곱 살. 거듭 확인(?)하다 아가씨의 대답에 현우가 기겁을 해야만 했다. 아가씨가 이 가李哥, 아니 이 씨라는 게 아닌가. 그것도 본관이 경주라는 거다. 현우는 다시 수렁에서 허우적대야만 했다.

현우도 입을 열어 종씨임을 고백(?)했다. 내친김에 파派는 무엇이며 항렬자가 어떻게 되느냐며 다그치다시피 했다. 이유미도 기왕지사라는 체념에서인지 상서공파란다. 게다가 중시조 이 거자, 명 자 할아버지의 38세손이라는 게 아닌가? 육촌 오빠가 비우雨 자를 쓴다고도 덧붙였고. 그쯤에서 현우는 완전히 다시 한번 혼란에 젖어 들지 않을 수 없었다. 사람을 죽이고 도망친 처지에 돈 주고 산 여자가 말이다. 같은 본을 쓰는 일가요, 파派며 항렬자마저 동일하다니!

근데 일이 거기서 끝나지 않았다. 유미라는 아가씨는 그런 데에 있어서는 안 될 착한 여자 아니 소녀였던 것이다. 현우는 이런 고정 관념을 갖고 있었다. 조상을 알면 무조건 양반이라는. 사실 현우는 선고로부터 제대로 익혀 들은 결과다. 현우는 그런 면에서 유미가 오히려 두려웠다. 시치미를 떼고 현우는 가운데 자를 얼른 바꿔서 자신을 소개했다.

"난 광우란다. 빛 光 자야. 유미 너 참 별다른 애로구나. 물어보자꾸나. 표암공瓢巖公이 누구신지 알아?"

"예, 초기 신라의 육촌 중 알성 양산촌의 촌장님이셨다지요. 표암공이라는 호칭은 알평 할아버지가, 애초에 박 바위에 강림하셨다는 전설에서 유래된다고 아버지로부터 들었습니다. 빛 광이라면 '어진 사람인 발 부수部首'이군요."

"한자를 아는구나. 어쨌든 원위치! 그렇다면 실질적인 시조가 누구신지도 알고?"

"예, 휘자諱字가 살 거居, 밝을 명明 할아버지시고 진골眞骨 출신이셨다고 들었습니다. 한자는 돌아가신 아버지께 좀 배웠습니다. 『동몽선습』을 거쳐 『명심보감』을 중간쯤에서 그만두었어요."

"이런, 네가 진짜 양반이로구나. 경주 이 씨의 8대 파派도 알겠구나."

"예, 성암공파, 이암공파, 익재공파, 호군공파, 국당공파, 부정공파, 상서공파…. 다음이 기억나지 않습니다."

현우는 기절초풍 아니 악전고투를 하는 기분이었다. 사인공파라고 덧붙이면서 현우는 식은땀을 흘렸다.

상서공파 중 훌륭한 인물을 꼽으라면, 휘자諱字 항복恒福 할아버지시지라며 아는 체를 했다. 그러고 유미를 다시 한번 치켜세 웠다. 그러자 유미가 이를 받았다. 현우야말로 보기 드문 분이 라고. 정색을 한 유미는 현우가 광주에 어떤 일로 왔느냐고 묻는 다. 현우의 대답이다.

"교편을 잠시 잡았었는데 글쎄 결핵이라지 않나? 임시 교사 자리도 쫓겨나고 해서 무작정 이리로 온 거야. 어디 깊숙한 곳에 가서 요양이나 하려고 해. 그리고 불구라 초등학교 교사로서는 환영은 못 받아."

중학교라면 모르긴 하다는 말끝에 한숨을 이었더니 유미가 돈 은 있느냐고 물었다. 현우는 둘러댔다. 금은방을 운영하던 엄마 아버지 두 분 다 얼마 전에 돌아가셨는데 유산이 조금 많았다고. 혈혈단신이란 마지막 말에 한숨을 묻혔다. 밤이 깊어지는데 유 미는 다소곳한 자세로 앉아 있다. 선고께서 하신 말씀이 다시 생 각났다. 생전에 엄하게 훈계처럼 이르시던 거다. 경주 이씨는 양 반이니 종친끼리 몸을 섞는 것은 절대 안 된다는…. 그런 짓을 하 면 죽어서 조상님을 못 뵙는다고 하셨다.

뜸을 들인 뒤 현우는 유미에게 말했다. 참 묘한 인연이라고. 이어 둘이 동성동본이니 잠자리를 같이하지 않는 게 당연하다고 거듭 강조했다. 죽으면 죽었지 상놈 되기 싫다며. 뭣하면 다른 방에서 다른 손님을 받아도 좋다는 배려(?)도 잊지 않았다. 한데 유미의 반응은 맹랑하다. 현우의 말이 한없이 고맙지만 이불 따로 펴고 시중이나 들겠다는 게 아닌가?

현우는 그냥 곯아떨어져 잤다. 새벽에 기침이 자주 나왔다. 유미는 진짜 약속대로 멀리 떨어진 잠자리에서 눈을 떴다. 유미가 많이 아프냐고 걱정을 했다. 사실 오한이 들고 온몸이 쑤신다. 기침이 좀 심하게 나왔다. 손수건을 유미가 건네주는데 또 객혈이다. 그러면서도 큰소리. 심하진 않으니 걱정 말랬다. 유미는 결코 호들갑을 떠는 게 아니었다. 어쩌면 좋겠느냐는 걱정을 얼굴에 드러냈다. 현우는 애써 태연한 표정을 보였고.

집은 조용했다. 구두닦이 소년의 말이 맞았다. 파리를 날린다는 말이 어울릴 정도로 드나드는 사내들이 없었다. 녀석의 '된서리 어쩌고저쩌고'가 사실이었던 것이다. 어떤 중압감 같은 걸 유미의 표정을 통해서도 읽을 수 있었다. 보이지 않는 감시의 눈초리? 아마 유미와 또 다른 아가씨는 그런 분위기 속에 생활하는 것 같았다.

다음날 느지막이 일어났다. 과연 돈이 좋아서 그랬을까, 아니면 동성동본에게 손도 대지 않는 다리 불구자에다 폐결핵 환자인 현우가 가엾게 여겨져서일까? 유미는 진수성찬 아침을 차려 들여놓았다. 둘은 마치 다정한 오누이처럼 겸상을 해서 식사를 했다. 신문을 한 장 사오라고 했다. 쪼르르 달려나가더니 〈광주 일보〉를 한 장 들고 들어온다. 도둑이 제 발 저리다는 말이 있다. 혹시 자신이 저지른 살인 사건이 보도되었나 싶어서 불안해서 샅샅이 뒤져봤지만 없다.

현우는 하릴없는 사람이 되어 낮 동안 내내 유미 방에서 뒹굴었다. 유미는 가끔 무슨 책을 들여다보고 있었다. 무슨 책이냐고 물었더니 미용 기술을 배워서 미용사가 되어 타처他處로 나가는 게 꿈이란다. 현우가 물었다.

"그래? 그렇다면 지금이라도 나가면 될 거 아냐?"

"그게 그렇게 쉽지 않아요. 여기 온 지 일 년 반 만에 빚이 제법 불어나 있는 걸요."

점심을 또 그렇게 거룩하게(?) 챙겨 들고 들어왔다. 이런저런 이야기 끝에 유미가 하는 말이다. 오빠라고 공손한 호칭을 붙이곤, 자기 고향에 가서 몇 년 요양하시면 어떻겠느냐는 것이다. '가고도加高島'가 고향이고 목포에서 남서쪽 150여 킬로미터 떨어진 곳이란다. 자기는 거기서 나서 힘들게 공부해서 비록 분교장分敎場이긴 하지만 그곳 중학교를 수석으로 — 졸업생이라 해봤자 대여섯 명이었다. — 졸업했단다. 아버지가 보증을 잘못 서는 바람에 재산을 다 날리시고 그 화병으로 돌아가셨다는 게 아닌가. 너무나 기가 막힌다며 눈물을 글썽였다.

유미의 아버지 종철鍾喆 씨는 그냥 평범한 어부였다. 한자를 익혔고. 하지만 워낙 부지런해서 궁색하단 소리를 듣지 않을 정도의 말하자면 섬에서 유지였다나? 화수회花樹會 일에는 빠지지 않고 열심이었다. 흑산도든 목포든 몇 날 며칠 걸리면서까지 다녀오곤 했다. 그래서 붙은 별명이 '이 양반李兩班'이었다고.

하지만 그게 끝이었다. 그의 형님 되는, 그러니까 유미의 가까운 친척이 불행의 씨앗을 뿌린 것이다. 친척은 다짜고짜 대처에서 무슨 사업을 벌인다면서 종철 씨에게 보증을 좀 서 달라고 했다. 처음에는 완강하게 거절했으나 막무가내 그가 묘한 수까지 쓰면서 끝까지 물고 늘어지는 바람에 마침내 도장을 찍지 않을 수 없었다. 제1보증을 친척의 친구가 제2보증을 유미 아버지가 서는 조건이었다. 만약에 어떤 일이 벌어지면 제1보증인이 책임을 지니 걱정 말라는 감언이설이었음이 드러난 셈이다.

사업은 실패로 돌아가고 유미 친척은 야반도주를 했다. 당연히 제1보증인이 책임을 져야 했다. 한데, 일이 더욱 꼬이려고 해서 그런지 그는 그마저 객지에서 비명횡사하고 말았다는 것. 그 빚을 유미 아버지가 몽땅 덮어썼으니 그야말로 가정은 풍비박산. 밥 먹기조차 힘들게 된 처지에 유미인들 어찌 크나큰 충격에 아니 빠졌을까?

등교도 중지한 채 일주일쯤 지났을 때 밤중에 청년 둘이 자취방 문을 부수고 들어오더니 다짜고짜 유미를 끌고 차에 태웠다는 것. 발버둥을 쳤으나 소녀가 어찌 힘센 청년 둘을 당할 수 있으랴. 이윽고 둘은 광주의 어느 술집에 유미를 내려놓고 떠나 버렸다. 그러면서 내뱉는 소리에 억장이 무너진다. 네 아비가 보증 잘못 선 탓이다!

친척은 유미네 집을 그렇게 망가뜨렸다. 유미는 전전 끝에 어린 나이로 그 험한 바닥에 끌려들어 온 것이다. 유미 자신의 빚은 또 빚을 낳고 해서 감당할 수 없게 되었다는 것. 바로 몇 달 뒤 5·16이 발발했지만 그게 유미 발 묶은 끈을 풀어 줄 수 없었더란다.

"집에는 엄마 혼자 살고 계세요. 방도 두어 개 있고요. 거기 가시면 사방 천지 생선이에요. 고기 반 물 반. 엄마가 육촌 오빠랑 같이 고기를 잡을 수 있어요. 참 오빠가 작은 발동선을 갖고 있어요. 실은 엄마가 숨겨 놓은 유일한 재산이지만."

"……."

"바람 없는 날 6촌 오빠랑 엄마가 오시면 돼요. 목포에 나가서 갈아타세요. 참, 그 배편이 아니면 무작정 기다려야 해요. 정기적으로 가는 배는 한 달에 한 번뿐인 걸요."

"생각해 보자꾸나. 그건 그렇고 유미는 여기서 어떻게 빠져나갈 전망이 있어?"

"글쎄요. 당국에서도 워낙 단속이 심하니 한 번은 된서리를 맞을 거예요."

현우는 유미에게 빚이 얼마나 되느냐고 물었다. 유미는 그저 웃기만 했다. 아니 오히려 그건 터져 나오는 울음을 감추기 위한 제스처였는지 모른다.

현우는 다그쳐 물으려다 그만두었다. 대신 가방을 열고 돈다

발을 꺼내어 수북이 방바닥에 늘어놓았다. 다 새 돈은 아니지만 현찰이라는 건 눈부시다는(?) 걸 현우가 거듭 깨닫는 순간이었다. 하물며 형광등 밑이랴. 너무 거액이라 판단했는지, 다시 말해 현우의 생각보다는 빚이 크지 않다는 뜻인지 유미는 반쯤 도로 현우 앞으로 돌린다. 현우는 유미에게 명령(?)했다. 금반지 등도 몇 개 건넸다.

"빠져나가거라. 이거면 되겠어? 경주 이씨 상서공 파의 위신 문제야."

유미는 눈물을 보이다가 마치 다시 학생이라도 된 듯 맑은 표정으로 돌아가 있었다. 그렇게 저렇게 며칠 밤낮을 보냈다. 신문을 사 보아도, 라디오도 틀어봤지만 현우가 저지른 살인 사건은 보도되지 않았다. 참 궁금하기 이를 데 없지만 유미에게까지 그걸 고백하면 모든 게 수포로 돌아가는 것. 그는 그것만은 함구하기로 결심했다.

유미는 자꾸 졸랐다. 자기 고향으로 가라고. 현우도 이끌렸다. 어디 몇 년 아니 15년, 그러니까 공소 시효 마감 날까지 푹 썩는 데는 그 섬 이상 없을 것 같았다. 암묵적으로 현우는 유미의 청에 동의하기로 결심을 굳혔다.

유미는 계속 일기 예보를 들었다. 풍랑이 심하면 작은 통통배 따위론 무사히 닿기가 힘들기 때문이다. 드디어 엿새째 되는 날 유미가 말했다.

"됐어요. 오늘 아침부터 모레 밤까지 바람이 세차지 않대요. 이미 엄마와 오빠가 출발했어요. 내일 아침 다섯 시 선착장에 나가시면 탈 수 있습니다. 엄마랑 오빠는 오늘 저녁 좀 늦게 목포에 도착하여 여관에 묵을 거예요."

다음날이다. 현우는 유미가 챙겨 주는 아침을 먹는 둥 마는 둥 하고서는 거리로 나섰다. 택시가 하나 지나가기에 불러 세웠다. 현우는 무거운 가방을 들어 밀어 넣고, 공손한 말로 인사를 건네고 목포로 가자고 했다. 기사는 이상한 데서 나온 작은 키의 남자를 힐끗 쳐다보더니 현우가 그렇고 그런 사람으로 여겨지는 듯 시큰둥한 반응이었다. 그러면서 미터 요금을 받는 게 아니라고 강조한다. 현우는 당연히 좋다고 했다. 포장은 되어 있었지만 도로는 울퉁불퉁했다. 택시는 빨리 달렸다. 미터기 요금에다 큰돈 한 장을 더 얹어 주었더니 기사가 단박에 고개를 꾸벅하고 감사 표시를 했다.

혼자이다 보니 안절부절못하게 돼 다리가 후들거렸다. 유미와 유미 어머니, 유미의 육촌 오빠도 그를 그저 돈 많은 결핵 환자로 여길 뿐 현우가 쫓기는 신세임을 줄 전혀 모르는 상태가 아닌가? 안달이 나서 그런지 입에서 냄새가 진동했다. 계속 기침은 터져 나왔고.

섬 생활

날이 희붐하게 밝아오고 있었다. 한 10분이나 지났을까? 쉰이
조금 넘은 듯한, 보통 체격의 아주머니와 서른 살 가까이 되어 보
이는 남자가 현우의 모습을 바라보더니 가까이 다가왔다. 둘은
사람이 참 좋아 보였다. 둘은 허리를 굽히곤 실례한다며 현우의
이름을 확인했다. 현우는 그들의 첫인상을 보고 나서야 마음이
조금 놓였다. 조금 더 가다 보니 선착장에서 약간 떨어진 곳에 소
형 발동선 하나가 묶여 있었다.

"유미 년 어미입니다. 이야기는 유미 년한테서 들었습니다.
이 선생님을 만난 건 조상의 음덕이지요. 얘는 제 재종질이구요.
열 시간가량 가야 섬에 닿습니다. 참을 수 있겠지요?"

"물론입니다. 그리고 감사합니다. 일가니까 마음 놓고 따라가
서 요양이나 잘하고 와야지요. 잘 부탁합니다."

사내는 자기 이름을 밝혔다. 찬우燦雨라 했다. 역시 항렬자를
그대로 쓰고 있어서 어쩐지 정감이 갔다, 성격이 굉장히 화통했
다. 이윽고 발동이 걸리고 배는 출발했다. 당연히 현우는 자기를
광우라고 둘러댔고.

배는 생각보다 작았다. 현우의 느낌을 눈치챘는지 찬우라는
청년은,

"왜 겁납니까? 괜찮아요. 0.5톤, 겉으론 보잘것없지만 까짓 거

리쯤 거뜬합니다. 복원력이 뛰어나요."

"정말 배라는 건 처음 타 봅니다. 염려하는 것처럼 보였다면 용서하십시오."

"큰 선박이든 소형 발동선이든 부양浮揚성, 즉 배가 뜨느냐, 적재積載성 물자를 실을 수 있느냐, 마지막 이동移動성, 물 위로 얼마나 빨리 움직일 수 있느냐 하는 걸 3대 요소라 하지요. 근데 이 '파랑호', 적재성만 그렇지 다른 건 뒤지지 않습니다. 안심하세요. 오늘은 날씨가 참 좋다고 했습니다. 하늘엔 구름 한 점 없고 바람도 일지 않아요. 자 갑시다."

순간 바로 앞에 공원 비슷한 게 나타난다. 현우는 비명을 지르지 않을 수 없었다. 이어 자연적으로 튀어나오는 말, 아 유달산!

현우는 청년에게 물었다. 그 유명한 유달산 맞느냐고? 청년은 고개를 끄덕이며 유달산을 안다니 반갑다고 했다. 현우가 어느 정도 안정이 되었는지 그의 입에서 허풍 비슷한 말이 튀어나왔다. 노래 하나는 잘한다는 소릴 들을뿐더러 특히 목포에 관련된 세 곡을 애창한다고 떠벌였다.'목포의 눈물', '안개 낀 목포항', '목포는 항구다' 등등. 유달산과 영산강, 삼학도 노적봉 등이 그대로 나온다고 덧붙였다.

"그럼, 좀 있다 우리 그 노래 세 곡을 부르면서 망망대해를 가로지릅시다. 멋지겠네요."

현우는 무조건 좋다고 했다. 쫓기면서 피신하는 중 목포에 관련된 노래를 경상도 사나이가 열창한다? 근 일주일 동안의 불안이 어쩌면 가실지도 모른다는 착각에 빠져들었다. 바다 위는 안개가 제법 서려 있었다.

현우는 에라 모르겠다 싶어 '목포의 눈물'부터 선을 보였다.

> ♫♩♪ 사공의 뱃노래 가물거리며/ 삼학도 파도 깊이 스며드는데/ 부두의 새악시 아롱 젖은 옷자락/ 이별의 눈물이냐 목포의 설움// 삼백 년 원한 품은 노적봉 밑에/ 임 자취 완연하다 애달픈 정조/ 유달산 바람도 영산강을 안으니/ 임 그려 우는 마음 목포의 노래…!

독창은 여기서 끝내야(?) 했다. 청년이 낚싯대 부러진 것 같은 막대로 장단을 맞추다가 자기 재종숙모도 노래를 잘하니 3절을 맡겨 보라는 게 아닌가? 당연히 현우도 동의할 수밖에. 유미 어머니 노래 솜씨도 대단했다. 3절을 들어보자.

> ♫♩♪ 깊은 밤 조각달은 흘러가는데/ 어쩌다 옛 상처가 새로워지네/ 못 오는 임이면 이 마음도 보낼 것을/ 항구의 맺은 절개 목포의 사랑

유미 어머니의 목소리는 어쩌나 처연한지 듣는 이의 가슴을 헤집는 것 같았다. 발동선은 잔잔한 바다를 가로질러 제법 속력을 내고 있었다. 현우가 다시 입에 '목포는 항구다'를 올렸다. 근데 찬우도 만만찮아서 끝내 둘만에게 노래를 맡기지 않았다. 셋

이서 제창을 하게 된 것이다.

♫ ♪ ♪ 영산강 안개 속에 기적이 울면/ 삼학도 등대 아래 갈매기 우네/ 그리운 내 고향 목포는 항구다/ 목포는 항구다 똑딱선 운다// 유달산 잔디 위에 놀던 옛날도/ 동백꽃 쓸어안고 놀던 옛날도/ 그리운 내 고향 목포는 항구다/ 목포는 항구다 추억의 내 고향…!

셋은 다시 목소리에다 '안개 낀 목포항'을 얹었다. 누가 먼저랄 것도 없이. 말하자면 의기투합한 셈이다. 두말하면 잔소리지, 노래라면 자다가도 일어날 정도라고 자부하는 이들 아닌가? 더열창할 수밖에.

♫ ♪ ♪ 유달산 기슭에 해가 저물면/ 영산강 찾아가는 뱃사공 노래/ 떠난 임 기다리는 눈물이던가/ 안개 낀 목포항에 물새가 운다// 삼학도 파도 넘어 임을 보내고/ 이별에 원한 품고 선창에 운다/ 언제나 다시 만날 부평초더냐/ 안개 낀 목포항아 말 물어보자

거짓말같이 안개가 이윽고 약간 더 짙어지는 게 아닌가? 이윽고 걷히긴 했지만. 유미 어머니가 말을 이었다.

"이제 둘이서 노래 실컷 부르게 되었네. 아니 셋이서 부르자고. 내가 보기에 조카가 기타 치면서 우리 셋이서 노래하면 최고일 거야. 가끔 유미 계집애도 와서 합류를 했으면…."

찬우과 현우는 박수를 몰아 보냈다. 그러자 유미 어머니는 눈

시울을 적셨다. 게집애라는 말을 연달아 쏟아내더니 너무나 애절한 목소리를 토해 내었다.

♫ ♪ 쌍고동 울어 연락선은 떠난다/ 잘 가소 잘 있소 눈물 젖은 손
수건/ 진정코 당신만을 진정코 당신만을/ 사랑하는 까닭에 눈물을

청년이 노래와 더불어 산다는 것은 유미 어머니의 말에 의해 밝혀졌다. 특히 기타 연주가 수준급이란다. 현우는 속으로 옳다구나 싶었다. 거듭 밝히지만 그도 노래라면 남에게 져 본 적이 없다! 둘, 아니 셋이서 앞서거니 뒤서거니 노래에 묻혀 지내면 세월 보내는 데도 도움이 될 것 같았다.

현우는 청년이 일곱 살이나 많으니 형이라 부르기로 했다. 찬우 형은 섬에 있는 중학교 분교장을 졸업하고 목포 시내 고등학교에 유학을 하려 했다. 그러나 역시 아버지, 그러니까 유미 재종숙이 배를 타고 나갔다가 풍랑을 만나 바다에 목숨을 묻었다는 것이었다. 진우는 놀랍게도 웬만한 악보도 볼 줄 알고 기타 연주 솜씨도 내로라할 정도인데 모든 걸 독습獨習한 거라니. 현우는 그에게 은근히 존경심 같은 게 생기는 것이었다.

정오가 가까워지니 찬우는 배를 어느 섬 가까이로 몰고 갔다. 파도는 여전히 잔잔했다. 유미 어머니가 김밥을 내놓았다. 김치와 달걀 오징어볶음을 넣은 것이지만 맛있었다. 게다가 잠시 엔진을 끄고 진우가 새우 미끼를 끼워 낚싯대를 드리우니 순식간

에 고기가 물려 올라왔다. 도다리와 광어. 실팍한 놈들은 펄펄 뛰었다. 찬우는 재빨리 회를 떠서 고추장에 버무려서 현우에게 건네 준다. 그 맛이란! 비록 도피 중이지만 정말 진미였다.

찬우는 정말 익숙한 솜씨로 배를 몬다. 그러면서 하는 말이 현우에겐 신선하게 다가왔다.

"큰 선박은 항로航路를 따라, 이 파랑호 같은 작은 배는 물길을 따라서…."

그만큼 찬우는 잔뼈가 발동선 위에서 굵어졌다는 뜻이리라. 뱃사람 특유의 감感으로 하는 말? 물어보지는 않았지만 현우는 그런 진단을 했다.

열 시간 넘게 걸려 간이 선착장 옆에 접안했다. 여객선 급이라면 선착장이 반드시 필요하지만 발동선은 그렇지 않아 편리했다. 사위가 어두컴컴한데도 내리는 데는 지장이 없었다. 찬우가 무거운 가방을 들고 배낭은 현우가 어깨에 멨다. 20분이나 걸었을까? 50호쯤 되어 보이는 가장 깊은 마을로 셋은 걸어 들어갔다. 자전거로 겨우 다닐 수 있는 소로小路에서 한참 걸어 오른쪽에 유미네 집이 있었다.

마을 공동 우물도 보였다. 우물 밑에 조그마한 늪이 있었다. 가을이 되면 그곳의 물을 다 퍼내고 미꾸라지를 거둬들이는데 그걸로 또 다른 보신을 한다고 덧붙였다. 보리쌀 뜨물 따위를 먹고 미꾸라지들이 토실토실 살이 찐다니 신기했다. 물론 지렁이 따위도 미꾸라지들의 먹이겠지만. 하여튼 상당량이란다. 주인 (유미 아버지가 쓰던 방) 없는 사랑방이 맨 먼저 반겼다. 군데군데에 빛바랜 입춘서立春書가 붙어 있었다. 和氣自生君子宅/ 春光先到吉人家/ 膝下兒孫萬歲榮/ 建陽多慶/ 立春大吉 등등. 그리고 마당이 나오고 축담 위에 방 두 개짜리 본채가 나타났다. 뒤란 끝에 별채가 있다고 했다.

저녁은 생선회에다 매운탕, 마치 옛집에 돌아온 것 같은 안도감 때문인지 식욕이 돋아났다. 배불리 먹었다. 별채에 딸린 작은 방을 현우에게 내줄 테니 그걸 쓰라는 말을 유미 어머니가 했다. 얼른 문을 열고 보여 주는데 깔끔하게 정리되어 있었다. 아무려면 어때? 극한 상황에 이르니 오히려 미안함 따위는 접어지는 것 같았다. 유미 어머니(이미 호칭이 아주머니로 바뀌었다)와 찬우 형과 현우 등 셋이서 시간 가는 줄 모르고, 이런저런 이야기를 나누었다. 찬우 형이 달변이었다.

"현재 이 섬 인구가 7백 명은 넘을 거요. 국토 최 서남단最西南端 섬인 만큼 주민의 안보 의식이 남다르다오."

현우는 속이 뜨끔했다. 혹시 주민들이 의심하면 어쩌나 싶어서였다. 하지만 궁하면 통한다는 속담이 떠올랐다. 이어 섬광처럼 떠오르는 생각. 그래, 철저히 심한 폐결핵 환자 노릇을 하기로 하자! 그리고 갖고 들어온 교육학 서적 및 중등학교 음악 준교사 검정고시에 필요한 서적(두서너 권은 보던 것이다)을 상 위에 얹어 놓고 가급적이면 출입을 삼가고 틀어박혀 있기로 하는 거다. 결핵약을 일부러 남의 눈에 띄는 곳에 놓아두기로 하고.

그때까지 복용했었던 결핵약은 그 성분이 '이소니아지도' 혹은 '리팜피신'이었다. 그래 약병에다 그 성분을 크게 써 붙이기도 했고. 비타민 여러 종류며 바카스 정(드링크제가 아니고 처음에는 알약으로 출시되었다) 등 영양제도 수북이 쌓아 놓기로 하는 거다.

아주머니는 그에게 말했다.

"이 선생님 걱정 마세요. 까짓 결핵 6개월쯤 약 먹으면 남에게 전염되지도 않는다 합니다. 그리고 여기 뱀이 더러 있어요. 중탕을 내가 해 드릴게. 생선회며 매운탕 따위는 먹기 싫도록 먹을 수 있어요. 또 집 밖에만 나가면 후박나무지요. 소염제로 널리 쓰인다고 해서 이곳 주민들이 결핵에도 민간요법으로 더러 써요. 유미 년을 생각하면 가슴이 미어지는데 세상에 이런 은인을 모시고 살게 되다니요."

"아주머니 오히려 제가 감사합니다. 여기서 요양하면 저도 얼른 나을 것 같습니다."

이튿날은 아주머니가 차려 주는 아침을 한 그릇 다 비웠다. 아주머니는 점심때 국수를 대접했다. 찬우도 합석했고. 홍합이며 갖가지 조개 등속을 넣어 달인 육수가 침샘을 자극한다. 고명도 수두룩하게 얹어 주었다. 원래 면을 좋아하는 터라 현우에겐 엄마의 손맛을 느끼게 할 만한 꿀맛이었다.

그렇게 며칠이 흘렀다. 하루는 찬우가 오더니 해안선 구경을 가잔다. 현우는 너무 서둘러 자신을 바깥에 드러내는 게 아닌가 싶어 망설여졌지만 거절하는 것도 도리가 아니다 싶어 지난번 그 배에 올랐다. 바람이 한 점 없는 쾌청한 날씨였다. 파도도 잔잔할 수밖에. 찬우는 해안선에서 3백 미터쯤 떨어져서 발동선을 몰아갔다. 기암절벽이 병풍처럼 솟아 섬을 이루고 있었다. 바로 눈앞 손에 잡힐 듯한 곳에 산이 우뚝 솟아 있었다. 현우가 물었다.

"형님, 저게 꽤 높아 보이는데요."

"해발 640미터 가까이 돼요. 서해안 섬들 산 중에서 제일 높지."

"올라갈 수가 있어요? 정상에 뭐가 있는지 궁금하네요."

현우 체력으로써는 무리란다. 정상엔 경비 초소가 있다는 말에 현우는 흠칫 놀란다. 바다에서 바라본 섬은 실로 장관을 이루고 있었다. 빽빽이 숲을 이루는 나무는 거의가 후박나무라고 했다. 주민들의 적잖은 수입원이라는 말을 찬우는 덧붙였다. 때가 되면 아낙네들이 후박나무 껍질을 벗기는 광경을 목격할 수 있다는 말도 잊지 않았다. 그 껍질에서 여자 화장품 원료가 추출된다.

찬우 형은 가끔 들렀다. 둘이서 방에 앉아 노래를 불렀다. 어느 날엔 어디서 구했는지 『새 대중가요』라는 책을 펼쳐 놓고 현우에게 기타 반주를 하며 가르쳐 주기도 했다. 반야월 작사, 이인권 작곡, 최무룡 노래라는 것까지 거기 표시되어 있었다.

♫♪♪ 복사꽃 능금 꽃이 피는 내 고향/ 만나면 즐거웁던 외나무다리/ 그리운 내 사랑아 지금은 어디/ 새파란 가슴 속에 간직한 꿈을/ 흐르는 세월 속에 날려 보내리// 어여쁜 눈썹달이…!

갑자기 삼랑진이 한없이 그리웠다. 한마디로 말해 삼랑진은 복숭아와 딸기의 고장이니까 말이다. 복사꽃이라니 복숭아꽃 아닌가. 기약 없이 세상과 담을 쌓고 살아야 하는 신세가 서러워 눈시울이 젖었다. 오기택의 '충청도 아줌마'와 '고향무정', '아빠의 청춘' 이미자의 '저 강은 알고 있다', 고봉산의 '아메리칸 마도로스' 등등, 그때 같이 배우고 부른 노래는 수십 곡이 넘으리라.

6·25 한국 전쟁도 소문만으로 알았다는 외딴 섬인데 찬우 형은 모르는 노래가 없었다. 섬엔 물론 텔레비전 따위가 있을 리 없었다. 축음기도 한 시절 갔으니 노래는 주로 잘 들리지도 않는 라디오를 통해 배웠다. 어느 날 찬우 형이 아주 기분 좋은 얼굴로 집 안으로 들어섰다. 현우보고 남진이란 가수를 아느냐고 물었다. 현우는 묵묵부답일 수밖에. 그러자 남진이라는 목포고등학교 출신 대형 가수가 등장했는데 그가 부른 '가슴 아프게'가 바야흐로 히트를 치고 있다는 게 아닌가. 현우는 중얼거렸다. 가슴

아프게 가슴 아프게….

찬우 형은 '가슴 아프게'를 한 소절씩 기타로 연주하며 현우에게 가르쳐 주었다. 멜로디도 그렇게 어렵지 않아 보였다. 두어 시간이 안 되어 완전히 습득을 할 수 있었다.

> ♫♪♪ 당신과 나 사이에 저 바다가 없었다면/ 쓰라린 이별만은 없었을 것을/ 해 저문 부두에서 떠나가는 연락선을/ 가슴 아프게 가슴 아프게 바라보지 않았으리/ 갈매기도 내 마음 같이 목메어 운다// 당신과 나 사이에….

무릇 사람이란 게 인연이나 '우연의 일치' 앞에 섬뜩할 만큼 가슴이 철렁 내려앉을 때가 있다. 어쩌면 현우의 이 현실과 가사 내용이 이렇게 같은가 싶어 울음이 터져 나오려 했다. 찬우 형은 남진의 노래들을 가르쳐 줬으니, 그게 현우가 남진의 열렬한 팬으로 평생을 보내게 하는 계기가 되었다고나 하자. 마침내 이런 일도 있었다. 그 날도 둘이서 남진이 새로 취입했다는 '울려고 내가 왔나'를 연습 중이었다.

> ♫♪♪ 울려고 내가 왔나/ 누굴 찾아 여길 왔나/ 낯서른(낯선) 타향 땅에 내가 왜 왔나/ 하늘마저 날 울려 궂은비는 내리고/ 무정할사 옛 사랑아 / 그대 찾아 천 리 길을 울려고 내가 왔나/ 그 누가 찾아 왔나….

때맞춰 바깥엔 거짓말같이 궂은비가 내리고 있었다. 할 일도 없는 아주머니가 기척도 없이 문을 열고 들어와 합류했다. 누가 먼저랄 것도 없이 그들은 '목포의 눈물'을 제창하였다. '목포의 눈물'이 국민의 사랑을 받는 것은 일제 강점기의 저항 노래라는 것도 원인이지만, 손목인孫牧仁이 남녀의 키(음역)에 맞게 작곡했다는 것이 더 큰 이유일지 모른다. 외로운 세 사람이 절창하는 소리가 문틈으로 새어 들어온 바닷바람과 부딪쳐 처연한 화음을 이루는 것 같았다. 뜬금없이 아주머니가 얘기한 것이었다.

"이난영만 한 가수가 없지. 이난영이 목포 공립보통학교에 다니다가 중퇴한 걸 아는 사람은 별로 없을 거야. 난 기구한 인연으로 졸업했는데. 이난영이 두 살 많았었지. 내가 입학했을 땐 이난영이 3학년이었어. 4년제였고. 한데 가정 형편 때문에 그만둔 것 같아."

"서로 잘 알았겠네요."

"알다말다. 오가기도 예사로 한 정도였으니까. 나도 한창 땐 이난영에 지지 않을 정도로 노래를 잘했다우."

허풍이라고 깔아뭉개기에는 아주머니의 표정이 너무 진지하였다. 그리고 사실 아주머니의 노래 솜씨는 대단했다. 그 날 셋은 밤이 이슥할 때까지 노래에 열중했다. 노래 도중에 아주머니가 동춘서커스단을 들먹인다. 목포에서 결성된 동춘서커스단. 단원들의 곡예도 곡예지만 배삼룡, 허장강, 서영춘이라는 배우들이 희극을 선보이고 노래를 불러 관객들을 사로잡는다나? 찬우도 가끔 관람했다면서 입에 침이 마르도록 칭찬하였다.

아주머니는 고향 아니 친정이 압호도라 했다. 그 압호도에서 하도 어렵게 살다가 목포 공립보통학교 교무실에서 잔심부름하는 조건으로(말하자면 사환?) 학적부에 이름을 올려 두었다는 것이다. 교장 사택에서 먹고 자고. 그러니 학교가 집이었고 집이 학교였다. 까짓 학년 따위 개념도 없었고 세월이 가다 보니 졸업은 하게 되었다나? 열대여섯 살 때. 졸업을 하고도 학교에 남아 있던 중, 어느 해 뭍으로 경주 이씨 종친회 일을 보러 나온 스물한 살 청년 유미 아버지를 우연히 만나서 결혼하고 이 섬으로 옮겨와 산다는 것.

"이난영의 두 딸이 있었어. 숙자, 애자라고 말이야. 그리고 오빠인 작곡가 이봉룡의 딸 민자 등이 두서너 해 전에 미국으로 갔다지?"

현우가 받았다.

"김시스터즈. 미국에서 인기가 대단하던 모양인데요. 아시아 최초의 걸 그룹 미국 진출이라나요? 미국 사람보다 더 훨씬 고액 납세자란 이야기 들립디다."

현우는 잠시 말을 끊었다가 이어갔다.

"형님은 아세요?"

"뭘?"

"딘 마틴."

"잘 모르겠는데…. 가수 아니던가?"

"이름난 가수로 알려졌지요. 한데 나는 그를 영화로 보았습니다. 서부극 '리오 브라보'. 딘 마틴이 마을의 술꾼으로 출연합니다."

"한데 왜 그를 들먹여?"

"그의 다재다능한, 말하자면 탤런트가 워낙 유명해서…. 김시스터즈를 그가 돌보고 있다고 해요."

"이 선생 뭘 많이 알고 있네그려."

"기차 통학하면서 친구들한테 들은 낙수落穗지요. 우스운 얘기하나 더. 딘 마틴이 파리채를 들고 유명 오케스트라를 지휘했다는 일화가 있어요."

"그게 정말이오?"

거의 새벽이 가까웠을 무렵에 피날레를 장식한 것은 찬우였다. 이미자가 여자 가수로서 인기가 대단하다는 사실은 강조하지 않아도 떠나기 전부터 알고 있었다. 그런데 찬우가 '유달산아 말해다오'라는 가요를 자기 기타 반주에 맞춰 부른 것이다.

♫♪♪ 꽃 피는 유달산아 꽃을 따던 처녀야/ 달 뜨는 영산강에 노래하던 총각아/ 그리움을 못 잊어 천 리 길을 왔건만/ 임들은 어디 갔나 다 어디 갔나/ 유달산아 말해다오 말을 해 다오// 옛 보던 유달산도 변함없이 잘 있고/ 안개 낀 삼학도에 물새들도 자는데/ 그리워 서러워서 불러보는 옛 노래/ 임들은 들으시나 못 들으시나/ 영산강아 말해다오

말 좀 해 다오.

다들 방을 나가고 난 뒤에 잠이 올 턱이 없었다. 현우는 새벽까지 이리저리 뒤척였다. 동틀 무렵에 잠시 눈을 붙이나마나 했을 수밖에.

인간이 간사하다는 걸 현우가 다시 한번 깨닫는 세월이 그렇게 흘러갔다. 약간씩 적응하다 보니 겁이 없어지기 시작하는 것이었다. 잘 먹어서 그런지 건강이 좋아지는 것 같았다. 어떤 때는 물물교환 수준의 간이簡易 오일장이 서는 초등학교 근처에까지 혼자 가 보기도 했다. 중학교 분교장 안에도 발을 들여 넣어보았는데 학생들은 20명 남짓한 것 같았다. 국민학교(당시는 국민학교였다)와 중학교 분교장의 합동 학예 발표회 때도 놀러 갔다.

참, 한 달 건너 유미한테서 편지가 왔다. 군산인가 어디 미용실에 취업할 거라는 반가운 소식을 담았다. 결핵에 좋다는 홍삼이며 치료제도 보내 주었다. 찬우 형의 발동선으로 유미는 서너 달에 한 번씩 다니러 오기도 했다. 물론 저녁에 도착하여 새벽이면 나갔다. 이웃의 눈이 있어서였음은 물론이다. 손바닥만 한 마을이라 그게 무서웠다. 유미는 얼굴에서 수심이 많이 사라지고 표정이 무척이나 밝았다. 친구와 자취를 한다고 했다.

세월은 역시 유수 같았다. 출장소 근처에 바람을 쐬러 나가기도 하였다. 어느 날 찬우 형의 소개로 이장里長을 만났다. 이장은 사람이 참 좋았다. 그는 마을 구석구석까지를 꿰뚫고 있었다. 누구네 집 숟가락 수까지 다 안다는 말이 있지만 이장 임종훈 씨야 말로 그랬다. 그의 영향력은 대단했고말고. 현우는 특별히 그를 두어 번 찾아갔다. 유미가 보내 준 홍삼을 한 상자 들고서. 이장은 그런 현우를 별 의심하지 않았다.

현우가 그곳에서의 생활을 비교적 순탄하게 할 수 있었던 것은 그런 이장의 힘도 컸고말고. 그 뒤로도 음으로 양으로 이장은 현우를 배려해 주었다. 머리가 길면 찬우 형이랑 같이 이장한테 가서 깎았다. 사실 이발만큼은 ─ 중이 제 머리 어쩌고저쩌고 라는 말이 있지만 ─ 이장이 있었기 때문에 가능했다. 근본적으로 그곳 사람들은 마음이 한결같이 좋아 타관에서 흘러들어온 현우를 백안시하지 않았다. 그러나 현우는 사람을 만나면 기침을 일부러 해대는 것만은 여전했고.

세월 따라 적응의 요령도 생겨나서 견디기가 수월했다. 어느 해 어린이날 초등학교로 바람을 쐬러 갔다. 날씨가 따뜻해서 가벼운 옷차림을 하고서. 교실마다 노랫소리가 울려 퍼지고 있었다.

♬♪♪ 날아라 새들아 푸른 하늘을/ 달려라 냇물아 푸른 벌판을/ 오월은 푸르구나 어린이는 자란다/ 오늘은 어린이날 우리들 세상…! (어린이날 노래)

운동장 가 게시판에서 정말 신기한 게시물 한 장을 보았다. 개(犬)에 관한 동화 모집 광고였다. 주인 아들을 따라 사냥길에 동행했다가, 주인 아들이 중상을 당하자 마을로 내려와 학생 둘의 바짓가랑이를 물어 끌어 산으로 가서 끝내 목숨을 구했다는 것. 대대적으로 이 견공을 기리는 행사를 치르는데 동화 공모도 거기 포함되었다는 그런 내용이었다. 신문 기사 두 장을 메모해 붙여 두었다.

라츠는 독일 세계 셰퍼드견 전람에서의 화려한 상력을 자랑하는 부견 父犬 페어 폰 베어스타펜 군과 모견母犬 예리 폰 브라이킨벨하우스 양의 사이에 난, 세계 최고의 명견 혈통 후예란다. 수입 시의 가격이 62년 봄 150만 원!

현우는 비로소 정신이 번쩍 드는 것 같았다. 일련의 숨 막히는 사건을 거쳐 왔지만, 워낙 경제에 대한 관심과 일상 생활비 계산에 무딘 현우로서는 도대체 돈을 얼마를 어떻게 썼는지 구분조차 되지 않았다. 하물며 남은 현찰에 대해서이랴. 반닫이에서 돈을 끄집어 내 세어 보고 주먹구구를 해 댔다. 개 한 마리가 150만 원이란다. 자신이 받은 돈은 그 1/5 정도라면 얼추 맞는 것 같다. 뭉칫돈으로 유미한테 2만 원 정도 줬으리라. 그리고 하숙비 삼아 천 원 남짓 지불했으니 2만 원 넘게 소요됐고. 현찰이 1/3은 남은 것 같았다. 현우는 그제야 비로소 10여 년을 견디려면 규모

있게 살아야겠다는 결심을 한다. 가끔씩 유미 집안의 대소사가 있으면 금반지 등을 성의로 내놓았다. 엄마가 얼마나 현명하신지 현우는 깨달았다.

그런 뒤 학교를 찾는 횟수가 잦아졌다. 약속이나 한 듯이 교실에서는 노래가 우렁차게 터져 나왔다.

♫ ♪ 무찌르자 오랑캐 몇백 만이냐/ 대한 남아 가는 데 초개草芥로 구나/ 나아가자 나아가 승리의 길로/ 나아가자 나아가 승리의 길로(승리의 노래)

♫ ♪ 전우의 시체를 넘고 넘어 앞으로 앞으로/ 낙동강아 잘 있거라 우리는 전진한다/ 원한이야 피에 맺힌 적군을 무찌르면서/ 꽃잎처럼 떨어져 간 전우야 잘 자라(전우야 잘 자라)

아아 잊으랴 어찌 우리 이날을/ 조국을 원수들이 짓밟아 오던 날을/ 맨주먹 붉은 피로 원수를 막아내어/ 발을 굴러 땅을 치며 의분에 떤 날을/ 이제야 갚으리 그 날의 원수를/ 쫓기는 적의 무리 쫓고도 쫓아/ 원수의 하나까지 쳐서 무찔러/ 이제야 빛내리/ 이 나라 이 겨레(6·25의 노래) 등등.

어린이들은 고무줄놀이를 하면서도 어김없이 이 노래들을 불렀다. 현우는 본격적으로 공부를 하기 시작했다. 아니, 할 수밖에 없었다. 어쨌든 세월이 흐른 뒤 설사 천만요행으로 복직을 한다 해도 절뚝거리며 초등학교 교사 생활을 할 생각은 현우에겐 없었다. 어린이들에게 때로는 웃음거리가 될 게 뻔한 노릇 아닌가. 중등학교 음악과 준교사 검정고시! 두말할 것 없이 그게 목표였다. 음악 선생만 되면 체육 수업을 안 해도 된다. 전공만 가르친다는 게 얼마나 큰 축복인가. 열등의식에서 벗어날 수 있는 절호의 기회이기도 하고. 그런 정신으로 공부에 매달리다 보니 현우 자신은 섬과 하나가 된 듯한 착각에 빠졌고말고.

책을 더 사기로 했다. 우체국도 없던 시절이라 전신전화국에 가서 유미한테 전화로 부탁했더니 이윽고 소포가 왔다. 『시창(콜위붕겐)』『청음』『음악개론』『음악사』『합창』『지휘법』『화성학』『음악감상법』『악기론』『건반화성』『중고등학교 음악과 교과서』『한국가곡200선집』『외국 가곡 및 민요』 등등. 유미는 똑똑해서 시내 큰 서점을 누비듯이 하여 그것들을 구한 것 같았다. 헌 서점에서 나온 것도 있었지만 상태도 비교적 좋았다.

1차 합격을 하면 실기 시험도 쳐야 하기 때문에 초등학교에서 폐기 직전의 헌 오르간을 한 대 구입하였다. 그리고 그걸 수시로 연주하였고. 공부라는 게 현우에겐 투병 자체와 같은 지상 덕목이었다. 투병+공부=막연한 기대. 이런 등식을 세워 놓고 살아갔다.

게다가 대중가요도 찬우 형을 통해 접목할 수 있는 터, 그야말로 음악 아니 공부는 거칠 게 없었다. 그래서 그런지 한 번씩 가곡이나 외국민요, 예를 들어 O Sole Mio 혹은 Oh Danny Boy 등을 연습할 때 바이브레이션이 너무 심하게 나타나 고민하기도 했다. 그걸 또 바로잡느라 고생깨나 했다고 하자. 〈가고파〉는 사범학교에 다닐 때 2절까지 배웠었는데 세상에 책에 3절이 나오지 않는가. 거기 매료되기도 했다.

아주머니는 뱀이라는 게 특효가 있다고 거듭 강조했다. 당시 결핵은 워낙 흔한 질병이었고 유미 아버지도 잠시 앓았었는데 뱀탕이 큰 도움이 되었다는 게 아닌가? 그의 뱀 다루는 솜씨는 남달랐다. 종류를 가릴 것 없이, 현우가 잡아 오는 뱀들을 며칠 통 안에 가둬 두었다가 약탕기 안에 대여섯 마리를 넣는다. 그리고 그 위에 접시를 얹고 약탕기와의 사이를 밀가루 반죽한 것으로 봉하는 것이다. 다음에는 가마솥에 물을 붓고 그 위에 약탕기를 담근 다음 은근한 불로 이틀 동안 중탕을 한다. 삼베 보자기에 중탕이 된 뱀을 넣고 한약 짜듯이 하면 노르스름한 물이 반 사발쯤 나오는데 그걸 쭉 들이키면 된다. 그리고 편강 한 조각. 처음에는 거부감이 있었으나 갈수록 그 맛에 길들여져서 기다려지기도 하였다.

세월의 흔적이 켜켜이 쌓여갔다. 그렇게 5년을 지냈다. 유미는 일정 기간에 한 번씩 집에 들르곤 하였다. 유미는 미용 기술이 상당해서 현우 머리를 직접 깎아 주었다. 스포츠형이 아니라 신사 머리 스타일로. 때로는 가르마를 반듯하게 내고 그야말로 정발整髮을 하고 보니 들어올 때보다 인물이 훤해져 있었다. 비듬

이 심해 고생을 많이 했는데 유미가 샴푸인가 뭔가를 쓰라고 주기에 그대로 따라 했더니 훨씬 덜 가려웠다.

유미는 그뿐만 아니라 홍삼이며, 비타민, 기타 영양제 등을 한가득 싸 들고 왔다. 그래서 그런지 현우의 결핵은 확실히 차도가 있었다. 목포 보건소에 가서 엑스레이를 찍어 봐야 했으나 섣불리 몸을 움직일 수가 없어 그냥 칩거하는 수밖에.

그해 가을이었다. 유미가 미장원을 개업한다며 집에 걸음을 하였다. 그동안 상당히 미용 기술도 늘었으니 독립하는 게 순서라는 게 아닌가? 현우는 정말 친동생 일처럼 여겨져 아무도 없는 틈을 타서 유미에게 돈다발을 몇 개 건넸다. 아마 광주에서와 비슷한 액수이리라. 그리고 금목걸이와 금팔찌도. 한데 유미 표정이 심상찮다. 뭔가 입을 떼려다가 머뭇거리기에 현우가 다그칠 밖에.

"뭐 걱정이라도 있어? 나한테 말해 보렴. 돈이 부족해?"

"아뇨, 지난 다섯 해 동안 광우光雨 오빠가 보살펴 주셔서 오늘의 제가 있는데요. 오빠는 뭔가를 감추고 계시는 것 같아요. 단순한 요양을 위해 천 리 땅에 오신 게 아니란 느낌이 든단 말이에요. 제게만 살짝 일러 주실 수 없으세요? 저 오빠한테 입은 은혜를 생각해서라도 비밀을 지킬게요."

유미는 역시 눈치와 머리 회전이 빠른 애였다. 속도 넓고. 일이 거기까지 이르렀는데 현우가 같은 경주 이씨 양반 후손인 유미에게 계속 일을 다물겠는가? 그는 마침내 그동안의 일을 발설하고 말았다.

이름도 광우가 아니라(사실 섬에서는 이름 따윈 쓰일 일이 없었다. 그냥 이 선생으로 통했으니까) 현우玄雨라는 걸 알렸고. 어쩌다 삼랑진이라는 말까지 뱉어내지 않을 도리가 없었다. 한데 유미가 고개를 갸웃거리면서 굉장히 곤혹스런 표정을 지으며 입을 연다.

"이런 말씀 드리기 죄송합니다만 왜 자수를 하지 않으셨어요? 오빠를 생각해서 드리는 말씀이에요. 섭섭하게 들리겠지만 지금이라도…."

"유미야, 난 수형受刑 생활을 견디지 못할 또 다른 이유가 있어."

"?"

"살인 죄의 공소 시효가 15년이랬지? 아마. 그때까지 여기서 지낼까 보다."

그날 밤, 현우는 처음으로 자기 양심이 그 정도로 불량한가 싶어 괴로워했다. 만송 어른의 말씀이 어떠셨든 간에, 사람을 죽였으면 죗값을 받는 게 도리다. 그러나 비록 자신이 선천적인 요로 협착증 때문에 항상 소변 불통에 시달려왔음을 발설하기조차 두려웠던 것이다.

여럿 앞에서 소피를 못 보는 것이다. 교도소에 간다고 가정해 보자. 여태껏 누구에게도 밝히지 않은 병에다가 결핵, 불구, 거기다가 신경 쇠약까지 겹쳐 있어 죄수들과의 공동생활은 너무 힘든 건 불을 보듯 뻔한 노릇이다. 그러나 그는 긴 한숨 끝에 비로소 내뱉는 소리다.

"차라리 유미 말대로 할까? 결핵도 이제 많이 나아졌으니. 죽기밖에 더하겠는가? 선천성 요로 협착증尿路狹窄症만 아니라면…."

"그게 무슨 병이에요?"

"여자인 네겐 설명하지 못한다. 그냥 넘어가지."

그러나 그 병은 젊은 현우에게는 하나의 멍에였다. 그로 인해 소피를 여러 사람과 함께 못 보는 고통을 경험해 보지 않으면 모른다. 자수 결심은 그래서 진작 안 섰고 지금도 마찬가지. 엄마의 말씀이 가슴을 꽤 찔렀다.

"죽은 니 형하고 니는 와 오줌도 잘 못 누노? 쯧쯧."

이튿날 유미는 다시 군산으로 떠났다. 불안하면서도 허전한 느낌이 엄습해 왔다. 유미에게서 등기 편지가 왔는데 죽어도 남에게 전하지 않을 거라며 안심하라는 비교적 간단한 내용이었다. 유미의 편지를 받고 나니 섬 생활에 점점 더 잘 적응해 나가는 것 같았다.

귀향

다시 한겨울이 다가오고 혹독한 추위가 섬을 에워쌌다. 바람이 세차서 바깥 출입도 힘든 나날을 보내고 있었다. 책과 씨름하고 찬우 형이 오면 늘 하던 대로 노래 부르고 하는 일상이 계속되었다. 중국에서 우는 닭소리가 들린다고 할 만큼 섬은 육지에서 떨어진 곳에 자리 잡고 있어도 세월과 계절은 달음질쳐 댔다. 이윽고 봄은 소리 없이 섬의 바위 병풍에 와서 부딪히며 대자연의 화음을 뿜어 대고 있었다.

4월 어느 날 유미가 소문도 없이 찾아왔다. 제법 돈벌이가 되는 듯 옷차림새가 더욱 세련되고 얼굴이 팽팽해져 있었다. 오랜만이라 큰방에서 모녀간의 회포를 푸는 소리가 흘러나왔다. 현우가 이 집 가족이라도 된 듯 흐뭇한 느낌이 안 들었다면 그게 거짓말이다.

저녁에 사립문 근처에서 서성거리고 있으려니까 유미가 쪼르르 달려왔다. 이야기 좀 하자면서. 둘은 방안으로 갔다. 여전히 오빠라고 부르더니 여태 약속을 잘 지켜온 걸 전제하기에 현우가 고맙다는 반응을 보일 수밖에. 현우가 한 마디 했다. 그게 고마워서라도 10년을 더 견디겠다고. 진짜 섬이 좋고 정도 들었다며 속내도 털어놓았다. 그런데 이번에 유미가 심각한 표정으로 약속을 어길 수밖에 없게 되었다는 것이다. 의논 없이 큰일을 저

질러서 죄송하다고까지 한다.

"아니, 유미야, 아닌 밤중에 홍두깨도 유분수지. 그게 무슨 말이냐?"

현우는 가슴이 사뭇 떨리고 평발 친 다리가 후들거릴 수밖에. 그런데 유미는 얄미울 만큼 거침없다.

"오빠, 5년 전 그날 오빠는 그 아기에게 정말 살의殺意가 있었어요?"

"무슨 뜻이냐? 난 만송 어른의 말씀을 좇지 않을 수 없어 황망 중에 주머니칼로 계집아이를 찌른 거야. 계집애를 15년이나 기다려야 한다는 말씀이 너무 충격적이어서…. 심신 미약. 앞뒤 가릴 판단력이 내게 없었던 거고."

"오빠, 과실치사나 폭행 아시지요?"

"알지, 그건 왜?

"한데 말이에요. 제가 그동안 오빠에게 너무 많은 폐를 끼쳤다는 자괴지심自愧之心에 시달려 왔거든요. 오빠는 절대 살인을 할 그런 사람이 아니라는 것도 느껴 왔어요. 그래서 변호사를 두어 달 전에 찾아갔었어요."

현우는 소스라쳐 놀라는데 유미의 기가 막히는 이야기는 계속되었다. 자신에게 몸서리쳐지는 광주까지 일부러 나가 변호사를 만났다는 것이다. 정중한 예를 했더니 사무장이 아닌 변호사가 직접 상담해 주더란다. 물론 유미도 현우에게 불이익을 주지 않으려고 전후 사정을 조리 있게 풀어나갔다. 변호사의 말이란다.

"삼랑진이라 했지요?"

"예."

설명을 듣고서는 일주일 뒤에 오라더란다. 유미는 일주일 뒤 약속한 날짜에 변호사를 만나러 사무실로 갔다. 변호사는 유미를 얕잡아 보지 않더란다. 하기야 옷차림부터 단정했고 똑 부러지게 생긴 유미니까 그런 인상을 주었겠지. 변호사는 알아봤더라는 것이다. 62년에서 63년도 사이에 삼랑진에서 살인 사건이 있었는지를….

확실한지는 모르지만 세 살배기 여자애가 하나 그 무렵에 칼에 찔린 일은 있다는 것. 할머니가 애를 업고 바로 이웃 삼랑진 의원으로 달려가 치료를 받았다나? 그 뒤 할머니와 손녀는 서둘러 다른 데로 떠났고 그 뒤로 삼랑진읍으로 돌아오지 않았다는 것이다.

"애는 죽었습니까?"

"죽다니요? 그냥 다친 것뿐이에요. 당시 가해자가 심신 미약 상태였다든지 하면 처벌은 가벼워집니다. 그건 그렇고 그날 흉기의 날 길이가 얼마나 되는지 알아요?"

"모르지만 주머니칼이라니 아주 작았겠지요."

"날 길이가 짧을수록 처벌이 가벼워지는데…."

현우는 정말 세상에 이런 일이 있나 싶었다. 전후 뉘앙스를 봐서는 어린이가 죽지 않았다는 데에 무게가 실린다. 가만히 생각해 보니 자기 행동의 결과로써는 변명의 여지가 없지만 진짜 살의는 없었던 것 같다. 게다가 주머니칼의 날 길이는 4센티미터? 그래 아버지와 만송 어른의 당부를 잊지 않고 저지른 ─ 심신 미약 상태일 만큼 그는 불행한 시절을 보냈었지 않은가?─ 왜곡된 효(결과적으로는 만고의 불효지만)를 저질렀을(?) 따름이다. 유미가 이윽고 다시 입을 떼었다.

"이제 귀향하세요. 잡혀도 처벌받지 않으실 확률이 99% 이상이에요."

실로 어처구니없었다. 유미의 말대로라면 고생 아닌 고생을, 천만리 머나먼 땅 그것도 섬에서 한 셈이다. 마침내 현우는 섬을 떠나기로 했다. 5년 만이다. 그동안의 고생이 주마등처럼 획획 스쳐 지나가는 꼴이었다.

유미 어머니와 찬우 형의 뒷바라지로 짐을 챙겼다. 그동안 책이 많이 모여서 그렇지 다른 건 별로 없어서 다행이었다. 그날 밤 현우는 현찰을 집히는 대로 유미 어머니와 찬우 형에게 건넸다. 그리고 찬우 형에게는 결혼할 때에 쓰라면서 패물을 한 줌 쥐여 주었다. 모두가 그야말로 소설 같은 그동안의 가슴 아픈 이야기를 되씹으며 울다 웃다 했다.

그땐 세월이 흘러 여객선이 정기적으로 오가는 터라 목포까지 그렇게 긴 시간이 걸리지 않았다. 목포에 도착하니 유미가 마중을 나와 있었다. 다시 택시를 타고 광주까지 갔고 광주서 기차로 갈아탔다. 격세지감이라더니, 그 옛날의 완행열차처럼 시달리지 않아도 되었다. 일고여덟 시간 만에 열차는 현우를 삼랑진역에 내려다 놓았고.

옛날과 다름없이 삼랑진역은 그 자리에 그대로 서 있었다. 대합실의 시침이 10을 가리키고, 비슷한 시각에 도착한 부산발 서울행 열차에서 내린 여객들이 분주히 걸음을 옮기고 있었다. 마주 보이는 삼일여관의 간판은 그대로였다. 지서는 파출소라는 이름을 대신 달고 새 단장을 한 채 몇 미터 뒤로 옮겨 자리 잡았고.

다리가 후들거렸다. 가슴이 터질 것 같았다. 현우는 애써 이를 진정시키고 꽤 폭이 넓어진 도로를 걸었다. 목포 아니 섬에서 결심한 대로 그는 2킬로미터 떨어진 우곡으로 향해 걸었다. 거기 건우 형 내외가 살고 있었기 때문이다. 술 도매상을 인수했다지만 어쩐지 거기서 다른 데로 이사 가지는 않았을 거라는 막연한 기대가 있어서였다.

한산한 곳이라 다행히 도중에 아는 사람을 만나지 않았다. 그런데 있었다, 그 자리에! 건우 형의 집이 말이다. 지붕을 초가에서 슬레이트로 바꿔 얹고 건평이 넓어졌을 뿐 어쩐지 옛 정취가 그대로 배어 나오는 느낌을 주었다. 현우는 문패 밑에 붙은 초인종을 눌렀다. 가슴이 두방망이질을 했다. 그러자 안에서 큰 소리가 터져 나왔다. 열렸으니 들어오라는 거다.

그건 바로 건우 형 목소리였다. 마당으로 성큼 들어서자 방문이 열리고 형이 마루로 나오는가 싶더니 형수 또한 뒤따랐다. 둘의 입에서 거의 동시에 터져 나오는 소리.

"이 밤중에 누고?"

건우 형은 술 도매상 가게에서 방금 퇴근하고 저녁 식사 후 상을 물린 듯 숭늉 그릇이 방바닥에 놓여 있었다.

"형님, 형수요. 접니더. 현우요."

건우는 현우를 보더니 어안이 벙벙해서 입을 숫제 닫았다. 대신 형수가 하는 말이다.

"아이고, 세상에 이기 무슨 일이고? 대럼(도련님)이 어디 가 죽었는 줄 알았는데 구신(귀신)이 나타났단 말이가? 아이고 '상동' 아지매요, 대럼이 돌아왔습니데이."

상동 댁은 현우 엄마의 택호宅號다. 건우 형 내외는 엄마 생전에 엄마한테 그렇게 잘해 드렸으니, 저승에 계신 엄마께 현우 무사귀환을 일러 드릴 만하고말고. 현우는 건우 형 내외가 그럴 수 없이 고마워서일까? 방안에 들어서자마자 걷잡을 수 없이 눈물이 났다. 마침내 펑펑 통곡을 하고 나니 건우 형이 침묵을 깼다.

"야 이노무 자슥아, 니 어데 갔다 왔노? 가슴을 칠 노릇이데이."

"그것보다 형님 형수님, 제가 5년 전 사람 죽인 거 처벌 안 받

294

아도 되는 거지요?"

"아니 그기 무슨 소리고? 사람을 쥑이다니…."

현우는 얘기가 이상하게 돌아가는 걸 느껴야만 했다. 바야흐로 짧은 순간이지만 그는 셋이서 동문서답 놀이에 빠져 있다는 걸 알아챘다. 특히 형수의 표정이 지난 세월을 읽기에는 지나칠 만큼 안온했다. 여전히 형수의 목소리 하나만은 컸다.

젊었을 때부터 가는귀가 어두웠는데 세월은 형수의 청력을 많이 앗아 간 것 같았다. 바깥에서 들었으면 서로 싸우는 줄 알았으리라. 통역을 사이에 두었다고 생각하고 여기 그대로 옮기자.

"형수님. 그 계집아이 뒷얘기 들었습니까?"

"가시나, 아니 계집아이라니 그 무슨 소리인교?

"5년 전에 내가 찔렀던 세 살짜리 딸애 말입니다. 고거 때문에 여태 숨어 지냈다 아닙니꺼?"

"아이고 대럼도. 인자 알겠다. 시상에 기가 차 죽겠네 고마. 가가 죽었는 줄 알았다 말이고, 우야꼬?"

"아니 그러면 어떻게 됐다는 말입니까?"

이윽고 건우가 질겁해서 개입(?)했다.

"이 노무 자슥아, 씰데없는 소리 작작해라. 내사 마 말이 안 나온다. 그날 새벽에 미전에 사는 목포때기(댁) 할마시 손녀를 칼로 찔렀다는 소문이 났는데 그기 니란 말이가?"

"어찌 되었는데요?"

경상輕傷이었단다. 유미 말대로 삼랑진 의원에서 머큐롬을 바르고 다 나았다는 것이다. 물론 삼랑진이 좀 시끄러웠지만 이내 사건은 묻혀 버렸단다. 다만 행불이 되어 버린 현우가 문제였다. 남의 입줄에 두어 해 오르내렸었고.

현우가 부모를 거의 동시에 잃고 자신도 신병에 걸리다 보니 극도로 정신이 혼미했을 거란 얘기가 돌아다니더라나? 현우가 범인(?)이라고 짐작을 했으나 끝내 그도 읍민들의 뇌리에서 점점 사라져버린 건 당연지사.

"형님, 그 할마시하고 계집아이는 지금 어디에 삽니꺼?"

"모르지. 할마시가 그길로 손녀를 업고 어디로 떠났는지 뒤로 소식이 없다 아니가. 목포로 떠났다는 풍문도 있고. 잊아뿌라."

실로 아연실색하고도 남을 일이 아니고 무언가? 죽지도 않은 세 살배기 계집아이 하나 바람에 허송한 세월이 5년! 어디서 보상을 받는단 말인가? 현우는 그동안의 일을 대충 설명했다. 그리고 건우 형의 작은방에서 그렇게 하룻밤을 뜬눈으로 새웠다.

이튿날 건우가 하는 말.

"맞네. '월하빙인月下氷人', 니도 그 소리 들었네. 인마야. 실은 말이다. 그 어른이 암자에 찾아오는 젊은이들한테 상습적(?)으로 '월하빙인'을 들먹였는 기라. 니가 떠나기 얼마 전부터 그 어른의 정신이 맑지 않았다고 카더라. 돌아가실 무렵엔 거의 치매 수준이셨다. 그걸 믿었단 말이가? 아무래도 그렇지 세상에 아니 영남의 수재가 모인다는 사범학교까지 나온 놈이, 쯧쯧. 그라고 말이다. 지서 주임 말로는 그 일은 본서에 보고도 안 됐다 카더라. 사건화되었다 캐도 과실 치상 정도라 안 카나. 인자 걱정 없다. 내일 나하고 지서부터 가자."

현우는 그만 허탈감에 빠져들었다. 선고께서 그토록 그분의 말씀을 어기지 말라고 강조하셨다. 선고의 말씀대로 만송 어른을 찾아뵈었고 그 어른 말씀은 무조건 믿었는데…. 그분은 정상상태가 아니었었다? 그분은 입적이라니!

이튿날 파출소장을 만났다. 소장은 빙그레 웃기만 했다. 그 뒤로 현우는 조심을 하면서도 돌아온 삼랑진에서 별 거리낌 없이 행동했다. 친구도 만났고. 아무도 그 일을 기억하지 못할, 아니 않을뿐더러 그동안의 그의 행방에 대해 관심을 가질 만큼 삼랑진은 정이 넘치는 고장이 아니었다. 안창회와 노윤길은 부산고등학교를 졸업하고 좋은 대학도 나온 데다 직장마저 그럴싸한 걸 얻었다. 조연호 등도 만나 잠깐씩 얘기를 나누었다. 하지만다른 친구는 출향해서 만나기조차 힘들었고,

거리엔 낯선 얼굴들도 많았다. 그게 편했다. 건우 형은 아들 둘을 두어서 초등학교에 학교에 다니는지라 집은 소란스러웠다. 그게 또 현우에게는 좋았다. 가끔 녀석들 공부도 봐 주고 했다. 밀양 보건소에 가서 X를 찍어 보았더니 정말 다행이다! 소장의 말. 결핵을 앓은 흔적이 조금 보이긴 해도 완치되었다는 것.

당분간 현우는 건우 형한테 얹혀살기로 했다. 건우 형이 새로 구입한 60cc 오토바이에 두 말들이 탁주 통을 하나씩 싣고 배달하는 일을 하면서 지내기로 했다. 강 건너 김해 안양리 마을까지 소주 두 상자씩을 날라다 주기도 했고.

지금 생각하면 우습다. 도로포장이 안 되어서 낙동강 다리(구 철교를 도로로 만든 것)를 건너가면 철도 건널목까지는 굉장히 가팔랐다. 힘도 부족한 60cc 오토바이로 그 건널목을 건너기는 곡예와 같았다. 1단을 넣어도 엔진 힘이 부쳤다. 자연히 진로 소주가 떨어져 나둥그러져 깨지기도 했다. 그 소줏값을 모른 척 현우 자신이 부담했다.

건우 형은 물론 수고비를 줬다. 충분할 정도로. 섬에서 쓰고 남은 돈이 조금은 있어 생활에 불편함은 없었는데도. 현우 발가락이 네 개 없다는 정도는 발걸음을 유심히 보지 않으면 못 알아차릴 정도였다고 강변하자. 건강이 좋아지니 그런 장애 정도는 감쪽같이 감춰졌다. 가끔 선고와 엄마 산소에 올라간 것은 물론이다. 저 낙동강이 굽이쳐 흐르는 광경이 실로 장관이었다. 맞은편 매봉산의 싱싱한 푸름이 한꺼번에 몰려와 허파꽈리를 부풀게 하는 것 같았고. 그러나 쉽사리 희망의 문이 열리지 않았다.

현우는 변해 있었다. 복직을 하고 싶었던 것이다. 물론 우선 초등학교다. 현우는 다리 저는 자기 장애에 신경을 썼다. 게다가 다 나았는데도 현우는 폐결핵을 앓았던 전력이 마음에 걸렸다. 5

년 동안의 도피 아닌 도피 생활에 대한 두려움 같은 것에 휘둘렸고. 그래도 희망을 버리지 않은 것이다. 중등학교 음악과 준교사 시험? 합격은 자신 있지만 임용이 문제였다. 그건 나중 문제라고 생각했다.

다시 그렇게 몇 년이란 긴 세월이 흘렀다. 현우 나이 서른 살을 바라보고 있었다. 그 무렵 초등학교 교사가 부족하다는 소문이 나돌았다. 고등학교 졸업장만으로도 검정고시에 합격하면 몇 달 교육 뒤 바로 교단에 설 수 있다는 거짓말 같은 이야기도 풍문으로 접했다.

현우는 쾌재를 불렀다.

"그래, 초등학교에 복직하자!"

광주와 목포를 거쳐 다시 삼랑진에 돌아올 때까지 소중하게 간직했었던 교사 자격증을 꺼내 들었다. 초등학교 2급 정교사! 사범학교를 우등으로 졸업할 때 교육부 장관(당시 문교부 장관) 이 준 것이다. 그는 그걸 들고 교육청으로 가서 초등계장에게 내밀었다. 워낙 다급했던지 초등계장은 무슨 인재를 발굴한 것처럼 반가운 표정을 지었다. 그동안 무슨 일이 있었는지에 대해 한마디도 묻지 않았다. 초등계장의 말이다.

"3월 1일 자로 발령 나도록 해 드릴게요. 필요한 서류는 갖고 오셔야 합니다. 겨울 방학 때 2주일 보수 교육만 받으시면 되구요."

그러나 서류 중 힘든 게 있었다. 신원 보증인지 신원진술서인지…. 고민하던 현우는 김 대령 아니 김 의원에게 서신을 띄웠더니 그에게서가 아니라 교육청으로부터 서류 염려 말라는 연락이 왔으니 잠자코 기다리는 수밖에.

드디어 3월 1일이 다가왔다. 현우는 옛날 살던 삼랑진 송지리에서 강 하나만 건너면 되는 상남면 오산초등학교로 발령을 받았다. 건우 형 집에서 자전거로 통근이 가능한 데였다. 물론 도중에 샛강을 건널 때는 자전거를 나룻배에 실어야 했지만, 나름대로 열심히 근무한 결과 6년 넘게 거기서 근무하도록 배려해 주었다. 다시 몇 년이 후딱 흐르고 난 뒤 삼랑진읍 관내 숭진초등학교로 전보시켜 주었고.

그러나 건우 형 집에서 출퇴근하려면 기차와 버스를 번갈아 타야 하는 형편이었다. 그런데 사람이 죽으란 법은 없는가 보다. 숙직실 옆에 부엌이 있고 거기 또 하나의 노는 방이 딸려 있지 않은가? 취사를 하는 데 별 불편이 없도록 되어 있었으니 거기서 자취를 하기로 했다.

한데 공교롭게도 세 명의 여교사가 같이 부임하게 된 것이다. 검정고시를 거쳐 자격을 얻은 사람들인데 모두가 고만고만해 보였다. 현우는 오랜 공백을 인생 공부한 셈으로 치기로 했다. 그러니 교사 생활이 즐거워지기 시작하는 게 아닌가.

항상 노래를 불렀으니 그 소문이 자자해서 학구 내 동네 환갑

잔치에 불려가 가수 아닌 가수가 되어 분위기를 띄워 주었다. 그래서 붙은 별명이 '남자 기생妓生'!

덧붙여야 할 게 있다. 현우는 민요에도 일가견이 있었다. 세마치와 굿거리장단을 장구로 넣으면서 '아리랑', '밀양 아리랑', '진도아리랑', '도라지', '노들강변', '양산도' 등 비교적 쉬우면서도 널리 알려진 민요 등을 밤하늘에 쏘아 올리면 환갑잔치에 모인 시골 노인들이 열광했다. 과연 남자 기생다웠다고나 하자.

♫♩♪ 문경 새재는 웬 고개인고/ 굽이야 굽이야 눈물이 난다/ 아리아리랑 쓰리쓰리랑 아라리가 났네/ 아리랑 응응응 아라리가 났네// 진공단 이불이 열에 열두 채라도 / 정든 임 있어야 깔고 덮고 잠자지/ 아리아리랑…!

그걸로 끝이 아니었다. 본동(임천리)에 사는 동료들 집에 가서 부어라 마셔라 떠들어라 했으니, 그땐 장구 장단에 민요만 아니라 흘러간 옛 노래 (대중가요)가 얹히기 예사였다. 어김없이 등장하는 게 '갈치 밥국(생갈치를 김치랑 갖은 양념, 쌀을 넣어 끓인 것)'! 그 맛을 뉘라서 지금 기억해 낼까?

그렇게 몇 달이 지났다. 발령 동기 배 선생이 수심이 가득한 얼굴로 현우에게 다가왔다. 거의 울먹이는 표정이었다. 큰일났다는 것이다. 숙제 안 해 온 어린이 종아리를 때렸는데 그만 그 자리에 퍼렇게 멍이 들었단다. 어린이의 할머니가 노발대발하여

자기를 부르니 어쩌면 좋겠느냐고 말끝을 흐린다. 현우는 하늘이 무너져도 솟아날 구멍이 있는 법이라며 너무 걱정하지 말라고 안심시켰다.

현우는 그날 배 선생 구하기에 앞장서기로 결심했다. 일곱 시쯤 자취를 하는 세 여교사와 현우, 이렇게 동기(?) 넷이서 할머니 집을 방문하게 된다. 할머니의 표정은 한 마디로 무서웠다. 그야말로 노발대발, 현우가 봐도 수습은 물 건너간 것 같았다. 할머니는 장죽을 들고 재떨이를 땅땅 내려치며 서슬이 퍼래 울부짖었다.

"그래 어느 가시나고? 귀한 우리 대천이 다리를 저 모양 저 꼴로 만들어 놓은 기 말이다. 얼른 안 나오나? 가시나야. 니도 한번 맞아 봐라."

배 선생은 그저 발발 떨고만 있었다. 다른 사람들도 그저 침묵만 지키고 있을 수밖에. 한데 현우는 그 순간 할머니의 눈동자에서 이상한 걸 하나 발견했다. 초점이 흐린 게 아닌가? 그러면서 할머니가 하는 말.

"앞 못 보는 내가 만져 봤다. 이래 부었는데, 얼마나 아푸겠노? 어서 나와 내 앞에서 다리 걷어라 가시나야."

현우에게 섬광閃光처럼 머리에 떠오르는 게 있었다. '사발가'! 그래, 엄마가 좋아하시던 사발가를 여기서 한번 뽑아보자. 현우는 순간적으로 할머니의 손을 잡았다.

"대천이 할머니, 엄마도 평생 앞을 못 보셨습니더. 차에 부딪혀 돌아가셨습니더."

"댁은 누군교?"

현우는 같이 부임한 이 선생이라고 하고 나서 자신의 엄마를 끌어들였다. 엄마한테 불러 드리던 생각이 난다며 에헴 에헴 두어 번 헛기침을 했다. 뜸을 들여서도 안 되었다. 만류할 틈도 없었다. 현우는 퀴퀴한 냄새가 코를 찌르는 시골 할머니의 방에서 간장을 쥐어짜듯 하는 애절한 목소리로 '사발가'를 뱃속 깊은 데서부터 뽑아 올렸다.

♬ヾ♪ 석탄 백탄 타는 데 연기만 풀썩 나고요오오호/ 요내 가슴 타는 데 연기도 짐(김 – 수증기의 사투리)도 안 난네이/ 에헤야하하 데헤야 어여라난다 디여라하아/ 허송세월을 말어라

자신이 들어도 그건 절창絶唱이었다. 아니 이승과 저승을 건너뛰는 노래였다. 그런데 기적이 일어났다. 노래가 끝나기 무섭게 할머니가 노여움을 풀기 시작하는 것이 아닌가? 그걸로 끝나지 않고 할머니가 하는 말이다.

"이 선생이라 캤제? 총각인교?"

그렇다고 대답했다. 할머니는 현우 노래가 진짜 자기 마음에 든다는 거였다. 현우 나이를 묻기에 우리 나이로 서른다섯이라고 했다. 할머니는 장가가 왜 늦었느냐며 엄마 가슴이 많이 아팠

겠다고 오히려 현우를 위로했다. 담배를 한 모금 빨더니 담임을 찾는다. 발발 떨던 배 선생이 다가가 할머니 손을 잡아 드렸다. 할머니는 한결 누그러졌다.

"아까는 미안했데이. 대천이 일은 없는 걸로 합시데이. 그런데 몇 살이고 어디서 왔는기요? 부모와 형제는?"

"목포에서 왔구요. 올해 만으로 스무 살입니다. 부모님은 안 계십니다. 형제도 없습니다."

"우짜꼬? 한데 말이다. 나(나이) 차가 나지만 궁합이 딱 맞네. 내 시키는 대로 하소잉. 내가 중매 서꾸마. 만약 안 그라면 낭패 볼끼다. 내가 이래도 점쟁이데이."

일행은 뭐가 뭔지 도무지 알 수가 없었다. 돌아오는 길에 세 여교사는 자기들끼리 웃고 귓속말도 나누는 것 같았다. 현우만 멀리 떨어져 '낭패 날 일'이 뭔지 잔머리를 굴렸다. 정답은 안 나왔지만 여차하면 다시 화를 내서 교육청에 일러바치겠다는 거? 하기야 그 서슬 퍼런 할머니가 무슨 일인들 못 벌이랴.

한데 말이다. 인연이란 그런 것인가 보다. 그날 밤 사건이 빌미가 되어 소문이 나고, 대천이 할머니가 대천이나 대천이 아버지 손을 잡고 부지런히 학교에 드나들었다. 더듬거리며 교장실로 들어가는 모습도 보였다. 학교장도 할머니 앞에서 듣기 좋으라고, 아니 더 이상 말썽 내지 말라는 뜻에서 배 선생 칭찬을 입에 침이 마르도록 한 모양이고.

이미 소문이 꼬리를 물었다. 막기 힘들 없을 정도로. 일가붙이 하나 없는 장애를 가진 노총각과, 천애 고아 배 선생의 결합을 은 근히 부추기는 동료와 학부모도 있었다. 기가 막히게도 어린이 들의 입에서 예언(?)이 쏟아지기 시작했고. 아니 그게 오히려 결 정적인 영향을 끼쳤다 해도 과언 아니리라. 가을 학예발표회를 앞두고 연습을 하는데 녀석들이 공공연히 현우와 배 선생을 번 갈아 손가락으로 가리키며 하고 놀려 댔다. 현우는 그게 싫지는 않았다. 아니 좋았다.

"얼레리 꼴레리…"

그래 차라리 꿈만 같았다. 손바닥만 한 시골에서 더 이상 미루 기가 힘들 정도가 되어 버렸다. 특히 학교 바로 옆에 있는 양반 가문 장蔣 씨 집안에서 학교에 압력을 가할 지경에 이르렀고. 서 둘러서 가정을 이루어야 어린이들에게 흉잡히지 않는다고. 그런 저런 모든 외적 요인도 현우에겐 솔직히 말해 꿈만 같았다.

어쨌거나 현우는 이듬해 4월 말 배 선생에게 면사포를 씌우게 된다. 운동장에서 전교생 1,200여 명이 모인 가운데 학교장이 주 례를 섰고. 내빈은 학부모와 건우 형 내외, 현우의 친구 몇몇 정 도가 고작이었다. 대천이 할머니는 가장 상석에 앉았다. 어린이 들의 입에서 탄성이 터져 나왔다. 수군대기도 했고.

"와, 역시 배 선생님이 우리 학교에서 최고 미인이시다. 노총 각, 남자 기생 이 선생님 정말 장가 잘 드시네."

그런데 아주 특별한 하객이 있었으니 목포 수녀원에서 온 원로 수녀修女 소화테레사 수녀와 엘리사벳 수녀다. 그리고 유미 내외. 선생이 귀띔을 해 줬지만 세세하게 묻는 것도 무엇 해서 현우는 그때까지 얼버무리며 지내왔는데 만나 보니 신비스럽다는 느낌조차 들었다. 수녀는 이상한(?) 휴가를 얻어 하늘 아래 둘도 없는 결혼식에 하객으로 참석했다는 것!

그리고 기가 막히는 일이 이어졌다. 조그만 학교에 둘 다 오래 비우는 것은 수업 지장이 크므로 둘은 겨우 3박 4일 '특별 휴가'를 얻어 배 선생의 고향(?) 목포로 신혼여행을 간다. 아니 잠은 광주에서 자고 이틀이 채 못 되는 시간을 목포에서 보내기로 한 것이다. 한데 수녀 둘이 기어이 현우 내외의 첫날밤을 곁에서 지켜보기로(?) 하겠다는 게 아닌가? 드디어 넷은 광주 신양 파크 호텔에 여장을 풀었다.

밤이 되었다. 저녁 식사 후 호텔 커피숍에서 넷이서 차를 마셨다. 밤이 이슥해지자 소화 테레사 수녀가 무슨 큰 결심이라도 한 듯한 표정을 짓더니 기쁜 날 이런 말을 해야 할지 모르겠다며 망설이는 눈치다.

"수녀님이 제게 머뭇거리시는 것도 있습니까? 여태 딸처럼 보살펴 주셨는데요."

어쩌면 사필귀정이라고 입을 여는 수녀의 표정이 정말 진지하다. 그런데 그로부터 알게 된 배 선생의 과거사는 모두를 경천동

지할 충격으로 몰아넣었다. 그러나 이윽고 새로운 희망의 씨앗이 되었으니 축복이기도 했다. 이야기는 15년 전으로 거슬러 올라간다.

아기를 등에 업고 삼랑진에서 경전선 열차를 탄 노파가 있었다. 1월도 중순을 넘겼을 무렵이었다. 찬바람이 세차게 불어 살을 에는 추위였다. 열두 시간에 걸쳐 광주역까지 간 노파는 역무원에게 통금通禁과 관련된 고무 도장을 손에 찍어 달라고 부탁했다. 할머니는 아기에게 무얼 좀 사 먹이는가 싶더니 여인숙에 들었다. 이튿날 꼭두새벽에 일어나 다시 역으로 들어온 할머니는 창구에다 몇 마디 중얼거리더니 기차표를 샀다. 그러곤 호남선 열차에 올랐다.

그런데 날씨가 찌뿌듯하다. 방금이라도 눈이 내릴 것 같더니 아니나 다르랴 나주역을 지날 무렵엔 폭설로 바뀌었다. 도무지 앞을 분간하지 못할 정도로. 그래도 다시역, 고마원역 등을 거쳐 기차는 느릿느릿 기어가고 있었다. 차장이 한 번 지나가다 차표를 체크했다. 할머니가 든 기차표에는 '임성리'라는 역 이름이 찍혀 있었다. 차장을 보니 불안해 보이던 할머니의 얼굴이 펴지는가 싶었다. 할머니가 부탁했다. 임성리역에 내려야 하는데 나중에 좀 가르쳐 달라고. 차장은 안심하라고 하고선 한 정거장 앞두고 다시 오겠다고 약속을 했다.

할머니는 고맙다고 연신 고개를 조아렸다. 할머니는 차장에게 넋두리 삼아 지난 얘기를 하고 만다. 차장이 워낙 사람이 좋아 보여서겠지.

할머니는 삼랑진 사람들을 나무랐다. 살벌하고 인정머리가 없다고도 했고. 외손녀가 다친 이야기인들 어찌 빠뜨리랴. 아기의 어미 아비는 몇 년 전 애를 맡겨 두고 부산에 돈 벌러 간다고 떠나더니 소식도 없더란다. 삼랑진에 시집와 딸 하나 키워 시집보냈는데 미전美田이라는 촌구석에서 농토 하나 없어 고생만 했을 수밖에. 그러니 뼈 빠지게 가난했음은 물어보나 마나. 영감도 일찍 세상을 떴다. 할머니의 입에서 지난가을 어느 날 새벽 송지 장터에서 손녀가 당한 일이 터져 나왔다. 연신 쯧쯧 혀를 차던 할머니가 하는 말, 임성리가 친정인데 일가붙이가 하나 있어 무작정 거기에 가서 잠시 지내다가 올 생각이라는 것.

차장은 이야기를 5분 넘게 듣고 위로를 건넸다. 그리고 다음 칸으로 이동했고 할머니가 깜빡 졸았던 모양이다. 눈을 떠 보니 기차는 계속 움직이기는 한다. 창밖을 내다보려 했으나 눈은 더 세차지고 있다. 한 치 앞을 분간 못 할 정도다. 도무지 어딘지 모르겠다. 차장도 얼씬거리지 않고. 건너편에 중늙은이가 하나 있기에 물었다. 임성리역이 다 되어 가느냐고. 시골티가 나는 중늙은이가 건성으로 대답했다. 다음 역에 내리면 된다고 말이다.

할머니는 허둥지둥 짐을 챙기고 아기를 업었다. 이윽고 끼익

하고 기차가 멈추자 할머니는 중늙은이가 시키는 대로 하고 만다. 눈 때문에 사위는 깜깜하다. 아니 천지가 온통 새하얗고 신발 바닥이 닿는 데는 미끄럽기만 하다. 할머니는 위태위태한 걸음걸이로 집찰구로 나왔으나 역무원은 표만 받아들고 별 인사도 없다. 근데 역 앞 광경이 전혀 낯설기만 하다. 가슴이 덜컥 내려앉았다. 그러다가 그만 발을 헛디디고선 크게 나둥그러지고 말았다. 그게 할머니의 이승 이별이었다. 역사驛舍에는 '몽탄'이란 이름이 걸려 있었다.

역무원이 출근하다가 이 광경을 목격했다. 아기가 자지러지게 울고 있었다. 급히 경찰지서에 연락하고 아기는 역 안으로 옮겨 진정시키려 했으나 계속 울기만 한다. 겨우 한숨을 쉬고 나서 물었더니 자기 신분에 대해 딱 아는 건 세 개, 성은 배裵가, 이름은 숙이. 나이는 세 살….

이 실랑이(?)를 마침 고향에 다니러 온 수녀원의 수녀가 본 것이다. 워낙 아이가 예쁘게 생겼는데, 초라하게 입은 옷이며 차림새가 안되어 보여 수녀는 역무원에게 부탁을 한다. 참 가엾으니 갈 곳이 없으면 나중에라도 자기가 돌보겠다고.

중늙은이의 잘못이었음은 두말할 필요가 없다. 조금만 더 알아보고 안내를 했더라면 능히 막을 수 있는 사건이었다. 이튿날엔가 그렇잖아도 임성리역 못미처서 없어진 할머니 때문에 내내 찜찜했던 사건 당시 차장도 후회가 막심할밖에. 한 번만 더 다녀

갔더라면 하고.

전후 사정을 여기서 다시 풀어 보자.

이틀이 지나도 할머니의 연고자는 나타나지 않고 해서 동사무소에서 장례를 치렀다. 다시 거짓말같이 수녀와 연결된 것이다. 그렇게 해서 배숙이裵淑伊 – 이 이름이 참 아리송해서 배찬숙인지 희숙인지 정숙인지 진숙인지 분간이 안 되었다나? – 는 목포의 어느 천주교에서 운영하는 어린이집에 들어가게 되는 것이다. 거기서 초등학교와 천주교 재단 여자중·고등학교를 졸업하게 된다. 공부는 항상 전교 1등! 착하고 예쁘고 지나칠 만큼 영민해서 두 살을 보태어 호적에 올리고 모든 신상身上도 그렇게 정리했다.

모니카라는 본명으로 세례를 받은 것은 숙이의 나이 다섯 살 무렵이었다. 대모代母는 성당 아가타 사무장.

고등학교 졸업 후 당연히 수녀가 되려 했다. 그게 주님의 부르심이라 누군들 안 느끼겠는가? 그런데 숙이는 진주에 펜팔을 통해 알게 된 친구를 만나러 갔다가. 초등학교 준교사 검정고시 공고를 보고 응시한 것이다. 친구는 낙방한 대신 숙이만 합격하게 된 것!

안절부절못하고 숨이 막힌 채 부들부들 떨기만 하던 현우의 입에서 튀어나온 말이다.

"수녀님, 아니 하느님! 그 죄를 지은 장본인이 여기 있습니다.

용서하십시오."

호텔 커피숍이 어찌 눈물바다가 아니 될 수 있으랴. 현우가 지난 14년의 이야기를 풀어 놓을 차례다. 오랜 시간 그들은 부둥켜안다시피 해서 떨어질 줄 몰랐다. 커피숍의 손님들도 이 보기 드문 이 광경에 넋을 잃었고말고.

한 시간이나 지났을까? 배 선생이 눈물범벅이 되어 수녀를 쳐다보았다. 그러고서 물었다. 당연히 부모님의 생존 여부다. 수녀의 말은 실망과 희망을 반반 섞었다. 자기들도 두 분을 찾으려 애써 봤지만 헛일이었다는 것. 하나 '힘센' 사람이라면 그게 가능할지 모르겠다나?

거듭 말하지만 내외는 3박 4일 중 오가는 교통편을 빼면 실제 즐길 수 있는 날짜는 겨우 이틀 반 남짓이었다. 둘은 그 기간 낮 시간은 목포에서 보냈다. 택시를 빌려 타고서. 적잖은 경비가 소요되었으나 한 번뿐인 신혼여행 아닌가?

산정 2동에 있는 산정동 성당부터 들러 미사에 참례했고 배 선생을 품으로 안아 줬었던 수녀회에도 들렀다. 엘리사벳 수녀도 다시 만났다. 목포 시내의 경동 성당, 내성동 성당, 북교동 선당, 연동 성당에도 들어가 조배를 했다.

신혼여행에 엘리사벳 수녀가 내내 동행했다. 돌아본 데가 수월찮다. 유달산, 영산강변, 노적봉, 삼학도, 심지어는 이난영이 학업을 마치지 못했다는 목포 공립보통학교, 아니 이름이 바뀐

북교초등학교에도 들어가 보았고. 북교초등학교 동창 중에서 가장 이름난 사람은 정치가 김대중 선생이라고 엘리사벳 수녀가 신혼부부에게 귀띔해 주기도 했다. 또 배 선생 출신 학교인 용당동 소재 고등학교 운동장을 밟아 보기도 했다. 아 참, 슬픈 전설이 있는 삼학도와 육지를 연결하는 공사가 거의 막바지에 다다라 있었다. 현우가 가고도를 떠나 귀향할 당시에는 시작 수준이었는데….

'목포의 눈물'이 탄생한 배경이 생각났다. 대략 생각나는 대로 배 선생에게 설명한다.

"옛날 목포에는 목화가, 군산에는 쌀이 많이 났다는 거야. 근데 그걸 전부 일제에게 수탈당하고 나니 남정네들이 타지로 돈 벌러 많이 나갔다더군. 그래 목포에서 새악시와 신랑이 헤어지는 노래가 바로 '목포의 눈물'이야."

"아시는 것도 많네요. 그래서 일제 시대의 흔적들이 많은가 보지요. 좀 전의 유달산 자락의 옛 일본 영사관을 포함해서 말이에요."

"아니, 그건 배 선생이 더 잘 알 것 아냐? 나는 그저 주위들은 얘기를 전할 따름이오. 내가 워낙 일제 강점기의 노래에 관심이 있어 부르다 보니까 말이야. '눈물 젖은 두만강' 있잖아? 그것도 독립 운동가와 관련이 있다는 얘기가 있다오. 대신 '대지의 항구' 따위는 일제 말엽 우리 백성을 만주로 이주시키기 위한 명분 축

적용 노래라는 얘기도 있고. '남자 기생' 내내 그래서 '대지의 항구'며 '복지만리' 따윈 안 불렀지."

배 선생은 통제 속에서 자란 터라 정작 자기를 키워 준 목포가 낯설다고 했다. 그러면서 배 선생은 수시로 눈시울을 적셨다. 선착장은 현대적인 시설로 변모했고, 그 옛날을 생각하는 현우도 만감이 교차했음은 물론이다. 5월 초의 해면은 잔잔했고 저 멀리 그 섬이 눈에 들어올 듯, 손에 잡힐 듯이 가깝다는 착각을 갖게 했다.

그 신혼여행이 숙명적이었다 하자. 둘 다 삼랑진에서 광주로 향해서 떠났다가 역순으로 돌아온 셈이니. 현우에게는 그게 옛날 옛적 전래동화라도 되는 것처럼 여겨졌다.

학교 숙직실 옆방을 확장해서 신접살림을 차린 지 얼마 안 있어 현우는 다시 김 대령, 아니 김 의원에게 연락을 취한다. 두 분의 주소를 알아 달라고 육필 편지를 보낸 것이다. 그로부터 열흘이 안 됐는데, 처부모 즉 장인어른과 장모님의 소식을 찾았다는 게 아닌가? 현우는 기뻐하면서 고개를 끄덕였다. 수녀의 말이 생각나서다. '힘센' 사람!

배 선생은 이윽고 부모님을 만났다.

그동안의 사연. 돈벌이는 안 되고, 온갖 고생을 하다가 나이 들어 외지에까지 가서 노동을 했더란다. 한 번 다니러 미전리에 들렀다가 사건을 듣고 둘 다 그만 까무러쳤다는 것. 그러고 나서 몇 차례 더 찾아와도 종무소식임을 알고 삼랑진에 발을 끊었고.
임성리에까지 발걸음 했으나 아무도 소식을 모르더라는 것. 비
로소 이름을 대는데 본래는 지초 초苢, 맑을 숙淑이었다고 하며
두 분은 하염없이 눈물만 흘리셨다. 다시 호텔 커피숍이 완전 울
음바다였고말고. 조그마한 식당을 하다가 두 분은 얼마 전 저승
으로 떠나셨다.

현우는 처부모님의 유해를 안성시 유토피아 추모관에 옮겨 봉
안하였다. 거기 가면 현우가 죽어 저승 가면 친구가 되고 싶다는
동갑내기 가수 박상규, 수술 잘못 받은 탓에 숨을 거두었다는 가
수 신해철도 있다. 왕년의 액션 스타 장동휘, 뇌사 상태에 빠져
장기를 기증한 세계 챔프 최요삼 등등도 같이 잠들어 있다.

여적餘滴 그리고…

현우는 슬하에 딸 하나를 두었다. 딸은 고등학교 교사다. 현우
내외는 지금 그 사이에서 난 사내아이 둘을 돌보는 게 임무(?)다.

어릴 때 너무나 신경이 과민했다는 것이 일생에 큰 악재로 작
용하는가 싶었지만 그건 기우였다. 조실부모하고 혼자 세상을
헤쳐 나가는 도중에 오히려 순기능 역할을 했다고나 할까? 그러
니 '선천적 요로 어쩌고저쩌고' 따위는 신경과민이 낫고 보니 씻

은 듯 사라졌다. 현우의 건강은 지금 60대 중반!

참, 현우는 중등학교 음악과 준교사 자격 검정고시를 76년도에 봤었다. 부산진여중에서. 1차 및 2차 다 우수한 성적으로 합격! 하지만 중학교로 진출(?)하지는 못했다. 몇 년 뒤부터 초등학교에서도 교체수업이라는 게 도입되어서다. 체육 시간에 다른교사가 들어오는 대신 그 반 어린이의 음악은 현우가 가르쳤다.음악에만 전념한 그가 약간은 빗나갔지만 대중가요 가수가 된것은 어찌 보면 사필귀정이다.

조금 더 부연하자. 늦게 그러니까 나이 일흔에 가수로 정식 데뷔했다. 정식 오디션에 통과한 것이다. 새로 출범한 대한가수협회의 남진 회장 시절이었다. '가슴 아프게'와 '목포의 눈물'을 불렀다. 앨범은 현우가 그 옛날 취입한 '부산 노래' 19곡 CD로 갈음했고. 결정적인 역할을 한 선배 가수가 있으니 삼랑진 출신 남백송 선생이다. KBS 가요무대 최다 가수로 알려진 남백송 아닌가?그러니까 '남남南南(남백송과 남진)갈등'이 아닌 '남남호흡'이 현우를 이부가李釜歌라는 늦깎이 가수로 탄생시켰다 해도 과언이아니다. 그래 현우는 남진을 비교적 자주 만나 왔다. 바로 며칠전에도 분당 새에덴교회에서 둘은 어깨동무를 하고 여럿에게 포즈를 취했다.

매주 금요일 열두 시에 인사동 동원 뷔페에서 전통 가요 공연이 있다. 현우 아니 이부가李釜歌(부산가요에서 따온 것. 그는 부산 노래를 저작권료 물고 취입했다)는 거기 한 달에 한 번씩은 꼭 올라간다. 스물대여섯 명의 고만고만한 가수가 출연하는데 다 출연료를 받는 게 아니다. 모두 자기 돈을 낸다. 현우는 그게 진정한 가수의 길이라 자위한다. '목포의 눈물', '해운대 엘레지' 등 다양한 트로트를 선보인다.

그리고 봉천동 케이블 방송 TKOV에서 주 1회 두서너 곡의 노래를 녹화한다. 한번은 열 곡을 NG 없이 불렀더니 방청객들이 혀를 내두르는 게 아닌가?

가수들의 발성 혹은 발음에 대해서도 연구(?)한다, 맹렬히! '부산 노래'를 비롯하여 모든 대중가요에 '못 잊어'가 어김없이 등장한다. 그걸 '몬니저'로 하는가 아니면 '모디저'로 하는가 등등. 국어학자 류영남 박사와 머리를 맞대는 것도 숙명이다. '전선야곡'에서 나훈아와 이미자가 틀렸다(?). '단잠을 못 이루고'는 '단잠을 모 디루고'로 불러야 한다고 류 박사가 이야기하더라만, 정답은 둘 다 맞다는 국립국어원의 유권 해석도 있다.

어느 금요일 오후 두 시쯤, 서울 근교 무료 급식소에서 배식 봉사를 마치고 귀가하는 길이었다. 문득 노래가 부르고 싶어 택시를 잡아 인사동으로 달렸다. 노인들이 1백여 명 모여서 춤추고 야단이 났다. 노래 신청을 했더니 현우 차림새를 보고선 접수대에서 중얼거리는 소리가 나는 게 아닌가? 현우더러 예의가 없다는 것이다. 그날 현우는 적잖은 충격을 받았다. 그래서 맞춘 게

30만 원짜리 무대복이다. 넥타이도 꼭꼭 맨다. 구청에서 단속을 나오면 가수증이며 무대 매너까지 확인한다는 미확인 소문도 들었을 바에야 가수 노릇 제대로 해야겠다는 결심이다. 관중은 손님이고 가수는 택시 기사다. 손님이야 술에 취하든 말든 운전기사가 음주를 해서는 안 된다.

요즘 현우는 '비 내리는 호남선'을 부르는 게 일상이다. 집에서 말이다. 현우가 열네 살 때 발매된 흘러간 옛 노래다. 또 있다. 많은 세월이 흐른 뒤 김수희가 부른 '남행열차'. 그 끝도 목포다. 내친김에 현우는 목포를 무대로 한 대중가요(트로트)를 하나 만들어 보고 싶다. 작사도 작곡도 녹음도 자기 자신이 하는…. 남녀의 키가 같은 '목포의 눈물'과 같은 음역으로. 색소폰으로 연주해 가며 음표와 쉼표, 임시표 등을 그려 넣을 생각이다. 제목은 '목포의 추억'

♬ﭏ ♪ 타관의 사나이와 목포 아가씨/ 아름답고 끈질긴 인연 따라서/ 사랑을 이뤘으니 축복이어라/ 목포와 모든 타관 한 이웃이다// 유달산 영산강 삼학도 노적봉/ 눈길과 발길로 쌓은 추억들/ 세월은 흘러가도 변함이 없고/ 목포는 영원토록 잊지 못할 곳

유미는 군산에서 미용실 겸 미용학원을 운영한다. 남매를 낳아 다 짝을 지어줬다. 찬우 형은 뭍으로 나와 광주에서 자동차 정비 공장 일을 본다나? 결국 그도 가수의 꿈을 이루어 연예인협회

광주 지부에서 회원증을 받았었지만 재작년에 이승을 떠났다. 그전에 유미 어머니의 장례는 군산에서 치러졌는데 현우도 다녀 왔음은 물론이다.

고비 때마다 현우를 도와주던 김 대령도, 그러나 2009년에 작고했다. 한 지역의 맹주盟主 소리까지 들으며 일세를 풍미하던 그도 병마에 굴복하고 만 것이다. 26년생이니 향년 83세를 일기로. 거듭 말하지만 현우 자신에게도 그는 베일에 싸인 인물이었다. 그의 생전 K라는 이니셜을 따서 적는 것마저 사실 겁이 났다.

거짓말 같은 이야기, 우죽 선생의 글씨를 보고 나무라던 그 양 도지사(내무부 장관까지 지냈다)도 나중에 한국 최고의 명필이 되었다. 우죽 선생보다 나았으면 나았지 못하지 않다는 평을 듣다가 6년 전 2월 11일 고인이 되었다. 우죽 선생? 도무지 소식을 접하지 못했다.

건우 형 내외는 강화도에 산다더라. 만나지 못해 안타깝다. 절묘하게도 삼랑진 친구 둘은 서울, 하나는 강릉에 거주하니 가끔 부둥켜안는다.

김 면장은 사건 뒤로 다른 데로 이사 갔었다는 풍문이었다. 1910년생이니 땅에 묻히고 까마득한 세월이 흘렀다. 양 도지사와의 관계는 김 면장이 지어낸 거짓말이었음이 확실하다.

종지終止의 고지高地

요동에 농부가 살았는데 돼지가 새끼를 낳았다. 한 마리가 흰색이다. 이건 굉장한 경사다 싶어 그놈을 임금에게 드리려고 산을 넘고 물을 건너 대궐로 향했다는 것이다. 한데 가는 곳마다 흰돼지가 수두룩했고 사람들이 농부를 비웃기만 하더라나? 현우야말로 요동흰돼지(遼東豕)일 수밖에.

그러나 요동흰돼지인 그에게도 세상과의 인연은 이렇게 끝이 없다. 인연은 현우를 다시 붙잡는다. 남진을 근래 몇 번 만난 것은 앞서 얘기했다. 몇 달 전 대한 가수협회 회장 이취임식장에서 그랬고, 그제 주일 가까운 새에덴 교회에서 다시 조우했다. 그 교회 집사를 통해서 그가 새에덴교회에서 '내 주를 가까이하려 함은'을 봉헌했다는 얘길 들었고 참 영상으로도 보았다. 가톨릭 성가 '주여 임하소서'와 같은 곡은 그대로인데 가사가 다르다. 악상도 그러하다. '찬송가'에는 별다른 지시가 없는 데 반해 〈성가〉집에는 Calm(조용히)라 되어 있다. 새해엔 교회에서 남진과 이 성가(찬송가)를 부르는 게 현우의 소원이다.

실버넷 뉴스 기자 시험에 합격하여 원로 군 출신 및 문화 예술인을 대상으로 인터뷰한다. 다음 주에는 이종탁 중장과 같은 아파트에 거주하는 전 공군 참모총장도 만난다. 예비역(?) 무등병無等兵도 이래서 쓸모가 있는가? 그 밖에 인터뷰 대상도 많다.

그런 게 다 자신의 죽음을 향한 전조임은 한 달 전 '영등포의 밤' 오기택을 동서 한방병원에서 만나 이야기 나누면서 깨달았다. 오기택, 남진 둘 다 해병대다. 그리고 보니 군과 노래 이를 통해 현우의 인생이 막을 내리려나! 다음 주에 극적으로 기자와 가수로 얼굴을 마주 대하게 될 오숙남(은방울 자매)의 '마포 종점'을 부르면서 뭔가 압축의 의미를 깨닫는다.

♫♪♪ 밤 깊은 마포 종점 갈 곳 없는 밤 전차/ 비에 젖어 너도 섰고 갈 곳 없는 나도 섰다/ 강 건너 영등포엔 불빛만 아련한데…// 저 멀리 당인리에 발전소도 잠든 밤/ 하나둘씩 불을 끄고 깊어가는 마포 종점/ 여의도 비행장엔 불빛만 쓸쓸한데…

이 노래 작사가 정두수 선생도 숨을 거두었다. 그리고 보니 현우 자신과 비슷한 모두가 종지終止의 고지를 향해 치닫는 모양이다.

연보

소설 같은, 저자 이원우 해적이年譜

〈學歷은 짧지만〉

1942. 6. 7   밀양시 단장면 국전리 출생

1953. 3. 5   태룡초등학교 졸업(6년 우등/ 부산중학교 응시
              낙방/ 송진초등학교 재수 후 합격)

1957. 3. 3   부산중학교 졸업(2학년 우등/ 先考로부터 한학
              수학 1년)

1962. 3. 1   부산사범학교 우등 졸업(만 20세 · 석차 5/120 ·
              진해 대야 초등학교에 임시 교사 부임 · 동년 10
              월 28일 해임—성적순으로 대도시 배치, 4명까
              지는 부산 시내—5등 및 6등은 진해 및 마산에
              임시 교사로 배치)

1963. 3. 1   모교인 삼랑진읍 송진초등학교 정식 교사로 임용

1965. 3. 25   육군 입대, 창원 훈련소 입소(일생에서 가장 중
              요한 轉機의 단초/ 소설가 및 수필가, 대중가요
              歌手, 안보 강사, 서예가로서의 기반을 닦음)
              — 동년 7. 7 보병제2사단사령부 부관참모부 상
              벌계 毛筆兵으로 전입—1967. 9. 9 일반下士
              로 제대(대중가요 가수 예명 李Sergeant 탄생
              계기)

1967. 9. 11   모교인 밀양 송진초등학교 교사로 복직 -이후
　　　　　　　숭진·송진·양산 일광·부산 감전·덕성(83. 3.
　　　　　　　1 매주 토요일 노인대학과 인연 맺고 25년 동안
　　　　　　　계속)·화명 초등학교 교사-1991. 9. 1 부산 대
　　　　　　　저초등학교 교감 승진(금수현 선생과의 교유),
　　　　　　　부암·대천리초등학교 근무-1999. 3. 1 부산가
　　　　　　　락초등학교 교장 승진, 명덕초등학교장으로 정
　　　　　　　년퇴임

〈문단 경력은 복잡하다〉

1976. 9   교원단체연합회 발행 〈새교실〉 '지우문예' 수
　　　　　　필 3회 천료(수필가 등단?)

1977. 7   『수필문학』 초회 추천(김승우 교수 발행·車柱
　　　　　　環 교수 추천/ 당시 1년에 한 사람씩 천료, 잡지
　　　　　　폐간으로 등단 실패(?))

1983. 봄호   『한국 수필』 2호 천료('해운대의 汽笛' 외)조경
　　　　　　희 한국수필가협회 이사장 추천)로 문단 데뷔

1983. 8. 5   한국수필가 협회 회원

1984. 11. 10 한국문인협회 회원

1986. 4. 20   〈수필〉 부산 동인회 가입(63년 출범한 전국 최
　　　　　　초의 수필 동인지/ 이후 사무국장·부회장 역

임)

1986. 10. 22   부산 문협 회원

1989 .9. 1   부산수필문학협회 편집 이사

1990.   국제PEN 한국본부 회원

1991. 1. 20   부산문인협회 이사

1991.12. 25   영호남 교류 수필집 창간호 편집위원/ 〈완산벌
               낙동강에 핀 꽃〉

1992.1. 26   부산불교문인협회 회원 · 계간 종합문예지 〈實
               相문학〉 편집위원)

1992. 7. 20   〈영호남 수필집〉(改題/ 主幹)

1992. 7. 31   부산 직할시 초중등 학생 고전 독후감 심사위원장

1992. 10. 2   제53사단 호국문예(백일장, 서예, 회화) 심사위
               원장

1993. 11. 27   북구청 구민백일장 심사위원장 이후(10년)

1994. 5. 17   부산자랑 열 가지 순회 백일장 심사위원(이후 3
               회)

1994. 6. 25   제5전투비행단(현5공중기동비행단) 주최 호국
               문예 심사위원장(이후 7년 계속)

1997.   『한글문학』 소설 신인상(「나쁜 교장」 외/ 구인
               환 교수 추천)

2000.   부산북구 문인협회장(초대 회장/ 5대 회장)

2000.	부산북구 문화예술인협회장(동 期間 부산북구 문인협회장 겸임)
2000.	부산 학생교육 문화 회관 주최 초중등학교 교원 대상 수필 강사(2년/ 남성여중교장 전치탁 시조 시인·동의대 교수 김창근 시인)
2004.	부산가톨릭문인협회 회원(불교에서 개종)
2011.	한국소설가협회 회원(현 중앙 위원)
2013.	한국가톨릭문인회 회원
2015.	한국수필가 협회 이사
2015.	계간 종합 문예지 〈한국창조문학〉 편집위원장, 편집위원 역임, 현 부회장
2015.	종친문학회 〈표암문학회〉(경주 李씨 시조 표암 공 후손에서 分籍한 합천 李씨·우계 이씨·차성 이씨·회원·아산 이씨·재령 이씨·원주 이씨· 장수 이씨·진주 이씨) 회원 이사 편집위원)
2016.	경기PEN 운영위원

〈학교 울타리 밖을 기웃거린 교원(교사에서 校長 정년퇴임 까지/ 사회 교육)〉

1963. 3. 1	모교인 삼랑진읍 송진초등학교 교사로 임용(근 무 중 65년 3월 25일~67년 9월 9일 군 입대 복

무)

1970. 9. 1	숭진·송진·양산 일광·부산 감전·덕성(83. 3. 1 매주 토요일 노인대학과 인연 맺고 25년 동안 계속/ 덕성토요노인대학 25년 운영 1517회 수업)·화명 초등학교 교사
1983. 5. 7	항도연합노인대학 민요 강사 3년(매주 토요일·이후 노인대학과 인연 맺고 25년 동안 계속 3년 뒤, 북구청 등록 2호 덕성토요노인대학 운영 1,517회 수업)
1991. 9. 1	부산 대저초등학교 교감 승진(금수현 선생과의 교유), 부암·대천리초등학교 근무
1999. 3. 1	부산가락초등학교 교장 승진
2004. 8. 31	명덕초등학교장으로 정년퇴임 (교직 생활 총 43년)
1974. 5. 1	〈새한신문사/ 새교육지〉 지방 주재 편집 자문 위원
1984~1987	부산광역시 시민도서관 위촉 독서 교실 지도 교사
1990. 1. 1	UNESCO(국제연합교육과학문화기구) 부산광역시협회 회원(이후 교육 분과 간사·사무총장·부회장 역임/ 전국 대회 7회 참가)
1990. 10. 21	제11회 시민의 날 기념 전국 시조 경창 대회 고문

1991. 1. 10   노인학생 87명 인솔 대북시 4박5일 여행(아동

　　　　　　　도서 170여 권 교민학교에 전달/ 학생들과 우리

　　　　　　　민요 부르기)

1993. 1. 15   노인 학생 30명 인솔 방콕시 4박 5일 여행(한국

　　　　　　　인학교에 아동도서 200부 전달

1995. 1. 13   노인 학생 80명 인솔 싱가포르 말레이시아 인도

　　　　　　　네시아 4박 5일 여행. 교민 학교 및 한인회에 아

　　　　　　　동 도서 800부 전달 귀국 후 배편으로 320부 추

　　　　　　　가 보냄)

1998. 1. 1   유네스코 전국대회 준비 위원

2000.~01(2년) 부산교원연수원 교감 자격 연수 강사(평생 교

　　　　　　　육)

2000. 6. 24~25 가락초등학교 5학년(해포 분교장 포함) 40명

　　　　　　　부대 내무반에서 1박 극기 교육(전무후무), 25

　　　　　　　일 6·25 한국 전쟁 발발 50 주년 기념식 참석,

　　　　　　　식후 4Km 행군(부대장 김영곤 장군)

〈기타 경력도 능력 바깥인지…〉

◆ 前 천주교 부산 교구 은빛 사목 지원단장(성당 부설 노인 대

학 강사 발굴 및 지원)

◆ 전 초량 애덕의 집(시각 장애 복지관) 웃음 치료 + 노래 지

도 강사

◆ 전 삼랑진 오순절 평화의 마을 자문위원

◆ 대중가요 콘서트 16회(마지막 16회는 서울 문학의 집, 26기 계화보병사단 윤성필 부사단장 및 장병 30명+일반인 170명 대상/쟈니 리 우정 출연)

◆ 오케스트라 가곡 협연(숭실대 김헌경 교수·고신대 오충근 교수 지휘, 부산 '현대오케스트라' 및 부산 '어머니 오케스트라')

◆ 부산 노래 19곡 2회 취입

◆ 부산 북구 문화원 자문위원(現)

◆ 대한가수협회 정회원(現/ 예명 李Sergeant)

◆ 26기계화보병사단 홍보대사 및 안보 강사(現/ 사단장 신ㅇㅇ소장)

◆ 실버넷뉴스 시민사회부 기자(現/ 이사장 오명)

〈부끄러운 自畵像/ 언론 遍歷(?)〉

1974. 5   새한신문사 '손쉬운 애완견 사육' 전량 40장 게재

1985. 5. 20   문교부(현 교육부) 발행 〈자괴지심/ 경로 효친 교육〉 부산 겨원 대표로 발표

1985. 5. 8   어버이날 부산 MBC-TV 아침 뉴스 '불효자의 경로 교육' 고백

1986. 11. 2   부산 MBC-TV '이웃과 이웃들' 출연(노인들과

민요 부르기)

1986. 12. 17 〈부산일보〉 '사통팔달'(경로 교실/ 민요면 다
통한다)

1987. 4. 30 〈경향신문〉 화제 매거진(자신이 기쁜 경로 교
실)

1987. 5. 1 KBS 라디오 방송 출연 원종배 아나운서와 전화
대담(4년째 토요일 오후 반납/ 민요와 노인)

1987. 7. 5 〈선데이 서울〉 소개(미치지 않고서야…/ 민요
에 까무러친 중년 교사)

1988. 4. 29 부산 MBC-TV '출발 오륙도' (토요일 오후가 없
는 교사/ 그리고 부사관)

1990. 1. 10 북구문화원 발행 〈낙동강 사람들〉 소개 〈'밀양
아리랑'과 노인 학생들〉

1990. 5. 7 부산 MBC-TV 출연 '사람과 사람들'(노인학교
프로그램 민요+건전가요+구연동화)

1990. 6. 15 〈윤리신문〉 소개('이 교사가 토요일 사는 법)

1990. 12. 1 태평양 화학 〈설록차〉 탐방(개犬와 차 마시는
부부/ 23평 공간에 요크서 테리아 마리)

1991. 2. 17 부산 MBC-TV 르포 부산 사람들 출연(제자가
다 나이 많다/ 그들과의 삶이 글의 소재다)

1992. 10. 1 〈부산일보〉 공군제5672부대/ 현3875부대/ 제

5공중전술비행단)와 노인학교(양하윤, 송주석
부사관 본격 봉사 참가)

1992. 12. 2   부산 KBS-TV '이야기 두 마당' 생방송 출연, 왕
종근 아나운서와 대담(왜 노래를 부르는가?)

1993. 9. 10   PSB 부산방송 '부부 가요 쇼' 출연(사회 이택림
가수)

1999. 9. 5   교통방송 라디오 김상국 가수(작고)와 대담 '형
님(운전기사를 가리키는 말)요, 이 친구 물건입
니데이'

◆NCTV(낙동 케이블 티비) 2부작 출연 '네 번의 입학식과 네
번의 졸업식/ 본교 및 分敎場 입학식 졸업식'

2001. 9. 2   부산 KBS-TV '아침 마당' 출연(앵커 이름 기억
못 함/ 文才가 부족하다)

2002. 7. 4   〈중앙일보〉소개, 교육계 라이벌 두 교장 '클래
식과 민요 전도사'(신도중 김종태/ 명덕토 이원
우)

2002. 2. 23   〈한국교육신문〉소개 '아이도 어른도 내 제자'

2003. 11. 20   KNN(前 PSB 부산방송 드라마 2부작 '우리 동네
보안관' 카메오 출연(최종원 주연)

2007   겨울호 계간 〈에세이 문예〉특별 대담/〈새끼
넥타이를 목에다 건 校長〉의 수필론(全 25페이

지 대담)

* 이후 교내 어린이 사망 사고로 인한 자신이 罹病, 5년 넘게 생사를 넘나드는 투병 생활 계속함. 노래로 치유함. 모부대(자기가 근무하던 부대)가 위치한 26사단이 왕복 다섯 시간 거리에 드나들기 시작, 자화상은 계속된다.

2015.　　　'국군 FM 방송' 출연(스튜디오 녹음/ 아나운서 박은지)

2015. 9. 8　〈국방일보〉 21쪽 全面 보도 (노병은 한결같은 현역이었다/ 박지숙 기자)

2015. 9.　　〈실버넷 뉴스〉 (아주 특별한 콘서트/ 김의배 · 강정이 기자)

2015. 9. 9　〈조선일보〉 보도 (26사단 장병들에게 노래 선물한 70대 노병/ 유소연 기자)

2015. 11. 17 국방 TV '우리는 전우'(집과 26사단 군악대에서 녹화) 출연(군악대장 허수진 여군 대위/ 하사 모자를 벗지 않은 노병)

2016. 2.　　국방 FM 라디오 전화 대담 (군인이 좋다)

〈저서(발행 연도 순)〉

◆수필집 『밀려나는 새벽』 :부산 '새로출판사'

◆노인민요집『에루화 좋다』(붓으로 써서 인쇄) : 부산 도서 출판 '대흥'

◆수필집『아직도 목이 메는 문안에서의 작별』: 서울 '教音社'

◆수필집『서산에 지는 해는』: 부산 '三和'

◆노인민요집『얼씨구좋다 지화자좋다』: 부산 '대흥'

◆수필집『어머니의 초상화』: 부산 '가람'

◆논픽션『이 몸이 죽어 학이나 되어』(노인 학교 운영) : 부산 '地平'

◆유머 수필집『개가 들어도 웃을 일』: 부산 '가람'

◆자전 소설집『새끼 넥타이를 목에다 건 교장』: 부산 '展望'

◆유머 수필집『개가 들어도 웃을 일』(증보판): 서울 '산성미 디어'

◆유머 수필집『대통령의 오줌 누기』: 서울 '語文閣'

◆수필집『군세어라 금순아』(일부 選集): 부산 '한길'

◆수필집『벌거벗은 대학 총장』(일부 選集): 부산 '桂林'

◆신앙 수필집『승리의 길 멀고 험해도』: 부산 '계림'

◆수필집『열아홉 살 과부가 스물아홉 살 딸을 데리고』: 부산 '정안'

◆신앙수필집『천주교야 노올자』: 부산 '地平'

◆수필집『죽어서 개가 될지라도』: 서울 '선우미디어'

◆수필집『아둔패기 우덜거지 벗 삼고』: 서울 산성 미디어

◆소설집『연적戀敵의 딸』: 서울 '도화'

◆近刊 신앙 수필집『나의 임』: 서울 '도화'(전자책)

〈수상(시군 단위 단체장 기록 생략/ 無順)〉

◆황조근정훈장(43년간 일체의 징계 없음)

◆KNN 부산 방송 문화 대상(상금 1천만 원/ 사회 환원)

◆자랑스런(스러운) 부산시민상(봉사 본상/ 무료 노인학교 운영 및 민요 보급)

◆자랑스런 부산교대인 동문패

◆허균문학상

◆부산가톨락 문학상(상금 100만원 사회 환원)

◆〈한글문학〉소설 부문 신인상(서울대 구인환 교수 추천)

◆한국 애견상(한국셰퍼드견등록협회장)

◆쿠알라룸푸르 한인회장 감사패(아동도서 지원)

◆UNESCO 부산협회 공로패 1호(유네스코부산협회장)

◆〈문예시대〉문학 대상

◆〈한국수필사〉제정 청향문학상 본상(상금 300만원/ 軍部隊 지원) 군부대 지원이라 함은 '15년 26사단 장병 초청 콘서트 경비로 충당했음을 의미

◆부산교육상(평생 교육)

◆화쟁포럼 문화대상(문화 부문/ 상금 500만원 사회 환원)

◆부산 북구문학상(상금 25만원/ 발간 지원금 협찬)

◆제4회 부산 〈수필문학〉 대상(상금 200만원/ 26사단 장병 초청 콘서트 경비 충당)

◆밀양 교원 예능경진대회 국악 성악 최우수·한글 서예 최우수

◆양산 교원 예능 경진 대회 가곡 성악 장려

◆전국시조경창대회 장려

◆교육감(경남 및 부산) 및 교육연합회장, 한국방송공사 사장 표창 및 상장 12회